講談社文庫

サイタ×サイタ

EXPLOSIVE

森 博嗣

JN184582

講談社

目次

EXPLOSIVE

by

MORI Hiroshi

2014

PAPERBACK VERSION

2017

森　博　嗣

MORI Hiroshi

サイタ×サイタ

EXPLOSIVE

現代のちゃんとした人間は、すべて臆病者で、奴隷であるし、そうでなければならないものなのだ。これは、現代人の正常な状態である。これはぼくの深く確信するところだ。現代人はそういうふうに創《つく》られ、そうなるようにできているのだ。なにも現在とくに、たまたま偶然的な事情がかさなってそうなったわけではなく、一般にいつの時代にも、ちゃんとした人間は臆病者で奴隷だったのだ。これは地上におけるちゃんとした人間全体に通じた自然の法則である。

(Записки из Подполья／Фёдор М. Достоевский)

登場人物

佐曾利《さそり》　隆夫《たかお》 ---------------------------- 無職の男
野田《のだ》　優花《ゆうか》 ---------------------- 映画館の事務員
倉崎《くらさき》　正治《せいじ》 ---------------------------------- 役者
坂下《さかした》　徹《とおる》 ------------------------ 佐曾利の元同僚
坂下《さかした》　美幸《みゆき》 ------------------------------- 徹の妻
茶竹《ちゃたけ》　加奈子《かなこ》 ------------------------------ 女優
島《しま》　純一郎《じゅんいちろう》 ----------------------------- 国会議員

椙田《すぎた》　泰男《やすお》 --------------------------- 美術鑑定業
小川《おがわ》　令子《れいこ》 ----------------------------- その助手
真鍋《まなべ》　瞬市《しゅんいち》 -------------------------------- 芸大生
永田《ながた》　絵里子《えりこ》 ------------------------------ 芸大生
鷹知《たかち》　祐一朗《ゆういちろう》 ----------------------------- 探偵
岩瀬《いわせ》 -- 刑事

プロローグ

　ぼくはもうだいぶ前から、ぼくが彼女の魂をひっくり返し、その心を打砕いてしまったことを予感していた。そして、そのことを確信すればするほど、すこしでも早く、またできるかぎり力強く目的を達したくなった。演技が、演技がぼくを夢中にさせたのである。もっとも、演技だけではなかったが……

　小さな仕事、というのが最初の印象だった。それが一週間後には、まさかこんなにも大事件になろうとは、と振り返ることになった。けれども、どんな大事件も、大事故も、最初の兆候というのは、得てしてごくありふれた、その場かぎりの小さな問題にすぎない。そういうものなのだ。これくらいの面倒は日常的にある、とそのままいつもの対処をする。それは、痒《かゆ》いところを掻《か》く、という反応に似ている。何故《なぜ》痒いのか、などとは考えない。もしかしてこれは、なにかとんでもなく悪い事態の前兆だ、とも思わない。ただ、のちのちその大きなトラブルの全貌が露《あらわ》になるに至って、あ、あのとき痒かったのがそれだったのか、と振り返るだけ。そういうものなのである。

初めての人からメールが届き、ある人物の行動を一週間ほど見張ってほしい、という依頼を受けた。平凡な依頼である。ただ、変わっている点といえば、依頼人がどんな人物なのかわからないことだった。それは言えない、とメールに書かれていたのである。

小川令子《おがわれいこ》は、仕事を受けるべきかどうか、ボスの椙田泰男《すぎたやすお》に相談をした。電話をしても、なかなか連絡が取れない椙田だが、このときはなんと、コール二回で出た。

「あ、びっくりしました。あの、小川です」

「何にびっくりしたの?」

「いえ、その……、なんでもありません」

「電話にすぐ出たから?」

「はい、そうです。すみません」

「謝ることではない。この頃さ、電話をじっと見ている時間が増えたってことだよ。

たまたま、電話を手に持っていたんだ。で、何？」

椙田は、電話で何をしているのだろう、ゲームということはない。そういうものをする人間ではないからだ。メールを読んだり、書いたりしていたのか。それとも、なにか仕事のための検索をしていたのか。一瞬でそれくらい小川は考えたが、とにかく、事情を説明することにした。調査依頼があったが、依頼人は直接会うことを拒否している。それどころか、本名や住所も明かそうとしない。すべてを匿名《とくめい》のまま、メールでやりとりをしたい、という希望だった。

「そういう時代になったのかな」椙田はそう言った。溜息《ためいき》をついたような感じだった。「金額が大きいと、税務署が文句をつけそうだな」

「何度かメールをやり取りしましたが、リプライがとても早くて、短いのですが、的確な返答が来ます。事情があって、自分の身分や名前は明かせない。ただ、素行《そこう》調査をしてもらいたいだけで、料金は前払いで振り込む、と言ってきました」

「まあ、会って話をしたところで、言っていることが本当かどうかなんてわからない。調査する相手は、どんな人物？」

「三十代の男性です。えっと、三十二か三じゃないかと」

「何をしている人？」

「仕事はしていないんじゃないか、と言っています」

「となると、就職の関係かな……。でも、それだったら、名乗れるはずだ」

「そうですね。もしかしたら、結婚相手とか？」

「調査をすることが、ばれたら困るっていうわけか」

「そういうことは絶対に秘密にすると説明したのですが……」

「この頃、なんでもすぐ情報が漏洩《ろうえい》するからね。信じられないってところかな」

「はい。そうかもしれません」

「まあ、小川君に任せる。少しやってみて、なにかおかしそうだったら、そこで引き上げれば良い」

「そうですね。まずは、調べられるかどうかを、当たってみた方が良さそうです。実在する人物かどうかも、わからないわけですから」

椙田のOKが出たので、とりあえずは、簡単な予備調査を行うことにした。調査対象に指定された人物について、実在するのか、どんな人物なのか、ということを把握《はあく》するためである。依頼人からの情報は、名前と住所と年齢、それに無職らしいということだけだった。

一週間以上仕事がなかったので、久し振りだった。やはり、やるべきことがある方がありがたい。事務所でぼうっとしているよりは、少なからず健康的というものだ。

調べる相手は、佐曾利隆夫《さそりたかお》という男性だった。小川は、まず、その住所へ向かった。歩いてはいけないが、それでも事務所に比較的近い。

あまり上等ではない鉄骨造のアパート。その二階に、佐曾利の住居がある。名字だけの手書きの表札が、郵便受けとドアにあった。変わった名前なので、まちがいないだろう。その表札の紙が変色していることからも、長くここに住んでいることがわかった。

ドアの前を通り過ぎ、反対側の端《はし》にあった階段を下りてきた。アパートの敷地から出て、手摺《てすり》付きの窓がある南側へ回る道を歩いた。そちらには、小さな公園が隣接していて、子供が遊ぶ遊具が幾つか設置されている。しかし、今は誰もいない。平日の十二時過ぎである。食事をしている人が多いはずだ。公園のベンチに腰掛け、鞄《かばん》の中を確かめる振りをして、アパートを見た。佐曾利の部屋は、端から二つめである。アルミサッシの窓が開いていて、網戸になっていた。そういえば、通路側の小さな窓も、半分ほど開けられていた。残念ながら、立ち止まることはできず、それに中は暗くてよく見えなかった。そちらの窓も網戸だったから、風を通しているのだろう。この都会の中で、この季節、この時刻ならば、普通はどの部屋でもエアコンをつけている。現に、そのアパートには、室外機が設置されているのが見えた。佐曾利の部屋にもある。それを使っていない、ということだろうか。

ベンチは木蔭ではあったけれど、それでも額《ひたい》に汗が滲《にじ》み出てくる。今日のところは引き返そうか、と小川は考えた。アパートの管理人の連絡先は、ホールに張り紙があったので、メモしてある。電話をしてみるつもりだったが、事務所に帰ってからの方が良さそうだ。ここは、事務所から鉄道の駅で三つしか離れていない。歩く時間を含めても、三十分ほどである。

おそらく、依頼人は、佐曾利の住所の近くの興信所をネットで検索したのだろう。小川の事務所は、ネット上に簡単なホームページを持っている。扱う調査対象の例や、おおよその費用を公開している。アップではないが、小川自身の小さな写真も出ている。なにしろ、ボスの椙田以外には、正式の社員は彼女一人しかいない。たぶん、ホームページを見た人は、受付の事務員だと思うだろう。椙田は写真を出していない。また、バイトでいつも一緒に仕事をしている真鍋瞬市《まなべしゅんいち》も、もちろん写真は公開していない。調査員は、常時三人いると書かれているのだが、ぎりぎり嘘ではないものの、仄《ほの》かに誇示あるいは誇張である。

電話がかかってきた。そのバイトの真鍋からだ。

「もしもし」小川は、携帯電話を耳に当てる。

「事務所に来たんですけど、今日も仕事はなしですか？」真鍋の眠そうな声である。

「今、私は仕事中だけど」

「え、どんな仕事ですか？」

「張込み」

「へえ……、あ、じゃあ、あの調査依頼受けたんですね。えっと、なにか手伝うことありますか？」

「とりあえず、こちらへ来てもらおうかな」

「わかりました。どこでしたっけ？」

相手が家にいるようなので、しばらく張込みを継続して、外に出たら、尾行してみようと考えた。そうなったときには、二人の方がやりやすい。真鍋に、場所を教えた。

「暑いのに大変ですね。日焼け止め塗りました？」

「無駄口は良いから、早くいらっしゃい」

真鍋が来るまで、公園のベンチに座っているわけにもいかないので、またアパートの裏側へ回ったところ、古びた喫茶店が道路の反対側にあることに気づいた。開店しているのかどうかも怪しい雰囲気《ふんいき》だったが、その窓際に座れば、アパートの通路が見える。ドアを開けて佐曾利が出てきたら、すぐわかるはずだ。

小川はその喫茶店のドアを開けた。客は一人もいないが、カウンタの奥で新聞を広げていた男が顔をこちらへ向けた。いらっしゃいとか、笑顔もなく、じっとこちらを見る。

窓際のテーブルに着くと、その店員がやってきた。六十代だろうか、白髪《しらが》で髭《ひげ》を生やしている。メニューがあったので、ちらりと眺《なが》めたが、考えるのを諦《あきら》めてホットコーヒーを注文した。コーヒーが飲めて良かったと思う。ランチなどはないようだ。今どきこんな純喫茶は珍しいのではないか。

冷房が効いているのも助かった。どうやら、その店員が自分でコーヒーを作るようだ。つまり、マスタか。しかし、窓の外を眺める視線を長くは逸《そ》らさなかった。今、佐曾利がドアから出てきたら、どうしようか、と考える。まだ、コーヒーが来ていない。お金だけ払って出ていき、彼を尾行するのか。

その心配は無用になった。コーヒーが来ても、佐曾利の部屋のドアは開かなかった。コーヒーはレトロなカップに入っていたが、味は普通だった。時刻はまもなく十二時半になる。真鍋が、こちらへ来るには、あと十五分くらいだろうか。

すぐ近くに商店街がある。アーケードこそないが、小さな店が並んでいる。ただ、半分はシャッタが閉まっていた。この時刻には開いていない商売ということだろうか。駅の近くだから、そういった夜の需要があるようだ。建物はどれも古く、ビルもせいぜい四階建てほどで、間口《まぐち》の狭い小規模なものばかりだった。

小川は、携帯電話を片手に持ち、それを眺める振りをしていたが、顔は窓の方へ向《む》け、視線は道路の反対側、アパートの二階の通路を捉えている。この頃は、写真を撮るのも楽になった。カメラという仰々《ぎょうぎょう》しい装置を使わなくても良くなったからだ。誰にも怪しまれない。ただ、こんな距離では、やはり仰々しいレンズを付けたカメラと三脚が必要である。もちろん、今は撮影をしたいわけではない。

コーヒーを半分ほど飲んだ頃、小川が注目していたドアが開いた。中から男性が出てきた。黒いTシャツに黒いジーンズだろうか。庇《ひさし》のある帽子も黒い。鍵をかけているのがわかった。訪問者ではない、ということである。

喫茶店を出る準備をする。彼がどちらへ歩くのかを見極めてから店を出た方が良い。そのタイミングを計って、レジへ行く。ところが、カウンタの中にいるはずの店員がなかなかこちらへ出てこない。呼んでみたが、返事がなかった。奥へ行ってしまったのか、姿が見えない。入口のドアはスモークガラスだったが、外が明るいのでアパートが見えた。そちらを注目していると、佐曾利と思われる男が、小走りに道路を渡ってこちらへやってくるところだった。

それからの数秒間は、鼓動《こどう》が大きくなり、呼吸も止まった。躰《からだ》も動かなかった。そのまま、真っ直ぐに男はこちらへ近づき、そのドアの前に立ったのだ。店に入ってくる、ということがわかったので、小川は咄嗟《とっさ》に、レジの前に置いた伝票を手に取り、壁の方を向いて、マガジンラックに手を伸ばした。新聞や週刊誌が雑然と置かれていた。ドアが開き、そのドアに付いているベルが鳴った。小川のすぐ後ろを通り過ぎ、男はカウンタの方へ行った。

彼女は、雑誌を手に取ってテーブルへ戻った。カウンタの方を見ないようにした。たぶん、向こうがこちらを見ている。そう思ったからだ。遅れて、店員の声が聞こえた。奥から出てきたようだ。小川はそちらを見た。

「アイス」と客の男が一言。低い声だった。アイスコーヒーのことだ。

マスタらしき髭の店員が無言で頷《うなず》く。カウンタのスツールに座った男がこちらを向いたので、顔を一瞬だけ見て、視線を逸らした。雑誌を捲《めく》る振りをする。

年齢も一致していた。帽子を被《かぶ》っているので髪型はわからないが、長くはない。染めてもいない。髭も伸ばしていない。印象としては、真面目《まじめ》な青年風である。二十代の後半か三十代に見える。中肉中背よりは、やや肉付きが良いか。腕が太い。しかし、鍛《きた》えているというふうでもない。日焼けしているようだ。どちらかというと、色は黒い方だろう。外に出る機会が多いのだろうか。

「マスタ、テレビつけて」

カウンタの中の人物がマスタということだ。黙ってリモコンでテレビをつけた。高い位置にテレビが設置されている。マスタはリモコンを客の男性に手渡した。

テーブルの上に置いていた電話が振動した。小川は慌《あわ》ててそれを手に取る。真鍋からメールが届いていた。〈まもなく、駅に到着します。〉とあった。彼女は、それにリプライする。〈アパートの前の喫茶店にいます。調査対象が店に入ってきた。だから、店にいても、大声で話をしないでね。店の名前はマキです〉

一分もしないうちに、〈了解〉とリプライがあった。

小川は、残っていた冷めたコーヒーを飲んだ。どうしようか、と考える。このまま店にいるべきか、それとも、さきに出るべきか。佐曾利と思われる人物は、テレビを見ている。ワイドショーのようだ。テレビ画面は、小川の位置からは角度的によく見えなかった。

五分ほどして、真鍋瞬市が店の前を通り過ぎ、ガラス越しに目が合った。いつものとおりの軽装で、バッグも持っていない。店に入ってきた。

「お久しぶり」小川は言った。お久しぶりではないが、店の奥に声が届くので、演技をしたつもりである。

「こんにちは」真鍋はお辞儀をしてからシートについた。いつもは、そんなお辞儀はしないので、これも明らかに演技である。ちらりと店の奥を窺《うかが》う視線。マスタが、注文を取りにくる。真鍋は、アイスコーヒーを注文した。

「どうしている？　えっと、あの子は……」小川はきいた。

「え、ああ、いえ、べつに、なにも、その、変化はありませんけれど」真鍋は、そう言いながら、眉を顰《ひそ》める。どうしてそんな話をするのか、という顔である。

真鍋は顔を近づけ、小声で囁《ささや》いた。

「で、これから、どうしますか？」

「まだ、はっきりとは考えていないんだけれど、まあ、そうね、ちょっとだけ続けてみようかしら」

「そうですか」真鍋はシートの背にもたれ、少し声が大きくなる。「えっと、相沢《あいざわ》さんは、どうしていますか？」

相沢さん？　小川はわからないので、真鍋を睨《にら》みつける。彼は、カウンタから見えない方の目を瞑《つむ》ってみせた。どうやら、全然関係のない話をしているようだ。

「ああ、サーファの？」小川はめちゃくちゃに応《こた》える。

「ええ、うーん、なんか、湘南《しょうなん》では顔だって聞きましたけど」

「へえ……」気の乗らない返事をしてしまう小川である。「どうでもいいけど」

「あれ、どうでも良いのですか？　そうですか、なんか、けっこういい感じだったんじゃないですか？」真鍋が早口で言う。

よくも、そんな架空の話ができるものだ、と小川は感心した。何なんだ、いい感じっていうのは。

「私、最近、サーフィンしているんだから」小川は言ってやった。

「それは凄《すご》い」と言いながら、真鍋は顔を顰《しか》める。嘘をつくな、という顔に見えた。

「じゃあ、もう結婚は諦めたんですね？」

「はあ？」と思わず口を開けてしまう。このやろう、と言いそうになったが。「いえ、そうでもないんだけれど……」

「まあ、二回めとなると、難しいかもしれませんね」

なんで、二回めなんだよ、と一瞬鼻息が荒くなったものの、なんとか笑顔で頷いてみせる。三十代の精神力である。あとで、なにか嫌味を言ってやろう、と決意した。

マスタが、真鍋のアイスコーヒーを持ってくる。

その後も、まるで現実離れした会話を二人は続けた。思わず笑ってしまいそうになった。それにしても、普通に会話をするよりも頭を使う。なかなか疲れるものだ、ということがわかった。

テレビの番組が終わったようだ。男性客は立ち上がって、マスタに「つけておいて」と言った。

「毎度」とカウンタの中でマスタが応える。常連らしい。

ドアを出ていったところで、小川たちもテーブルから立ち上がった。ところが、マスタが、カウンタの中から出てきて、ドアの方へ駆《か》けていった。

「佐曾利君」と外に向かって叫ぶ。手には、黒い帽子を持っていた。「帽子」

帽子をカウンタの上に忘れていったようである。佐曾利が戻ってきて、それを受け取るところがドアのガラス越しに見えた。小川は、レジでマスタを待ち、会計を済ませる。真鍋が既に店の外に出て、佐曾利が行った先を見ていた。

マスタが呼んだ名前で、本人だと確認ができた。このまま尾行することにしようか、と小川は考えていた。まずは、どんな生活をしているのか、ということを把握するだけではあるが。

店の外に出ると、少しさきの交差点に真鍋が立っていた。小川はそちらへ急ぐ。

「駅へ行くみたいです」真鍋が言った。「つけますか？」

「うん、しばらくやってみましょう」

「この時刻から、仕事に行くってことですかね」

「仕事をしているのかな」

　商店街に近づき、人が多くなってきた。相手の背中が見える。人は多い方が尾行は簡単だ。こういった仕事はもちろん初めてではない。真鍋とのコンビで尾行をしたことも幾度かある。二人で別々に追う方がやりやすい。

　駅の改札を通り、ホームへ上がった。電車が来る。都心へ向かう方向だった。真鍋が佐曾利と同じ車両に乗り込み、小川は一両後ろに乗った。電車が走っているうちは、そちらを見ないようにする。注意をするのは駅が近づいたときだけである。

　終点まで降りなかった。人はもっと多くなった。その分、距離を詰めることができる。佐曾利は、迷うことなく、振り返ることもなく、真っ直ぐに歩く。目的がしっかりと決まっているようだ。

　JRに乗り換えた。ここでは、二人とも一両後ろに乗った。吊《つ》り革《かわ》につかまって立ち、前の車両をときどき窺った。佐曾利は、シートに座って電話のモニタを見ている。操作をしているので、ゲームか、あるいはメールかもしれない。真鍋と同様、バッグを持っていない。

「なんで、あの人を調べてほしいんでしょうね」真鍋が言った。

「さあ、理由はわからない。浮気とかだったら、相手の情報もあるし、はっきりそう言うのが普通だけどね」

たいていの場合、依頼者はかなりの情報を持っているものだ。疑いがあるから、それなりの確信があるから、証拠固めとして調査を依頼するのである。そうでない場合は、単に素行を調べてほしい、という漠然とした話になる。その場合は、むしろ周囲に聞き込みをした方が情報が得られやすい。今回は、素行を調査してほしい、という表現はなかった。ただ、見張ってほしい、何をしているか調べてほしい、という言葉が使われていた。小川の印象としては、依頼主は女性で佐曾利の知合い、なにか彼女に対して隠していることがあるのではと疑っている、それを調べてもらいたい、といった感じではないか、とぼんやりと想像していた。そのことは、真鍋にも話したが、

「ま、順当なところですね」というのが彼の返答だった。

二人のすぐ前のシートに座っている男性が新聞を読んでいて、折り畳んだその新聞の一面の記事が見えていた。それは、このところ都内数箇所で起こっている謎の連続

爆発事件のものだった。さきほど、喫茶店でワイドショーが報じていたのも、それだった。どこでも、話題なのである。

幸いにも今のところは、死者も出ていないし、大怪我《おおけが》をした人間もいないが、駅やデパート、競技場など、人が集まる場所で突然発火するため、近くにいた人々がパニックになって、子供が軽い怪我をした、という報道もあった。もう一カ月近くそれが続いているのである。

これについても、事務所で真鍋と何度か話をしていた。とにかく暇なので、そういう話題に自然になる。

「どう思う?」と小川が真鍋に尋《たず》ねると、

「いえ、どうも思いませんけど」と素っ気ない返事だった。しかし、話が、その爆弾のメカニズムに及ぶと、彼は略図を描いて小川に説明をするほどだった。

「記事には、ガソリンと電子的な発火装置って書いてありますからね」と真鍋は言う。「ですから、これは火炎器みたいなものですね。それを遠隔操作か、それとも時限装置かで、火をつけているだけですから、爆発しているわけじゃありません」

「そんなことないわよ。爆発しているじゃない。爆弾事件って言っているじゃない」

「いえ、火薬じゃありませんからね、ガソリンは。単に、火が着いただけです。爆発じゃなくて、発火です」

「それ、同じじゃない？」

「同じじゃないですよ。爆発っていうのは、火薬なんです。火ではなくて、一瞬のうちに空気が膨張《ぼうちょう》します。炎は上がりません。ただ、衝撃力が強くて、周りのものが吹っ飛びます。衝撃波みたいなものですよ。爆発のときの速度は音速ですから、目にも見えません。一瞬にして辺りは真っ白」

「あ、そう……。よく知っているね、そういうことを」

「ええ、聞きかじっただけですけど」

「衝撃波って、何？　かめはめ波みたいなもの？」

「かめはめ波が、どんなものか知りません」

「爆弾のこと知ってて、かめはめ波知らないの？　そりゃ、まあ、ちょっと、変わっているよう。たぶん、犯人も、そのタイプね。実験とかしてたら、恐いわよね。真鍋君、そういうタイプだから、駄目だよ、手を出しちゃ」

「どういうタイプなんですか。何に手を出すんですか？」

「君みたいなタイプはね、周りが心配するからね、みんな」

真鍋の説明によると、ゴム風船の中にガソリンを入れておいて、そこに着火するのではないか、ということだった。たしかに、聞いただけでも危なそうだ。それに、どうやってゴム風船の中にガソリンを入れるのか、わからない。その点を尋ねると、

「水を風船に入れるときと同じですよ」と答える。

水を風船に入れたことなどないので、小川はしばらく考え込んでしまった。

「ガソリンが飛び散って、それが服なんかにつくと、引火するから危ないですね。でも、爆発じゃないから、怪我というのは、つまり単なる火傷《やけど》です」

単なるというと、いかにも小事だと言わんばかりであるが、火傷でも充分に危険じゃないか、と小川は思うのだった。

この爆弾魔がテレビなどで話題になりやすいのは、マスコミに対してメッセージを送りつけてくるからだった。その自称というのか、ペンネームというのが、〈チューリップ〉だ。どうして、チューリップなのかは初めは明らかにされていなかった。のちにメッセージが公開され、それは、「キレイニサイタ」「アカクサイタ」などの短い文章だった。つまり、童謡のチューリップにある歌詞「サイタ　サイタ」を爆発に擬《なぞら》えているのではないか、と認識されるに至った。

今、向かいの席の男性が見ている新聞の記事は、昨夜あったばかりの事件で、都心の地下街で夕刻に爆発があった。今回も、幸い怪我人は出ていない。

何が目的なのだろう、という話に当然なるわけだが、これについては、小川は、悪戯《いたずら》が面白いから、という単純な理由しか思いつかなかった。特定の対象に恨《うら》みがある犯行とは考えられなかったからだ。メッセージにも、そういった内容はないし、テレビなどでも「社会に対する恨み」という漠然とした動機しか推測されていない。

このときの尾行は、佐曾利がある映画館の前に立つところで終わった。彼は、映画館の前まで来て、工事中の柵《さく》にもたれて立った。映画館は道路の反対側になる。そこから映画館をじっと見ているのだった。映画館の何を見ているのかはわからない。上映されている作品の看板がある。窓は少なく、いずれも室内は見えない。

どうして、ここで尾行が終わったのかというと、そのまま夜になってしまったからだ。なんと、六時間もの間、彼はそこを動かなかったのである。煙草《たばこ》は吸わない。本を読んでいるわけでもない。携帯電話を何度か手にしたが、それも長くはない。ただちらりと見る程度だった。それ以外は、腕組みをして、じっと映画館をただ見つめているのだった。

小川と真鍋は、場所を少しずつ変えて、それを見張っていた。一人ずつ休憩も取った。一人だったら、こんなにもたなかっただろう。それでも、相手は動かなかった。日が暮れて、街路《がいろ》灯《とう》が灯《とも》り、看板が光り始めても、そこに立ったままだった。

「何をしているんでしょうね」と何度呟《つぶや》いたかわからない。

映画館で上映されているのは、ハリウッドのSFものだった。ロードショーである。そこへ入っていく人間を見張っているようにも見える。しかし、ついに根負けしてしまった。

「今日は、もう諦めよう」小川は言った。

「そうですね、お腹がすきましたね」真鍋が頷いた。

この監視の最中も、二人は爆弾魔の話をした。爆弾魔も、自分の仕掛けた爆弾が火を噴くところを、こうやって見届けているのではないか。大勢がパニックになる様子を見ているはずだ、といった話だった。そのせいもあって、今にもその映画館の入口で炎が上がるシーンを想像してしまった。

そして、その想像がとんでもない妄想でもなかったと、後日小川たちは気づくことになるのである。

第1章　つきまとい

「ほんとにすこし気がおかしくなられたようですね」彼は頭もあげずに、あいかわらず糸を針の目に通しながら、例のしゅうしゅう声でこう言った。「だいたい、自分で自分を警察署に訴えるなんて、聞いたこともありませんですよ。それに、そんなおどし文句なんて、ただいきみ返っていなさるだけで、どうともなりゃしませんや」

「行くんだ！」ぼくは彼の肩をつかんで、金切声をあげた。いまにも彼をなぐりつけずにはすまないぞ、とぼくは感じた。

1

佐曾利隆夫に関する調査をその後も行った。一日めは、尾行を途中で諦めたが、次の日からは万全を期して臨《のぞ》んだ。驚くべきことに、二日めも、彼は同じ時間に家を出て、向かいの喫茶店でコーヒーを飲んだあと、同じ経路で同じ場所へ向かった。立つ場所は少し違っていたものの、やはり同じ映画館をじっと見張っている。否、見張っているように見える。

昨夜は、尾行を諦めたあと、佐曾利のアパートの管理人を訪ねた。就職関係で調査をしている、と適当に理由を誤魔化《ごまか》して、話をきくことができた。管理人は老婆だった。同じアパートの一室に彼女も住んでいて、一人暮らしのようである。どんな感じの人ですか、と尋ねてみると、

「そうですね、大人しそうな、いい方ですよ」と答える。

「一人でお住まいですよね？」と鎌をかけてみると、

「ええ、今はそうですね。以前は、奥さんがいらっしゃったようですけれど、えっと、この頃はいらっしゃいませんね」

「結婚されているのですか？」

「いえ……、ですから、今はお一人だと思います」

「離婚されたということですか？」

「そこまでは存じませんけれど、そんな感じのことをおっしゃっていましたね」

管理人は、ファイルを玄関先に持ってきて、それを捲った。佐曾利がアパートの契約をしたのは四年ほどまえになる。そのときは夫婦二人だった。妻の名前は、優花《ゆうか》と記されている。その書類を見せてくれた。こういったことは、最近では聞き出せないことが多いのだが、年齢が高い人ほど、個人情報の概念《がいねん》がないのか、小川のような仕事には逆にありがたい。契約の当時、佐曾利は会社に勤めていた。不動産関係だった。会社の名も、連絡先もわかった。

「今は、こちらへお勤めではありませんね？」

「ええ、そうみたいですね」

「どんなお仕事をなさっているのですか？」

「いいえ、私は知りません」老婆は首をふった。

このほか、家賃の滞納などは一度もない、という話を聞いた。

少なくとも平日だった昨日は、どこにも出勤していない。定休日だったのか、それとも昼間は働いていないのか。もしかして、深夜の仕事だろうか、とも思ったので、二日めは長時間の張込みを決行することになった。

また、午前中に佐曾利の勤務先だったところへ電話をかけた。ここでは、金融関係の者だと嘘をついて、佐曾利のことをきいてみた。若い女性が最初に出たが、次は男性に代わった。

「もしもし、電話を代わりました。えっと、佐曾利隆夫さんですね、はい、覚えております。ちょっと待って下さいね……」

礼を言って、しばらく待った。書類を調べてくれているようだ。

「えっと、一昨年の三月に退職しております」

「転職だったのですか？」

「いや、聞いておりません。一身上の都合、それだけです」

「なにか、トラブルがあったのでしょうか？」

「いや、まあ、べつにこれといって……。えっと、離婚をされたようでしたね。それで、たぶん、地元へでも帰るのか、と思ったんですが……」

「地元はどちらですか？」

「東北でしたね。秋田だったかな。今、ちょっとそのデータは……」

「あ、いえ、そこまではけっこうです。今は、連絡先もわからないのですね？」

「引越をしたのなら、わかりませんね」

住所の概略を教えてくれたが、それは今のアパートの住所のようだ。引越はしていないはずである。

その電話のあと、小川は、鷹知《たかち》祐一朗《ゆういちろう》にメールを書いた。鷹知は、個人の探偵業を営む同業者だ。戸籍《こせき》情報を調べてほしいと依頼した。これは、彼にその伝手《つて》があるからだった。この頃、こういったことは難しくなっている。はっきり言えば違法であるが、手数料も決まっていて、ごく普通に情報を買うことができるのである。つまり、その情報にアクセスする権限を持つ者が、それを売っているということだろう。鷹知からは、〈了解〉という簡単なリプライがすぐにあった。

その二日めの張込みでは、佐曾利が映画館の前にいる理由がわかった。三時に、彼が動いたからだ。理由は最初わからなかった。しかし、彼は、道路の反対側を見ながら歩きだした。そして、彼の視線は、一人の女性に向けられていた。

制服を着た若い事務員風の女性で、映画館から出てきたのだ。その彼女が同じ通りにあるコンビニに入ったところで、佐曾利は立ち止まった。道路を渡って近づくわけでもなく、そこでじっと待っている。道路は片側二車線の大通りで簡単には渡れない。近くに歩道橋があったので、小川はそこを渡って、コンビニの店内に入った。このときには、真鍋もいたので、佐曾利の監視は彼に任せることができたのだ。真鍋に電話をかけると、「おにぎりとウーロン茶」と伝えてきた。コンビニで買ってほしい、という意味らしい。

店の中に入って、制服の女性を見た。スイーツの棚《たな》の前にいる。職場から買いにきたのだろう。すれ違うときに、彼女の胸にあった名札を見た。〈野田《のだ》〉と読めた。映画館に勤めているのだろうか。ただ、あのビルにはほかの会社の事務所があるかもしれない。少なくとも、映画を観にきた客ではなさそうだった。派手な感じではないが、色の白い美人だ、と小川は思った。

一人では食べきれない量のスイーツを彼女は買っていった。小川も、おにぎりとウーロン茶を買って外に出た。既に、道路の反対側にいる佐曾利は、こちらを見ていない。前方を歩く野田という女性を追っているのがわかった。

コンビニから映画館へ戻る途中、歩道橋の上に真鍋がいるのが見えた。小川は階段を上がっていった。

事務員風の女性は、映画館の中へ入っていく。佐曾利は、さきほどと同じ位置、オフィスの前の車止めに腰掛け、また映画館を眺める姿勢に戻った。

「つまり、あの人を見張っているわけですね」真鍋が言った。「シャケマヨですか？」

「え？　ああ、おにぎりか、えっと、よく見ずに買ったから」

「まさか、昆布《こんぶ》じゃないでしょうね」

「昆布、嫌い？」小川は袋からおにぎりを出した。「あ、ごめん、昆布だった」

「うーん、しかたがないですね。こういうことは長い人生で一度や二度はあるでしょう。ここは我慢をして、苦境を乗り越えましょう」

「なんなら、買ってきたら？」

「いえ、我慢します」真鍋はおにぎりを受け取った。「そんなに嫌いというわけじゃ」

「ここは目立つから、あちらへ行こう」

歩道橋を下りて、脇道に少し入った。歩道から奥へ隠れることができる。角地の駐車場に金網のフェンスがあって、その隙間から観察ができる。腰の高さまでブロック塀《べい》なので向こうからは見えにくいだろう。真鍋は、おにぎりを食べた。三時のおやつのつもりらしい。

「もしかして、佐曾利さん、探偵業なんじゃないですか」あっという間におにぎりを食べ終わった真鍋が言った。ウーロン茶を開けようとしている。

「張込みをしているわけ？　うーん、そうかな、全然隠れていないみたいだけれど」

「ええ、顔見知りだったら、気づかれる可能性がありますよね。だから、顔見知りじゃない、ということかなって」

「同業者だったら、私たちに気づくんじゃないかしら」

「え、そういうもんですか？」

「私だったら、気づくけれど」

「うーん、それはどうでしょう」

「何？　どうでしょうって」

「いや、普段、そこまで周囲に注意を払っています？」

「少なくとも、ずっと同じ顔がこちらを見ていたら、気づくでしょう。道の反対側だとしても、顔くらい見ない？」

「近眼かもしれないし」

「まあ、いいや」小川は時計を見た。「彼女、えっと、野田さんっていうみたい。名札を見たの。映画館で働いているとしたら、何時までかな。朝は遅くて、夜も遅いってことかな」

「彼女が仕事を終わるまで、佐曾利さんは待っているかもですね」

「たぶんね」

「それで、そのあと、仲良く手をつないで帰るとか」

「ま、それはないでしょう」

「わかりませんよ」

「こんな何時間も待っているなんて、尋常じゃないよ」

野田が出てきたのは、八時に近い時刻だった。小川と真鍋は、コンビニを利用して交替して食事をとった。今日は、最後まで見届ける、という方針だったので、想定内であるが、少しくらいは場所を移動してもらいたい、とさえ思った。

野田は制服ではなく、着替えていた。駅の方へ向かって歩いた。そして、予想どおり佐曾利もそのあとをついていく。二人の距離は三十メートルほどで、尾行としては近すぎる距離といえるが、人が多いので目立たない。真鍋は、佐曾利のすぐあとを歩き、小川はさらにそのあとを歩いた。駅に近づくと、全員の距離が近づく。ホームへ上がるエスカレータでは、真鍋は佐曾利の三人後ろまで近づいた。四人は同じ電車に乗った。

乗換えが一度あった。佐曾利の家の方角ではない。JRの次は私鉄に乗った。郊外へ向かっている。野田の自宅だろうか、と小川と真鍋は話し合った。もし、野田と佐曾利が別の方向へ向かう場合は、野田を小川が、佐曾利を真鍋が追うことにしよう、と決めた。ただ、真鍋は、今夜中には帰りたいと言った。

「私だって帰りたいわよ」小川も言い返す。

「いいえ、残業手当をもらっても、働けないという意味です。明日、朝一で行かなくちゃいけない講演があるんです、大学で」

「夏休みなのに？」

「そうなんです。市民講座みたいな奴ですけど、参加しないと、単位に響くんですよ」

「ふうん、でも、それだったら、朝までは大丈夫《だいじょうぶ》じゃない。どうせ、教室で寝てるんでしょう？　一晩くらい徹夜しなさいって」

「そういうのは、パワハラって言いませんか？」

「あ、わかった、夜はデートなのね？」

「それは、セクハラ」

「どっちでもいいけれど……。とにかく、私は今夜はとことんやるからね」

「そんなに元気出さないで下さいよ。気合いを入れるほどのヤマでもないと思いますよ。今日は、佐曾利さんの謎の行動の理由がわかっただけでも、よしとしましょう」

「まだ、わかってないでしょ」

会話はそこで途切れる。電車が駅に近づき、前の車両の野田がシートから立ち上がった。佐曾利も同じ車両にいるが、そちらを見ないようにしている。つまり、もしかしたら顔見知りかもしれない、ということがわかった。

同じ駅で二人が降りた。小川と真鍋も降りる。幸い、まだ人が多い。階段を下りていくときは五メートルほどの距離だった。

駅からは、ずっと徒歩。時間にして十五分ほど歩いた。最初は賑《にぎ》やかな場所だったが、しだいに静かな住宅地になる。人も疎《まば》らなので、近づくことができない。ただ、暗いので顔が見えないという利点はある。真鍋と小川は、並んで歩くことにした。カップルだと思わせた方が怪しまれない、と考えたからだ。

野田と佐曾利の距離は三十メートルほど離れていた。野田は気づいていない様子だ。歩調は変わらず、最後はマンションの敷地へ入る階段を上っていった。その手前で電信柱に身を潜《ひそ》めて、佐曾利がそれを見ている。さらにそれを小川と真鍋が確認した。二人は、商店の立て看板に隠れている。

野田の姿が見えなくなると、佐曾利が引き返してきた。ここで、小川と真鍋は分かれることになった。佐曾利が通り過ぎるのを隠れて待ち、小川は野田のマンションの方へ向かう。真鍋は、佐曾利を追うことになった。時刻は九時になった。

小川は階段を急いで駆け上がる。マンションは六階建てくらい。その駐車場へ出たが、こちら側が裏手らしく、各階の通路が見える。ちょうど、野田が四階の通路を歩いていくのが見えた。ドアの前で立ち止まって、鍵を開けるのもわかった。小川は、建物の左手からホールへ入り、郵便受けを確認した。四〇三に〈野田〉の文字を見つける。まちがいない。エレベータを待って、四階へ上がり、誰もいない通路を歩いた。四〇三のドアの横にも、〈野田〉の表札と新聞受けがあった。いずれも姓だけで名前はない。

戻ろうと思ったとき、ドアのすぐ前に葉書《はがき》が落ちているのに気づいた。拾い上げると、ダイレクトメールの広告のようだった。宛名は、〈野田優花〉とあった。

階段室まで歩き、そこで葉書の住所をメモした。その葉書は、一階ホールの郵便受けに入れておくことにした。誰かが落ちているのを見つけて拾った、というストーリィである。

ホールからは、正面の玄関へも出られる。そちらは道路に面している。再び駐車場へ出て、駅からの道へ下りる階段で、小川は真鍋に電話をかけた。

「どう？」

「駅へ向かって歩いているだけです。異常なしです」

できるだけ急いで駅まで歩いた甲斐《かい》があって、ホームに上がる階段で真鍋に追いついた。真鍋は、ホームへ出ないで、階段に隠れていたようだ。都心へ向かう方角は、この時間は乗客が比較的少ない。目立つと考えたわけである。

電車が来て、佐曾利が乗るのを見届けてから、二人も乗り込んだ。また、一両離れたポジションを選んだ。

「野田優花さん」

「ユーカさん？」

「優しい花」

「ゆかさんかもしれませんね」

「あ！」小川は声を漏《も》らした。そして、手帳をバッグから取り出した。

「恥ずかしいですね、今どき、手帳っていうのは」

その名前を思い出したのだ。佐曾利のアパートの管理人が見せてくれた書類にあった名前である。彼女はそれを書き留めておいた。

「嘘みたい」思わず呟いていた。

「何がですか？」

「あの人、まえの奥さんだ。離婚したの、二人は。えっと、二年くらいまえ、推定だけれど」

「別れた奥さんを、尾行しているっていうことですか？」

「たぶん」

「どうして、そんなことを？」

「それは、君が考えて」

「どんな男とつき合っているんだって、未練がましく、追跡してるとか」

「ストーカみたいに？」

「なんとか縒《よ》りを戻したいから、チャンスを窺っているとか」

「たとえば、どんなチャンス？」

「うーん、たとえば、強盗に襲われそうになったら、そこへ出ていって、助けるわけです」

「それで？」

「ほら、これでぼくに惚《ほ》れ直《なお》しただろうって」

「ふうん」

「駄目ですか？」

「わかるけど……、もう少しリアルなやつ、ない？」

「巨大なドブネズミに襲われる、というよりはリアルじゃないですか」

「ああ、ネズミね……。それは、ちょっと恐いわね。助けてもらったら、ぐらっとするかもね」

「ぐらっとしますか？」

「私ならね」

「リアルじゃないですか」

「ちょっと待ってね……」

小川は考えた。自分たちは今、何をしているのか。そうだ、佐曾利を尾行している。何故なら、彼の行動を知りたい人間が依頼してきたからだ。それは、誰だろう。その人物は、佐曾利が野田優花につき纏《まと》っていることを知っているのだろうか。

「あ、もしかしたら、調査依頼をしてきたのは、その野田さんじゃないですか？」真鍋の方から言ってきた。

「あ、そうそう、同じこと考えてた。そうなのよ。つまり、別れた旦那につき纏われているから、気持ちが悪くなったのか、それとも、なにか実害があったのか……。それで、ストーキングの証拠を固めて、被害届けを出したい、というような……」

「実害っていうのは、何ですか？　ああ、つまり、脅《おど》されているとか？　えっと、今日はコンビニに入ったな、とかってメールを送ってくるとかですか?」

「そうそう。そういうの、本人にとっては、もの凄く恐いと思う。きっとね、暴力を振るわれて別れたのね」

「それにしては、あまり周囲を気にしていなかったですね」

「気づいたら、かえって恐いから、知らない振りをしているんじゃない?」

そんな話をした。このあと、佐曾利は自宅へ直行した。どこにも寄らなかった。時刻は十時を過ぎていた。

「まあ、明日も、いちおうつけてみる」小川は別れ際に真鍋に言った。

「僕、明日は午後からしか来られませんから」

「大丈夫、もうだいたい行き先はわかったわけだから」

「小川さん、少し変装とかした方が良いですよ」

「え?　服装は替えてくるつもりだけれど」

「サングラスか、マスクくらい」

「ああ、そうね」

駅で真鍋と別れた。小川は、サングラスが家のどこにあったかな、と思った。かえって目立つのではないか。それよりは、普通のメガネをかけてこよう、と考えた。

2

三日めも、スタートは同じだった。念のために、十一時から小川は張っていたが、一昨日、昨日と同じく、十二時半に佐曾利は家から出てきた。そして、向かいの喫茶店に入った。この日は雨で、小川はメガネをかけ、傘《かさ》をさしていた。細かい雨が風に舞っている感じで、傘があってもなくても、ほとんど変わりはなかった。じめっとした空気で蒸し暑い。

鷹知に依頼してあるデータは、まだ届いていなかったが、追加で野田優花についても調べてもらうようにメールで依頼をしておいた。

佐曾利は、今日も映画館に向かうようだった。一昨日と同じ場所で黒い傘を持って立った。工事現場の柵の前だ。長時間よくもじっと立っていられるものだ、と小川は感心した。彼女は、傘を仕舞える場所を探し、最初は歩道橋の下にいたが、そこは自転車を駐めにくる人が多く、邪魔になるようだったので、途中で移動した。少し離れたところに、バス停があって、屋根《やね》のある待合所が設置されていたので、そこに入った。しかし、すぐにバスが近づいてきた。小川はまた歩きだして、思い切って映画館の前まで来た。入口の横に入場券売り場がある。その上に、上映時間が表示されていた。それを見る振りをして、受付の中を窺った。思ったとおり、二人いる受付の一人が、野田優花だった。制服を着ている。髪を上げていた。顔を合わせないように向きを変え、傘で遮《さえぎ》った。道路の反対側にいる佐曾利が見える。かなり距離があって、表情まではわからない。向こうも見えないだろう。

今日も、このまま八時まで動きがない可能性が高い。自分一人で交替もできないので、一旦事務所へ戻ることにした。通りでタクシーを捕まえて、それに乗った。クーラが効いていて、気持ちが良い。事務所の前で車を降りたとき、遠くでサイレンが鳴っていた。火事だろうか、と思った。そこへ電話がかかってきた。鷹知祐一朗からだった。小川は、立ち止って電話に出た。

「もしもし、お世話になっております」

「小川さん、鷹知です。あの、ちょっと、今いいですか？」

「はい、大丈夫です」

「今朝メールがあった、野田優花さんのことなんですが、ああ、あの、戸籍については手配をしておきました。数日中には出ると思いますが、来週になるかもしれません」

「いつもすみません。助かります」

「どうして、彼女のことを調べているんですか？　差《さ》し障《さわ》りがなければ、教えてもらえませんか。もちろん、秘密は守ります。どうして、知りたいのかというと、以前に、彼女の依頼を受けたことがあるんですよ。なにか、参考になれば、と思ったものですから」

「え、どんな依頼だったんですか？　あ、ええ、じゃあ、情報を交換しましょう」

小川は調査のあらましを鷹知に説明した。依頼はメールであった。依頼人には会っていない。ただ、ある男性を見張ってほしい、というもので、今日でその張込みが三日めになる。その人物は、家を出ると、ある映画館の前に直行し、そこで一日中誰かを待っているようだ。昨日は、映画館から出てきた野田優花という女性を尾行して、彼女のマンションまでついていった。そう話した。

「それが佐曾利さんですね」鷹知は言った。「戸籍の依頼があった……」

「鷹知さん、佐曾利さんもご存じなんですね？」

「僕が依頼を受けたときは、野田さんは、佐曾利さんと同居していました。正式に結婚をしていたわけじゃありませんが」

「どれくらいまえですか？」

「二年くらいですね。依頼されたのは、ようするに、佐曾利さんと別れたいから、そのための証拠が欲しい、といったようなものでした」

「佐曾利さんが浮気をしていたのですね？」

「それだったら、話は簡単なのですが、浮気ではありません。うーん、なんというのか、ちょっと佐曾利さんの挙動が変だというか、常人離れしているところがあって、それが、野田さんが別れたい理由だったんです」

「常人離れしている？　暴力を振るうとかですか？」

「身の危険を感じることは、ええ、あったようですが、実際の暴力はありませんでした。だから難しかったんです。なんというのか、言葉の暴力と言って良いようなものですね」

「ああ、なるほど。それじゃあ、録音とかをしたわけですね？」

「そうです。それで、僕の手には負えませんので、専門家に相談して、えっと、そういう類《たぐい》のカウンセラとか弁護士とか、いるんですよ。まあ、結局は別れることになりました。といっても、離婚ではありません。籍を入れていたわけじゃないから」

「だったら、さっさと出ていっちゃえば良かったんじゃないですか？」

「それが、恐くてできない、というのが、つまり野田さんの主張でした。だから、助けてほしいと」

「そう……、難しいですね。そういうのも、あるのかな。出ていったら、仕返しをされる、ということですね？」

「そうです。裏切り者を許さない、という言葉がありましたね」

「裏切りですか。あまり、私には縁のない言葉」

「そういうことに拘《こだわ》る人なんです、佐曾利さんは」

「ああ、わかる気がする」小川は、映画館の前で何時間も立っている佐曾利を思い浮かべた。「なんか、まっしぐらって感じです。えっと、堅物っていうのかなぁ」

「第三者が入って協議をして、円満に別れることができたようです。だから、僕としては、まあ上手く仕事が片づいたと思っていたんですよ。だけど、どうもそうじゃないってことですね」

「わからない。どうなんだろう……」小川は正直に答えた。「ただ、忘れられなくて、追いかけているだけなのかもしれないし……」

「ストーキングですよね。まあ、野田さんに、電話とかメールとかをしていなければ問題ないのかもしれませんが……」

「でも、ちょっと恐いですよね」

「そうですね。一度、それとなく、彼女にきいてみましょうか？　その後、大丈夫ですかって」

「あ、そうね、それは良いかもしれない。ただ、私のところへ調査依頼をしたのが、誰かわからないから……。えっと、つまり、野田さんかもしれないわけで、そうなると、私が情報を鷹知さんに漏らしたのではないかって思うかも。それは避けたいなぁ」

「依頼人は、野田さんではないでしょう。彼女だったら、僕に依頼してくるはずです」

「あ、そうか……。じゃあ、誰？」

「野田さんのことを心配した周囲の誰か、ということなんじゃぁ」

「それとも、佐曾利さんの身近な人かもしれませんね」

「それもありえますね」

「じゃあ、やっぱり、ちょっときいてもらおうかしら」

「わかりました。うまく尋ねてみます。昔の件のアフタ・サービスとでも言って」

「お願いします」

「戸籍のデータも、入ったらすぐに送ります」

鷹知との電話を切り、事務所のドアを開けたが、すぐにまた電話がかかってきた。今度は、真鍋だった。

「はい、小川です」

「小川さん、今、どこですか？」

「事務所に帰ってきたところ」

「今、駅前ですけどね、大騒ぎですよ。消防車が十台くらい来てます。表の大通りまで並んで。パトカーも警官も」

「え、どこの駅よ？」

「見にきたら良いですよ。爆弾事件じゃないかな」

「爆弾事件？　え、本当に？」

真鍋は答えない。

「もしもし、真鍋君？」

電話が切れたようだ。大勢が電話をしているのかもしれない。どこの駅とは言わなかったが、最寄《もよ》りの駅のことだろう。見にきたら、と彼が言ったからだ。歩いていける駅といえば一つしかない。それに、午前中の講演が終わってから、こちらへ来ると話していた時間ともだいたい一致する。

小川は、再び事務所の鍵を閉めて、出ていくことにした。

3

真鍋は、永田絵里子《ながたえりこ》と一緒だった。講演のときも彼女が隣に座った。市民講座とは名ばかりで、いつもの教室だし、内容も雰囲気も普段の講義とほとんど同じだった。市民らしき人は五人くらいしかいない。たぶん、教授の身内だろう。

その講義中に、張込みをしているという話を永田にしてしまったところ、食いついてきた。そう、まさにその表現がぴったりの状態だった。それまで、眠そうな顔をしていたのに、顔つきが変わり、質問を次々に浴びせるのだ。これもいつものことだが、教壇の教授はだいたい半分は永田を見ているので、真鍋は気が気ではなかった。さすがに、市民の手前もあり、注意は受けなかったものの、確実に目をつけられただろう。今までにも、そう感じることが何度かあった。このせいで、単位を落とされたりしないだろうか、と心配になるほどだ。

永田の質問は、つまり、張込みというのは、具体的にどんなふうにするのか、といった内容だったが、こういうふうにするのだ、となかなか上手く説明ができない。ただ、「見ているだけ」なのだ。もう一つ加えるならば、「隠れて」である。それ以外に、具体的で一般的な手法があるだろうか。

講演が終わって、大学を出た。少々延長があったため、十二時半だった。

「どこへ行くの？」と永田に尋ねられたので、「バイトにいく」と答えた。

「何、それって、つまり、今日も張込みをするってこと？」永田が尋ねる。

「わからないけど、そうなるかもしれない」と曖昧《あいまい》に答えた。

彼女は、ちょっとまえに、真鍋がバイトをしている椙田探偵事務所に、臨時で雇われ、一緒に働いたことがあった。この事務所は、今は正式には、〈ＳＹアート＆リサーチ〉という。どうして名称変更をしたのか、理由はわからない。探偵事務所の方がわかりやすいと真鍋は思うのだが。とにかく、永田は、そのバイトのときから、「探偵」とか「張込み」に異様に興味を示していたのだが、残念ながら、そのときの仕事は、美術品の調査だったので、彼女としては「力が発揮できなかった」ということらしい。実際に、そのとおりの台詞《せりふ》が彼女の口から出るのを聞いた。何の力だろう、と真鍋は考えたが、一つも具体的なものを思いつかなかった。せいぜい好意的に解釈をすれば、探偵らしい仕事だったら、もう少しやる気が出たかもしれない、ということだろう。

永田は、真鍋についてきた。しかたがないので、「なにか食べる？」と尋ねると、クレープを食べよう、と言った。意外性ということでは、彼女はなかなかのものだ。そこで、電車に乗るまえに、歩道で立ったままクレープを食べた。それがランチ代わりである。吊り革に摑《つか》まったときも、隣に彼女が立った。このまま事務所まで来るつもりらしい。まあ、べつにかまわない。「ついていっても良い？」というような言葉はまったくなかったので、ほっとしている。勝手についてきたのだ。自分の責任ではない、と真鍋は思うことにした。

「その、つけている相手っていうのは、どんな人なの？」永田がきいた。

「男の人」真鍋は答える。それくらいは話しても良いだろう、という判断である。

「なにか、事件に関連しているの？　それとも、個人的な問題？　浮気調査とか？」

「うーん、僕はよくは知らないから」

「小川さんと二人でやっているの？　二人じゃあ大変でしょう？　顔を覚えられるかもしれないよ。もっと、メンバを揃《そろ》えて臨むべきじゃない？」

自分もやりたいと暗に言っているわけである。これは「暗に」というにはあまりにも明るすぎるが。

「夜の張込みとかしてて、熱いコーヒーとか差し入れがあるんでしょう？」永田の質問は、いつの間にか独り言になっていた。「いつもは厳しい先輩が黙って持ってきてくれたりするんだよね」

「先輩って誰?」真鍋はきいた。

「まあ、この場合は、真鍋君なんじゃない?」

「あ、そう……」この場合っていうのは、どの場合だろう。まあ、いちおう、留年しているから先輩は先輩だ。しかし、いつもは厳しいかな、と少し振り返ってしまった。深く考えない方が良さそうだ。

改札を出る少しまえから、駅前に大勢が集まっているのがわかった。

「わ、何? なんかイベント?」永田が言った。

「あれ、消防車がいるね」真鍋は気づいた。

改札を出て、駅前の広場が見渡せるようになる。消防車は一台ではない。何台も並んでいるのが見えた。消防訓練かと思ったが、こんな混雑したところでやらないだろう。周囲を見回しても、どこかで煙が上がっているわけではない。バスとタクシーの乗り場の方をみんなが見ているようだ。だが、その先は、人垣で見えない。誰かが拡声器で叫んでいて、どうやら、離れて下さい、危険ですから近づかないで下さい、と言っているようだった。

そちらへ近づくよりも、遠ざかった方が見えるだろう、と考え、近くのビルの階段を上がった。二階のピロティに面して、喫茶店など数店のショップがある。既にそこの手摺越しに見物をしている人たちが見えた。

階段の踊り場で振り返ると、駅前の様子がわかった。中心になっているのはバスの待ち合い所の辺りで、そこに消防隊員と警官が集まっている。半径十メートルほどで、人を中に入れないようにしているようだ。その整理にもっと大勢の警官が当たっている。

近くにいた人に、永田がきいている。彼女はこちらへ戻ってきた。

「爆発があったんだって。ほらほら、あの例のやつだって」

「例のやつ？」

「やってるじゃない、連続爆発事件。えっと、チューリップ」

「え、ここで？　ガソリンに火が着くやつ？」

「そうそう。もう火は消えたわけだね。消防車が来るまえに、消火器で駅員が消したって言ってたよ」

「へえ……。救急車、来てないから、怪我人もいないのかな」

「不幸中の幸いだよね。ね、そうだよね？」

これは、その言い回しが合っているか、という疑問形である。

そこで、真鍋は小川に電話をかけた。駅前が大騒ぎになっていますよ、と伝えたのだ。真鍋自身としては、特に大騒ぎの感じではなかったのだが、きっと小川はこういうのを見たいだろう、彼女だったら大騒ぎの部類だろう、と想像したからだった。

「ね、ね、犯人が、ここに爆弾を仕掛けたってこと？」

「仕掛けたというか、置いていったんだよね」

「どうやって、爆発するの？」

「知らない。見たことないから」

「見たら、わかる？」

「爆発するまえに見たら、仕掛けはだいたいわかると思うよ」

「でも、わかったときには、爆発しちゃうかも」

「爆発ではなくて、発火だけどね。燃えちゃったら、わからなくなるかも。あ、でも、残っているもので、だいたいわかるかな。警察はもうとっくに分析していると思うよ」

「ふうん。そうなんだ。それでも、翻弄《ほんろう》されているじゃん」

「翻弄？　ああ、それは、誰が作ったかまでは、まだわからないから」

「でも、普通、爆弾なんか作れないでしょう？　限られているんじゃない？」

「そんなことないよ。誰でも作れるよ」

「真鍋君、作れる？」

「うん、作れると思う」

「うわ、言っちゃうわけ。そうなんだ。作れちゃうんだ。駄目だよ、そういうこと言っちゃあ」

「どうして？」

「疑われるから」

「え？」

「私、一瞬疑ったもの。真鍋君、そういうとこ、あるよねぇ」

なんか、小川にも似たようなことを言われたな、と真鍋は思い出す。

「でも、あそこは、ほら、たぶんカメラがあると思うな」真鍋は指をさす。

「カメラ？」

「うん、こういうところって、だいたい監視カメラがあって、それの録画を調べたら、誰がそこに置いていったか、写っているんじゃないかな」

「あ、そうだね。でも、今までだって、写っていたんじゃない？　わからなかったわけでしょう？　見た目だけじゃわからないし。そうか、マスクとかしてサングラスとかして、帽子ぎゅうって被ってたら、わかんないから」

「そうだね、どこにカメラがあるのかも、あらかじめ調べているはずだから、そちらに顔を向けないようにして、置くときも、死角になるように注意しているはずだよね」

「凄いね、死角だよね。死角、死角……。張込みしているみたいだね」

「いや、それはちょっと違うと思うけれど」

そんな話をしながら、真鍋は大通りの信号の方を見ていた。小川がやってくるならその方向だったからだ。案の定、横断歩道を渡ってこちらへ歩いてくる彼女の姿を発見した。もちろん、真鍋たちには気づかず、人ごみの中を駅へ向かって近づいてくる。きょろきょろしているが、視線を上方へ向けることはなかった。距離が一番近くなった頃、真鍋は「小川さん」と声をかけた。

小川がすぐに気づいて、階段を上がってきた。永田がいることに驚いた様子だったが、すぐに微笑《ほほえ》んでみせた。

「あそこです」真鍋は指をさして、現場を示す。「僕たちが着いたときには、もう消防車が来ていました。サイレン、聞こえませんでした？」

「聞こえた、聞こえた」

しばらく、そこで見物をしていたが、動きはまるでない。消防車が一台ずつ引き上げようとしているようだった。逆に、警官の数は増えている。パトカーで来たのだとすれば、表通りに駐車しているのだろう。駅は、普通に機能をしているようだが、バスとタクシーは利用できる状態ではない。電車は既に三便ほど到着していて、そのたびに降りた客が改札口から大勢出てきては、足を止め、驚いた顔になる。

三人は喫茶店に入ることにした。見物していた階段を上がったところにある店だ。ランチのピークはとっくに過ぎている。テーブルが二つ空いていて、窓に近い方を選んだが、残念ながら、爆発の現場は見えない。

三人とも冷たい飲みものを注文した。そこで、小川は、永田に、今から話すことは誰にも言わないこと、と念を押してから、佐曾利の件について真鍋に話した。鷹知から得られた情報が新しい。そして、永田にわかるように、今回の調査について補足をした。

「永田さん、張込みがしたいみたいなんですよ」真鍋は小川に言った。鼻息が荒い、とつけ加えようとしたが、誤解を招く表現かもしれない、と思い留まった。

「今日、また今から行くつもりだけれど」小川は、永田を見た。「一緒に行く？」

「行きます」永田は頷いた。

「えっと、バイトなんですか、それとも、ボランティアなんですか？」真鍋は口を挟んだ。こういうことはきちんとしておかないと、あとで面倒なことになりかねない。

「ボランティアです」永田は言った。

「いえいえ、大丈夫、ちゃんとバイト料を出します」小川は微笑んだ。

飲みものが来たあと、今度は外の事件の話題になった。窓から見える範囲でも、まだ見物人が多いことがわかる。

「目的は何だと思う？」小川が真鍋を見てきいた。その質問は、過去にも二度受けているものだった。なにか新しい考えがないか、という意味だと思ったが、しかし、なにも用意はない。

「さあ」と真鍋は軽く答えた。グラスの中の氷をストローでかき回す。

「目的っていうのは、つまり、面白いから、じゃないんですか？」永田が言った。

「それ以外にないと思いますけど」

「みんなが騒ぐのが面白いっていうだけなら……」小川は永田に視線を移して言った。「ガソリンなんて危ないものを使わなくても、びっくり箱を仕掛けるとか、ほかにも目立つ手があるんじゃない？」

「それを思いつかないわけですよ。ああいう武器的なっていうか、危ないものを考えるのが、一番簡単だから……」

「それは、なかなか鋭いね」真鍋は言う。「そうなんだ。誰でも発想する、ごく普通のことなんだよね」

「普通ってことはないんじゃない？　あんなこと、普通は思いもしないよ」小川は反論する。

「いえ、僕が言っているのは、手法のことです。やるかやらないか、という意味なら、普通はやろうなんて思いもしないでしょう。でも、なにかやってやろうと思ったとき、どうすれば騒ぎが起こせるか、という手法としては、かなり簡単で短絡的《たんらくてき》な部類だと思いますよ」

「ああ、そうか……。なるほどね」小川は腕組みをした。アイスレモンティーが彼女の前のテーブルに置かれている。「私は、ああいうことをするのは、社会に対して恨みがある、ということだと認識しているけれど……」

「社会に対してというよりも、もっと個人的な問題だと思いますよ、たいていは」

「個人的な問題って？」永田が真鍋にきいた。「誰かに苛《いじ》められたとか？」

「そうそう。あと、失恋したとか、仕事をクビになったとか、お金がないとか」真鍋は言う。「どうして自分だけが不幸なんだって考えるんですよ、たぶん……」

そこで、真鍋はアイスコーヒーのグラスにミルクを入れ、ストローで掻き混ぜる。途中まではブラックで楽しんだあとである。

「それで？」小川が話の続きを促《うなが》した。

「え？　何がですか？」真鍋が顔を上げる。

「自分だけが不幸だから、何なの？」

「ほかの人にも、自分の不幸さをわかってもらいたい。できれば、ほかの人も、同じくらい不幸を味わってほしい。それが平等というものだ。人間はみんな、平等なはずだ。そう考えるんです」

「ふうん、そうなんだぁ」永田が小さく口を開ける。「そこまで考えるかなぁ。なんか、高等すぎない？」

「でもさ、自分の不幸をわかってもらえるかしら？」小川は尋ねた。「誰がやっているか、わからないわけじゃない。警察に逮捕されて、その人のプロフィールが公開されれば、みんなに知れわたるかもしれないけれど、捕まらないうちは、やっても、誰にも気づいてもらえないわけでしょう。よけいに欲求不満にならない？」

「なりますね」真鍋は頷いた。「だから、そのうち、ばらしたくなって、結局は捕まるしかないわけですね。捕まったら、話を聞いてもらえて、望みが叶う、というわけです」

「うーん、それは、なんか変。ちょっと面白くないね」永田が言った。「そんな、思いどおりになるみたいなのは、良くないよ」

「うん、だから、僕思うんだけれど、犯人を捕まえたらね、ただ、犯行を立証するだけにして、動機とか、そういう感情面のことはきいても、公表しない方が良いと思う。じゃないと、社会のみんなに理解してもらえるという、一種のご褒美《ほうび》を与えるようなものでしょう？」

「そういう考えもあるわね」小川は頷いた。「だけど、それじゃあ、裁判にもならないでしょう？　あと、犯罪者であっても、人権はあるし、その人を更生させなきゃいけないわけだし、その責任が社会にあるわけ。となると、やっぱり事情を聞いて、理解してあげないと」

「そうか、そうですね」真鍋は頷いた。「そういう優しさが、必要とされているんでしょうね。だけど、連続殺人犯とか、凶悪犯になると、更生させるわけじゃなくて、死刑とか無期懲役とかになるわけですから、やっぱり、犯人を満足させてしまってはいけないんじゃないですか。そうしないと、同じことをする人間があとから出てきますよね。ああすれば、自分のことをみんなに聞いてもらえるんだって考えて、真似をする人が現れます。ありましたよね、そういうの」

「うん、それも、一理ある。そういうこともあるとは思う」小川は頷いた。

「うーん、深いですね」永田が溜息をついた。「こういう話をするのが、やっぱり探偵社ならではですよね」

「いえいえ、こんな話、誰だってするわよ」小川は微笑んだ。「深いというよりも、その……、話したくなくても、避けられないテーマっていうか……。たとえば、そう、戦争とか貧困とかも、そうなんじゃない？　結局は、そこへ行き着くわけ。いろいろあるわよね」

「こんな話ができるっていうのが、つまり平和だよね」真鍋が永田の方を見て言った。

「うーん、うちでもね、よく平和だって言われるけど、でも、私たちには、これがデフォルトだもんね、わからないよね」

4

この日も、再び佐曾利の監視をすることになった。夕方の四時過ぎに、映画館の前にいる佐曾利を確認した。おそらく、ずっと動かなかったのだろう。三人が一緒にいるのは目立つので、最初は、真鍋が近くに潜んで見張った。小川と永田は少し離れた場所で、逆方向から佐曾利を見た。やはり、佐曾利は、映画館をじっと見つめているようだ。この暑いのに、飲みものも持っていない。

とにかく退屈な張込みである。夕方の五時過ぎ、真鍋と永田にその場を任せて、小川は駅の方へ歩いた。鷹知から連絡があったためだ。こちらへ来ると彼は言ったが、悪いので駅で会うことにした。人通りが多い場所だったが、かえって話がしやすかった。まず、佐曾利隆夫の戸籍の話だった。

「やっぱり、少し時間がかかるみたいで、来週になります」と鷹知は言った。

「今も、この先の大通りにいるんですよ。映画館の前です。ずっと動きませんね」

「彼女と電話で話したんだけれど……」鷹知は言った。彼女というのは、野田優花のことである。「心配したとおり、佐曾利さんから、メールや電話があるみたいでした。メールも返事はしないし、電話も留守電に残っているだけで、実際に話をしたわけじゃない。どうしたものか、と困っていた。僕に連絡をしようかと考えていたそうです」

「なにか、具体的な脅しがあったということ？」

「いや、それがあったら、警察に連絡もできる。具体的な言葉で脅されているわけじゃない。ただ、会って話をしてほしい、そうするしかないんじゃないか、というようなことを言っているらしい。ただ、本人をよく知っている野田さんとしては、その言い方というか、言葉がとても恐いって話していた。そういうのは、あると思う」

「そうね。もしかして、言葉として言っちゃいけないことは、佐曽利さんもよく知っているんじゃないかしら」

「そう。あの人は、インテリだからね」

「インテリなの？」

「東大出。最初は、一流企業に勤めていたと、野田さんから聞いたことがある。転職して、不動産屋で何年か働いて、今は、たぶんなにもしていないんじゃないか、というのが彼女の推測」

「生活費はどうしているわけ？」

「蓄《たくわ》えがあるのか、それとも、実家から仕送りがあるのか。実家は、農家だったと思う。とにかく、けっこう理屈っぽい人だってこと。野田さんも、喧嘩《けんか》になったら、口では絶対に勝てないって言っていた」

「普通、会ってくれないなら死んでやるとか、言ったりするわけでしょう？」

「そういうことは言わないそうです。それに、殺してやるなんて言葉も絶対に出ない。そうではなくて、うーん、なんか、二人の将来について、もう少しよく考えてみたい、という提案をするんだとか」

「でも、やっていることは、常軌を逸している感じなのは確か。あんな長時間じっと立ち続けているなんて、既にバランスが崩れているんじゃない？」

「その話は、まだ野田さんにはしていない。知らせる方が良いかどうか、小川さんと話してからにしようと思ったから」

「その、自分は監視をしているんだ、というようなことは、野田さんに言っていないの？」

「それは、そう、ないみたいだった」

「それじゃあ、何のためにつけ回しているのかしら」

「そのうち、なにか動きがあるかもしれないけれどね。やっぱり、彼女にそれを話すのは、もう少しあとにした方が良いかもしれない。今すぐに危険なことになるとは考えにくいし、佐曾利さんも、そこまで馬鹿な真似はしないと思う」

「そうね、思《おも》い詰《つ》めているといった感じではないかも。だって、喫茶店でコーヒーを飲んで、テレビを見ているし、よくわからない感じ。見るからに変だ、ということもないし」

「その、小川さんに調査依頼をしたのは、誰なんだろう？」

「わからない。野田さんは、誰かに相談していない？」

「誰かに話したか、ときいてみたんだけれど……」鷹知は言った。「親しい友達には相談したって言っていた。たぶん、倉崎《くらさき》という人だと思う。以前から、野田さんとつき合いがあった。僕は、野田さんは、彼と結婚するんだと思っていた。でも、もしかしたら、佐曾利さんが恐くて、躊躇《ちゅうちょ》しているのかもしれない」

「倉崎さんね、その人、どんな感じの人？」

「よくは知らない。うーん、なんか、モデルだったたか、役者だったたか、そんな仕事をしている人」

「男性でしょう？」

「そうですよ。男性のモデル。でも、売れているとは思えない。野田さんが貢《みつ》いでいるんじゃないかな。そんな感じでした」

「彼女だって、裕福には見えないけれど」

「うーん、そうかもしれない」鷹知は頷いた。「で、今は？」

「え？」

「張込みは、真鍋君が？」

「ああ、ええ、そう。私も戻らなきゃ……」

「そういえば、小川さんの事務所の近くで、爆発があったって、さっきニュースで見たけれど」

「そうそう。大変な騒ぎだったの」

「いや、あの事件でね、たぶん全然関係ないとは思うんだけれど、思い出したことがあって……」鷹知は珍しく眉を顰めて、言葉を切った。どう説明したものか、と考えているのだろうか。そんなふうに見えた。「野田さんの依頼で、佐曾利さんを張っていたときなんだけれど、僕のすぐ近くで、突然ぱっと炎が上がったことがあったんです。どうかな、高さ一メートル半くらいは炎が上がったと思う。何が燃えたのかわからなかったけれど、ガソリンの臭いがした。草の中に隠れてそれがあったみたいで」

「それ、どういうこと？」小川は身を乗り出した。

「わからない。とにかく、その場を離れた。火は自然に消えたから。そう、雨が降っていたんだ、そのとき。雨の中で炎が上がったってこと」

「どうして、そんなことになったわけ?」

「わからない。そのときは、そこにガソリンが捨ててあって、なにかが偶然引火したのかなって、誰かが捨てた煙草とかね、そう思ったけれど、でも、僕は、煙草を吸っていたわけでもないし、うん、原因は不明。その場にいたら目立つから、すぐに離れてしまった。だから、確かめられなかった。周囲に人はいなかったから、誰も気づかなかったと思う。草が少し燃えたくらいかな」

「気持ち悪いなあ。それって、鷹知さんがそこに来ることを見越して、仕掛けられていたってことなんじゃない?」

「そういう可能性もあるのかなって、今になって思うけれど」

「佐曾利さんが仕掛けたかもしれない、そういうことも……」

「ありうるね。その場所で張り込むのも初めてじゃなかったし、もしかしたら、僕の尾行に気づいていて、あらかじめそこに発火するものを仕込んだという可能性はある。つまり、嫌がらせか、警告のつもりでね」

「それ、一回だけ?」

「一回だけだった。そのあと、野田さんと佐曾利さんの話し合いがあって、いちおうの合意を得られたわけで、張込みもしなくて良くなったし」

「その炎が上がったことは、野田さんに話したの？」

「いや……」鷹知は首を横に振った。「誰にも話していない。だって、誰がやったかわからないし、そのときは、なにかの偶然の事故じゃないかと思っていたくらいだから」

「二年まえでしょう？」

「そう、ほぼ二年まえ」

「それって、もしかしたら、今の爆弾魔の事件と関係があるんじゃない？」

「そうだね。全然考えもしなかったし、もうほとんど忘れていたんだけれど、佐曾利さんの調査のことを小川さんから聞いて、あと……、ついさっきのニュースを知って、その二つが急に結びついたって感じで……。これ、警察の知合いに、それとなく話しておいた方が良いかもしれないと思っているところ」

「そうね」

「今、この話を小川さんにした理由は、わかってもらえた？」

「え？　どういうこと？」

「つまり、張込みのときに、小川さんたちも気をつけてほしい、ということ」

「ああ……、なるほど……」小川は大きく頷いた。「そうね、それは気づかなかった」

「佐曾利さんを甘く見ない方が良いと思う」

「わかった。肝《きも》に銘《めい》じます」

鷹知と別れて、コンビニで飲みものを買って、真鍋たちのところへ戻った。二人は、歩道橋の近くの駐車場にいた。若い恋人同士が立ち話をしているように見える。一人でいるよりはまったく怪しくない。近づいていき、飲みものを手渡した。

「全然、変化なしです」真鍋は報告する。「永田さんが、ぶうぶうですよ」

「ぶうぶうなんて言ってません」永田が微笑む。「忍耐ですよね、こういうときは」

「楽しそうね」と笑ってから、小川は、鷹知から仕入れてきた話を二人に伝えた。柵の金網越しに、百メートルほど離れた工事現場の柵にもたれて立っている佐曾利を見つつ、冷たい飲みものを喉《のど》に通しつつ、二人は聞いていた。話が炎が上がったというトラブルに及ぶと、さすがに二人ともこちらを向き、目を大きく見開いた。

「それって、あの、今あそこにいる人が、爆弾魔だってことですか？」永田が言った。

「そう決めつけるには、ちょっとまだ情報不足だとは思う」小川は答える。「現に、

第1章 つきまとい

さっきの駅の事件だけれど、佐曾利さんは、あれをいつ置きにいけた?」

「小川さんが張込みをやめたのと同時に、あちらへ行ったんじゃないですか」真鍋が簡単に答える。「タクシーを使ったのかもしれないし」

「ちょっと時間的に無理があると思う。私が事務所に戻ったとき、もうサイレンが聞こえたからね」小川は、そう反論したが、しかし、それくらいぎりぎりありえるのではないか、とも思うのだった。

「ずっと張り込んでいたら、良かったですね」永田が言った。

そのとおりである。小川は黙って頷くしかない。真鍋も、横を向いてしまった。小川もその視線を追う。佐曾利は相変わらず動かない。

「あの人、東大出なんだって。侮れないって、鷹知さんが言ってた。油断しないように」

「あなどれないって、えっと、どういう意味だっけ……」真鍋が口を開ける。「あ、そうかそうか」

「東大には見えません。へえ……」永田が呟く。

「そうね、そんな賢そうな感じじゃないわよね」

「東大の人だからって、賢そうに見えるってわけでもないか」小川が相槌(あいづち)を打った。「まあ、東大

「そう、真鍋君も、賢そうに見えないから」永田は、そう言って真鍋の肩を叩く。

「えっと、それって……、褒《ほ》めているつもり？」真鍋がむっとした表情を見せた。

5

鷹知祐一朗は、小川と別れたあと、駅の方へ向かう振りをしたが、彼女の姿が見えなくなってから、引き返し、同じ方向へ歩いた。表通りに出る一本手前の道に入り、しばらく歩く。知った道だった。ビルが見えてきて、そこが目的地だ。表は映画館。その裏側である。彼は野田優花に電話をかけた。

「もしもし、鷹知です。今、ビルの裏口へ到着しました」

「あ、はい、すぐに行きます」

六時の約束だが、まだ五分まえだった。待っていると、鉄の扉が開いた。

「どうぞ、中へ」野田がお辞儀をして手招きをする。制服を着ている。

「お仕事は、よろしかったですか？」

「勤務中ですが、休憩時間です。大丈夫です」

会議室のような小さな部屋に通される。軽そうなテーブルと椅子が並んでいた。どれも折りたたみ式だ。窓はない。殺風景な部屋である。

二人は、テーブルを挟んで腰掛ける。

「お久しぶりですね」と鷹知が言うと、

「はい」と野田は頷いた。笑おうとしたように見えたが、緊張しているのがわかった。

鷹知は待った。彼女が電話で、話したいことがある、と言ったからだ。それは、電話では話せないこと、という意味に取れた。そのため、直接会う約束をしたのである。

「あの……」野田は顔を上げる。「どうして、今、裏口からいらっしゃったのですか？」

「ああ、いえ、駅から、その方が近いですし、表からだと、受付の人に話さないといけませんから」

「お気遣い、ありがとうございます。でも、表だと、佐曾利が見ているから、それを避けられたのですね？」

鷹知は黙っていた。野田は知っているのだ、ということがわかった。それを自分も知っていると明かすかどうかは、迷いどころだった。すぐには判断ができなかった。

「私、恐くて恐くて……、もう、とにかく、なにもしない方が良いとしか思えなくて、なにも考えられなくて、とにかく刺激しちゃ駄目だって、そう考えているんです。ですから、そんなふうでずっと、鷹知さんに相談するのも、迷っていました」

「そうでしたか。どんな脅しを受けましたか？」

「それは、電話でも、ええ、お話ししたとおりです。ただ普通の言葉なんです。ほかの人が聞いたら、どうということはないものばかりです。でも、私にはわかるんです。私にだけわからせる言葉を、きっと選んでいるんだと思います」

「たとえば、どんなことを言われたのですか？」

「一方的に去っていったのは、どうしてなのか、理由を教えてもらいたい。それを知ることで、少しは気持ちが静まると思う、とか……」

「うーん、それは、たしかに、普通ですね」

「でも、静まるということは、今は静まっていないという意味なんです」野田は言った。「あと、自分の人生の、調和を乱したのは、どうしてだろう、とか。乱れたときは、すべてを思い切って乱した方が良くて、そうすることでしか、調和は取り戻せない、とか」

「難しいですね」鷹知は、思わず苦笑いをしてしまった。「哲学的というのか……」

「つまり、あの人は、エリートコースを歩むはずだった自分が、私のせいでつまずいた、人生を台無しにされた、と言っているんです。そして、その償《つぐな》いとして、私もなにか大事なものを失うべきだ。そうでなければ、調和は戻らない、不公平だ、と言っているんです」

「そう解釈もできますね」鷹知はあえてゆっくりと頷いた。「しかし、警察はわかってくれないかもしれません。貴女《あなた》の思い過ごしだ、と言われる可能性もあります」

「そのとおりです。わかっています。それが、あの人の計算なんです。それくらいは、簡単に計算して、表現をコントロールできる人なんです。でも、だからこそ恐いというか……」

「具体的に、どんなことをしてくると想像しますか？」

「わかりません。破滅的なことをするかもしれないし、もちろん、脅かしているだけで、つまりは、関係を戻したい、というのが望みなのだとは思いますけれど」

「確認しておきたいのですが、そのおつもりは、野田さんにはないのですね？」

「はい、ありません。人生を狂わされているのは、私の方です」

「ええ、そうだと僕も思います。ここは、しっかりと考えて、手を打つしかありませんね。泣き寝入りをすることはないでしょう」

「どうしたら良いでしょうか?」

「そうですね、ちょっとだけ時間を下さい。弁護士にも相談してみますし、情報を集めたいと思います」

「あの、お金がかかりますか?」

「いえ……」鷹知は片手を広げた。「ご心配なく。かかりそうなときは、さきに見積もりをお出しします。それに、これは、アフタ・サービスの一環なので……」

「ありがとうございます。まえの仕事を辞めて、今はこんなバイトをしているだけなので、その、以前のような余裕がなくなりました」

「仕事を辞められたのは、やはり、佐曾利さんのことが理由ですか?」

「そうです。なんとなく、そんなプレッシャがかかったんです。あの人も、会社を辞めましたよね。だから、同じように私もそうしないと、気が済まないだろうと思って」

「そう言われたのですか? 仕事を辞めろと」

「いえ、直接は言いません。それらしいことを仄めかすだけです」

「うーん、そうやって、二人ともが不自由になっていくのも、どうかと思いますが」

「私も、もちろん、こんなふうで一生を終わりたくありません。もっと、自由に好きなことがしたい」

「できると思いますよ」

「どうしたら、できますか？　どこかへ逃げるの？　でも、絶対に見つかってしまう。鷹知さんのような、有能な探偵に依頼したら、どこへ行っても、見つかってしまうんじゃないですか？」

「まあ、やり方次第だとは思いますが……。そもそも、逃げなければならないのが、おかしいわけです」

「それは、そうなんですけれど……。わかってもらえないでしょうね。あの人の本性を知ってしまったら、誰でも私みたいになると思います」

鷹知は黙って頷いた。しかし、野田はまだ佐曾利から抜け出せないのだな、と思うしかなかった。ある種のマインドコントロールを受けている、というのがまえからの印象だったが、それは二年経っても解けていないように見える。

またそれは、彼女の言葉で「親しい友人」だという男性、倉崎正治《せいじ》の影響が強く及んでいないということでもあるだろう。新しい恋人としっかりとした関係を結んでいれば、もっと変化があっても良いはずだ。二年まえには、倉崎とつき合っているような話だったが、今はどうなんだろう。それをきくタイミングがあれば、と考えていたが、またこの次にしよう、と思った。

「わかりました。では、二日後に、またご連絡します。それ以前でも、お話しになりたいことがあれば、いつでも電話かメールを下さい」鷹知は言った。「ああ、そうだ、話は全然違いますが、チューリップの爆弾魔、ご存じですよね？」

「え？」野田は驚いた顔になる。「どうして、それを？」

「いえ、お昼頃に、近くでまたあったみたいなので……」

「そうなんですか」

「なにか、心当たりがありませんか？」その質問はやや唐突かなと思ったまま、ぶつけてみた。

「いいえ、なにも……」

「実は、二年まえの調査のときに、僕のすぐ近くで、突然炎が上がったんです。誰もいないところで突然でした。ちょうど、佐曾利さんの事務所、えっと、まえの不動産のオフィスです、あそこの近くだったんですけれど、空き地で、雑草が茂っている中です。そこで、突然燃えたんです。すぐに、逃げましたけれどね」鷹知はそこで笑ってみせた。

「それが、今の事件と関係があるのですか？」

「いえ、なんとなく、思い出したんです。野田さんは、そんな体験はありませんでしたか？」

「ありません」彼女は首をふった。

「ええ、変な話をしてすみませんでした」鷹知は立ち上がった。時計を見ると、十分ほど経過していた。

「あ、あの……」野田が口に片手を当てる。青ざめた表情だった。

「どうしたんですか？」

「あの、いえ……、う一ん、そのオフィスに、えっと、坂下《さかした》さんっていう人がいらっしゃったんです。佐曾利より二歳くらい若い方でした。私たちのところへも遊びにいらっしゃったことがあって、佐曾利と仲が良かったんです。いえ、よくは知りませんけれど、そんなふうに佐曾利が話していました。その方にきいてみてはいかがでしょうか。まだ、あそこにお勤めだと思いますけれど……」

「えっと、どうしてですか？　その坂下さんに何をきくのですか？」

「その方、ちょうど、あの頃、結婚をされたんですけれど、新婚旅行から戻ってきたら、家が燃えていたんです」

「燃えていた？　火事だったんですか？　家っていうのは？」

「えっと、マンションです。その一室が燃えたんです。火元は不明だったんですけれど、コンロかなにかのトラブルじゃないかって……」

「へえ、それはまた……、なんというか、不思議な」

「全然関係ないかしら」

「いえ、なにか、あるかもしれませんね」

「警察でしょうか、佐曾利のところへ来ましたよ。でも、あの人、その火事のあったときには、社員研修で出張していたんです。えっと、九州の熊本《くまもと》へ」

「えっと、つまり、アリバイがあったということですか？　もしかして、放火の疑いがあったのですか？」

「わかりませんけれど、同じ会社だから、全員から話を聞いて回っていただけかもしれません。ただ、うーん、解決したという話は、聞いていません。事件か事故かもわからなかったのだと……」

「そのときの、その、警察の人の名前を覚えていませんか？」

「いいえ、名前なんて聞かなかったと思います。顔も思い出せないくらい」

「わかりました。ええ……、ちょっと、調べてみます」

「まさか、でも……」

「たぶん、無関係だとは思いますけれどね、念のためです」

6

この日も、佐曾利は映画館を出た野田のあとをつけた。その彼のあとを、三人はつけていった。野田のマンションへ上がる階段の手前までだった。昨夜と同じだ。その後、彼は引き返して自分のアパートまで戻った。

深夜になったが、小川が事務所に戻ると言うと、若い二人もついてきた。小川は、事務所でメールを読んでリプライがしたかったのと、ファックスが届いていないかを確かめたかっただけだ。真鍋には、「帰ったら」と気を利《き》かせたつもりで提案したのだが、逆にその言葉で、彼が意地を張ったようにも見受けられた。

事務所に到着して、まずクーラをつけた。夜なのに、歩いてきただけで汗が流れた。途中で買ってきた缶ビールを開けて、乾杯をした。沢山《たくさん》買ってきたわけではない。そんなつもりではなかった。

「明日、報告をメールですることになっている」小川は言った。「何をどう書いたら良いのかしらね」

「ありのままを書けば良いのでは？」真鍋がそっけなく言った。

「映画館に勤めている野田という名の女性が退社するのを待って、自宅までそのあとをつけている。三日ともほぼ同じ行動だった。それだけだよね」

「それを報告すれば、依頼者がなにか言ってくるのでは？　何が知りたいのか、をもう少し詳しく指定してもらわないと、どう調べて良いのかがわかりませんよね」

「そうね。それに、いったい誰なのかも、私はそれが知りたい」小川は溜息をついた。

買ってきたスナックを皿に移していた永田が、それを小川の前に運んできた。

「あ、ごめんごめん、そんなことやらせてしまって」小川は立ち上がった。「永田さん、つまらなかったでしょう？」

「そんなことありません」永田は嬉《うれ》しそうだ。ソファの真鍋の横に腰掛けた。「なにかの事件に関係するかもって考えたら、どきどきしますよね」

「関係があるのかなぁ」小川はそう言って、ビールに口をつける。

「お金を払って調査を依頼した人物がいるわけですから、なんらかのトラブルというか、普通ではない人間関係があることはまちがいないですね」真鍋が言う。

「まあ、それはあるんでしょうね」小川は頷く。

「それはそうと、爆弾魔の方はどうなったんでしょう」真鍋が言う。「なにも、新しい報道はされていませんね」

駅前は、一部がテントで覆われていた。警官の姿もあったが、立入り禁止の箇所は、ほんの一部だけだった。駅全体としては、既に通常どおり。なにごともなかったかのようだ。また、ネットなどの報道も短い記事のニュースが流れただけで、半日経った現在では、順位も下がって、トップリストからは消えていた。連続爆発事件としては、今日のものが八回めになる。怪我人はなかった。これまでにも、大怪我をした人はいない。不謹慎な表現になるが、ニュースとしてのインパクトが不足しているのは明らかだ。

むしろ、ネットの掲示板やツイッタなど、一般人のコメントは非常に多く、勝手気ままに推理をし、無責任な冗談を言い、盛り上がりを見せている。今日の事件については、まだマスコミに新しいメッセージは届いていない模様だった。

「あのね、もう一度、その爆弾の仕組みを説明してくれない？」小川は真鍋に言った。

「あ、そうそう、それ、私も」永田が小刻みに頷いた。「さっき、作れるって話してくれたでしょう？　作れるって、凄いんじゃない？」

「上手く作れるかどうかは、やってみないとわからないけれどね」真鍋が言った。彼は小川を見て、補足をする。「小川さんだって、作れるんじゃないかな」

「うわぁお」永田が小川を見る。「そうなんだ」

「今のは、たぶん嫌味だと思う。できるわけないでしょ」

「でも、オーディオアンプとか、キットを作ったことあるんじゃないですか？」

「キットを買って、お店の人に頼んで作ってもらったことはある」

「なんだ、そうなんですか。ずっと尊敬していたのに」

小川は、ふんと鼻から息を吐《は》いた。

「あと、今、急に思い出したけど、今日の講演のときさ、永田さん、話しかけてきて、先生に睨まれて困った」

「何の話？」永田が顔を顰める。

「ビール飲んだら、ちょっと言いたくなった」

「それ、どういうこと？」小川が身を乗り出した。

「だから、講義中、ずっと永田さんを見ているんです」

「誰が？」

「教授の先生が。いつもなんですよ。普段の講義でも、ずっと永田さんを見ているんです。必然的に、僕も監視されているわけです」

「どうして？」

「隣に座っているからですよ。おしゃべりしているからですよ」真鍋が言う。「僕としては、反感を買うのは利がない、と踏んでいるわけで」

「踏んでるの？」小川は笑った。

「永田さんに気があるんです」

「あらまあ……。永田さん、それ、本当？」

「うーん、どうかなぁ。食事に誘われたことは何度かありますけれど」

「ああ、そう……。じゃあ、真鍋君の言い分も、まんざらでもないと」

「何、まんざらって？」永田が真鍋にきいた。

「ひたすら、まったく、みたいな」

「ひたすらではないって。意味わかんないよ」

「あのね、そういう話はよくて……、私が聞きたいのは、爆弾の仕組み」

「そうそう。私もそう」

「だからぁ、ガソリンがあって、それに着火する、というだけですよ。ガソリンは、たとえば、ビニルとかゴムとかの袋に入れておく。そこに火を近づけたら、炎が上がりますよね。袋も溶けるし。これは、爆発ではなくて、発火です。ぼうっと勢い良く燃え上がるし、もしかして、ゴムの風船だったら破裂して、ガソリンが飛び散るかもしれませんから、近くにいて、もしガソリンを被ったりしたら危険ですけれど、爆発ではないから、衝撃とかはなくて、単に熱いだけです。すぐに逃げれば、問題なし」

「そのさ、火をどうやって着けるわけ？　着火装置はどうなっているの？」小川はきく。

「このまえ話しませんでしたっけ？」

「なんか……、そんなの、どんなふうにしてでもできる、簡単だって、いうのはわかったけれど」

「僕も、そんなことの専門家じゃないから、よくわかりませんよ。でも、たとえば、バッテリィをショートさせたら熱が出て発火しますよね。乾電池くらいでは駄目ですけど、もっと強いバッテリィだったら、プラスとマイナスをつないだら、燃え出します。だから、タイマでそれをセットしておけば、好きな時間に発火させられます。作るのも簡単ですよ。そうじゃなくて、つまり、タイマじゃなくて、どこか近くで見ていて、ラジコンで着火させることもできます。それだと、受信機が必要ですけれど」

「二つ、疑問があるの」小川は指を二本立てた。「一つは、その爆弾を作るのに、どれくらい資金や時間が必要なのか。特殊な材料を入手するとしたら、そこから足がつかないか、ということ。もう一つは、その爆弾を作って、それを現場まで運ぶわけでしょう？　それは自分でやるわけだ。けっこう危険な作業だよね。運んでいるうちに、なにかの弾みで火が着いたりしない？　安全のために、重要な部品を外しておくとしたら、今度は現場でそれをセットしなくちゃいけないわけでしょう？　監視カメラもあるわけだし、不審な行動は取れないと思うんだけれど……」

「はい、では、説明しましょう」真鍋は、片手を軽く上げて応えた。「まず、作るためのお金ですけれど、僕の想像では、一つに数千円かかると思います。もし、タイマではなくて、ラジコンにした場合は、その倍くらい。でも一万円はかからないでしょうね。だから、五千円だとしたら、今までに、犯人は四万円くらいを使っていると思います。材料は、ガソリン以外は、秋葉原《あきはばら》で買えるんじゃないかな。特別なものはないから、怪しまれることもないし、事前に買い溜《だ》めしておけるものばかりだと思います。ただですね、警察に疑われて、万が一自宅へ踏み込まれたりしたとき、爆弾を作るためのパーツのストックがあるとまずいですよね。そこまで考えているかどうかは、わかりません」

「危なそうになったら、そのとき、破棄すれば良いだけじゃない？」小川は言う。

「ガソリンって、車に入れてもらう以外に、買えるの?」永田もきいた。

「買えるよ。タンクも売っている。それを持っていけば、ガソリンスタンドで入れてくれる。灯油を買うのと同じ」

「何に使うために?」

「ああ、えっとね、草刈り機とか発電機とか耕運機《こううんき》とか……」真鍋は言った。「たしかに、永田さんみたいな都会人には、ちょっと無縁のものかも」

「うん、普通の家にそんなものないよね」

「田舎《いなか》なら、どこにでも普通にあるよ」

「そうなんだ……」永田は頷いた。

「火炎瓶《かえんびん》っていうのが、あれ、ガソリンだよね」小川は言う。「昔は、大学生がデモのときに、火炎瓶を投げたりしたんだから。瓶の中にガソリンが入っていて、たぶん、口のところかな、そこに布が詰めてあって、その布に火を着けて投げるわけ。落ちたら、瓶が割れるでしょう。それでガソリンが飛び散るの」

「危ないですね。それをどこへ投げるんですか?」永田がきいた。

「そりゃあ、警察よ。機動隊って知っている?」

「機動隊って、聞いたことありますけれど……」永田は首を傾《かし》げる。「自衛隊なんじゃあ？」

「いえ、自衛隊がデモの相手をしたら大変」小川は笑った。「とにかく、ああいう感じのものを、私は想像してた」

「小川さん、若いときに、火炎瓶とか投げたりしたんですか？」真鍋がきいた。

「そんなわけないでしょ。もっとずっと昔の話です。火炎瓶なんて、見たこともないわよ。あと、えっと、話が途中じゃなかった？」

「はい、あの……、運ぶときに危険じゃないかっていうのは、たしかにそのとおりだと思います。でも、ガソリンは密閉されているわけですから、大きな危険はないと思います。落としたくらいでは壊れないものにしておけば大丈夫ですね。問題は、発火装置が誤作動するトラブルですが、これは電源を確実に切っておけば、これも、落としたくらいでは誤作動はしないはずです。そのかわり、落としたらどこか壊れて、正常に作動しなくなる可能性はありますね。バッテリィが外れたりすると、そうなります。でも、バッテリィが外れてショートをする、ということはまずありえない。周囲に剝《む》き出しの金属があって、電気を通すものだったら別ですけれど、そんなことはそもそも最初からしませんし」

「なるほど」小川は大きく頷いた。

「どうして、真鍋君って、そんなことに詳しいの？　爆弾作ったことあるの？」永田が尋ねる。

「全部想像」真鍋は答える。「僕、中学の頃は、工作が好きで、よく電子キットとか作っていたから」

「電子キット？　何それ」

「また、今度、一緒に秋葉原へ行こう」真鍋は言った。

「でも、そうなると、やっぱり犯人は技術系の人間だってことよね」小川は言う。

「理系じゃないと、作れないでしょう？」

「僕、理系じゃないですよ。それよりも、工作をする人間でしょうね」

「工作ね……。懐かしい言葉だ」小川は微笑んだ。

「あと、考えたのは……、えっと、必ず、事前に実験をしていると思うんです」真鍋は指を一本立てた。「試作品で、実際に作動するかどうかを確かめたでしょうね。一回ではなくて、何度も。となると、そういうことができる場所が近くにある人になります。人が周囲にいなくて、燃えるものもない場所。都会では、けっこうないんじゃないかな」

「実験をするときは、田舎へ行けばいいじゃない」小川は言った。「あ、でも、持っていくものが多いと大変かな……」

「自動車で行けば、問題ないですね。車を持っている人っていうことになりますね」

「レンタカーで行けば？」永田が指摘する。「私、このまえレンタカーで富士山《ふじさん》まで行ってきた」

「え！　永田さん、運転できるの？」真鍋は驚いた。「自分で運転して？」

「当たり前じゃん」永田は口を尖《とが》らせる。「誘ってほしかった？」

「えっと、そういう意味では……」

「免許取り立てだから、兄貴が一緒に行ってくれたけど。ちょっと田舎へ行ったら、どこだって実験できるよ。川原《かわら》とか、海辺とか」

「あ、ほら、真鍋君、ほっとしている」小川が真鍋に指をつきつけた。

7

鷹知祐一朗は、その日の夜に、坂下徹《とおる》という人物を訪ねた。電話をかけて約束をした時刻は七時半。坂下が勤める会社のロビィが指定された場所だった。その時間ならば、仕事が片づいている、と彼は話した。同じ会社に、佐曾利隆夫が以前勤めていた。坂下は、佐曾利と同じ部署の後輩になる。電話で話が伺いたいと伝えると、「ええ、かまいませんよ」という快い返事だった。

指定の時刻にそのビルのロビィのドアを開けた。涼しい空気が心地良い。正面にカウンタがあって、おそらく営業時間であれば若い女性が立ち上がってお辞儀をするのではないか、と思えた。一階のフロアはほぼ見渡せる。いるのは数人。客らしい人間はもういない。一番近くにいた社員と思われる人物にきいたところ、坂下は別のフロアにいるようだ。しかし、ビルは六階建てで、この会社がすべてを専有しているのではない。

そのロビィで待っていると、スーツ姿の若い男が現れ、低いパーティションに囲まれたブースへ案内された。名刺を交換してから、テーブルを挟んで二人は腰掛けた。坂下は、笑顔を絶やさない、営業仮面を被っているような顔だった。

「お忙しいところ申し訳ありません」鷹知はもう一度頭を下げる。「佐曾利さんと、最近会われましたか？」

「いいえ」坂下は首をふった。「えっと、退社されて以来、一度も」

「電話とか、メールは？」

「うーん、辞めた直後には、なにかあったかもしれませんが……、えっと、お客さんのことで尋ねるとかで、こちらからメールをしたことがあったかもしれませんが、ちょっと、覚えておりません。もうずっと、なにもありません。どうしていらっしゃるのか……」

「いえ、今も同じところにお住まいですよ」

「え、そうなんですか？　あの、たしか、小さなアパートでしたよね」

「ご存じなんですね。行かれたことがありますか？」

「あ、えっと……、二回かなぁ、飲みにいったあと、ちょっと寄ったくらい。奥さんにもお会いしましたね、たしか……。でも、お茶を一杯飲んだくらいです。ほんの少し」

「どうしてですか？」

「いやあ、そのぉ、寄っていくかと誘われたんですけど、お茶が出るだけですから」

「ああ、飲めなかった、ということですね？」

「まあ、そうですね。それに、なんか、その、気まずい雰囲気だったような……」

「どのような？」

「いやいや、その、部屋が二つしかないから、奥さんに悪いかな、長居をしたら、と」

「でも、二回めも、行かれたんですね？」

「私も、たぶん、そのときは酔っていたんだと思います」坂下は笑った。

「親しかったのですね。佐曾利さんとは」

「まあ、先輩ですからね。会社では、一番近い、というか、そんなに大勢いませんから……。うーん、佐曾利さんは、あまりほかの人とはつき合いがなかったと思います。そういう意味では、一緒に飲みにいくなんて、私くらいだったかもしれません。そうはいっても、ええ、そんなに多くありませんよ。どうかな、全部で、五、六回じゃなかったかな」

「それは、どれくらいの期間でですか？」

「私が入社してからですから、二年間で、ですね」

「どんな方でしたか？」

「どんなと言われても……、うーん、ちょっと、何と言ったら良いのか、なかなか……」

「いえ、ここでお聞きしたことは、佐曾利さんはもちろん、ほかのどなたにも漏らしません。その点は、どうかご安心下さい」

「いえ、秘密ってほどでもないですが、まあ、その、ごく普通というか……」

「頭が切れる方だったですか?」

「話をすると、切れる人だってわかりますけれど、仕事では全然関係ないですよ。ええ、そういう意味では、ある意味、不器用な方というか。見た感じは、もの静かで、うーん、とても、その、営業畑には見えませんね。どちらかというと、技術者タイプって感じです」

「その、佐曾利さんの奥様は、どんな人でしたか?」

「いや、あまり覚えていなくて……。ご挨拶《あいさつ》しただけです。奥の部屋へ入っていかれましたね。あの方も、その、そんな、明るい感じではありませんね。綺麗《きれい》な方でしたよ」

「名前はご存じですか?」

「いえ、そこまでは……、ええ、名前を伺ったことはないと思います」

「失礼ですが、坂下さんは、ご結婚は?」

「ええ、しています」

「ご結婚は、いつ頃ですか?」

「え、どうしてですか?　二年くらいまえですけど」

「もし、その二年間のことだとしたら、結婚式に、佐曾利さんをご招待されたのかな、と思いまして……」

「ああ、いえ、招待はしていません。あの、私は、親族だけで、ハワイで式を挙げたんです。披露宴《ひろうえん》も、ほんのごく少人数で……」

「そうだったんですか。あの、火事があったとか、ちょっと聞いたんですけれど……」

「そうなんですよ。新婚旅行から帰ってきたら、全部燃えていました」

「家がですか？」

「家というか、マンションですけれど、部屋が全焼しました」

「それ、原因は？」

「たぶん、放火じゃないかと、私は思っているんですけれど……」

「たぶん、というのは、解決していないのですか？」

「ええ、原因は特定されていません。燃えすぎたそうです。ほとんど、なにも残っていなかったんです。こちらはもう、呆然《ぼうぜん》って感じでしたね。でも、まあ、幸い火災保険に、あの、こういう商売ですから、きちんと入っていたので、助かりました。賃貸でしたしね。あれは、上の階と下の階にも被害がありましたね。天井が熱で反ってしまって、大家さんも大損だったと思います。私は、とにかくすぐに引っ越しました。

荷物もなしで……」

坂下は、笑顔でそれを語った。

「その後、身近で不審なことは？　なにか、事件とか事故のようなものは、起きていませんか？」

「そうですね……、ええ、なにもありません。ですから、恨まれて放火されたわけではないと思いますよ」

「なるほど……。その、留守宅に放火するには、室内に入らないといけませんね。どうやって入ったのでしょう？」

「それも、消防や警察が調べたんです。もし、侵入したとしたら、通路側の窓からだろう、とは聞きましたけれど……」

「泥棒に入って、証拠を残さないように、火を着けたわけですね？」

「まあ、そうでしょうね」

坂下からは、そのときの刑事の名前を聞き出すことができた。彼はそれを手帳にメモしていたからだ。十分ほどで退散することにした。また、お伺いするかもしれませんが、と言うと、いつでもどうぞ、という返事だった。

8

その約一時間後に、鷹知は岩瀬《いわせ》という名の刑事に会った。相手が指定した場所で、地下鉄の駅に近い喫茶店だった。二年まえに坂下の家の放火事件を担当していた男である。知合いの刑事にまず連絡し、彼を通じて話を通してもらった。電話では、二年まえの放火事件のことで話がききたい、と伝えた。

岩瀬は、四十代か五十代の痩《や》せた男だった。肩幅が広く、背も高い。野球選手ならば、キャッチャではなくピッチャタイプである。

「お忙しいところ申し訳ありません」名刺を渡して挨拶をする。刑事は無言でそれを受け取った。鷹知は、依頼を受け、ある人物の調査をしている。そこで、二年まえの放火事件に興味を持った。つい一時間まえに、初めて坂下にも会った、と話した。

「どうして、今頃になって?」それが岩瀬刑事の最初の言葉だった。

「いえ、依頼があったのが、つい最近のことなので……」と答えるしかなかった。

岩瀬は目を細め、顔を傾けたまま、じっと鷹知を見据《みす》えた。沈黙の時間が十秒ほど続いた。

「今、あれで忙しいんですよ。今日もあった、あれ。八つめだ」彼はようやく目を逸らし、呟くように言った。躰を横に向けて脚を組んだ。

「爆弾魔の事件ですか。ああ、もしかして、あれを担当されているんですか」

「大勢がね、やっている。なにか、情報はないかな？」

「いえ、特には……」

「その関係じゃないの？」刑事は再びこちらを睨んだ。

「え、私の調査がですか？　いえ、全然関係ありません」と答えながら、何故そんなふうにきくのか、と鷹知は不思議に思った。そうか、それを聞き出したくて、こんなにすぐ会ってもらえたのか、と考える。

「誰が依頼した調査？　何を調べているの？」

「いえ、それは守秘義務がありますので、申し訳ありませんが……」

「それはさ、こっちにだってある。お互い様だよね」

「ええ、まあそうですね」鷹知はここで考えた。一瞬で、今が切り出しどきかなと判断をする。「あの、依頼者は明かせませんが、調査対象は、ここだけの話で……」

「坂下さんじゃない、ということだね？」

「ええ、そうです。そのかわり、教えてもらえませんか。なにかあの事件と爆弾魔が関係があるのですね？」

それは、アクロバティックともいえる鎌掛けだった。刑事は、数秒間動かなかったが、溜息をついて頷いた。

「調べているのは、佐曾利隆夫という男性です。ご存じですか？」

「ああ、あいつか……。うん、知っている。坂下さんの会社のね。ふうん、そう……、彼が何かやらかしたの？」

「軽いストーカ行為のようなもので、疑いの段階というか、被害の立証の段階ですね」

「へえ……」岩瀬は口を歪《ゆが》ませて、息を吐いた。

胸のポケットに岩瀬の片手が行く。そこにハイライトが入っているのが透《す》けて見えていた。しかし、喫茶店は禁煙だろう。岩瀬も、それに気づいたのか、煙草の箱を探っていた指を止め、手を元に戻した。鷹知は黙って待った。

「二年まえの火事現場でね、焦げたバッテリィの一部が残っていた。まあ、そのときは、それだけのことだった。当時は、当初、漏電が疑われていた。ガスに引火したんじゃないかってね。放火の可能性が高いと、いちおう結論を出したのは、通路の窓の鍵が開けられていたからなんだ。網入りガラスだったんで、火災でも、飛び散らなかった。ただ、アルミサッシはほとんど溶け落ちていたんで、明確な証拠にならなかった。誰かが侵入して、なにかを盗んで、証拠が残らないように火を着けた、という可能性が最も高い、と考えたわけだ。捜査は、まだ続いているが、もうほとんどなにもしていない。完全に終わった事件だった。ところが……、今回の爆弾魔でね、いずれの現場でも、バッテリィが見つかっている。バッテリィ自体は、珍しいものじゃない。ただ、コネクタが残っているものがある。プラスティックだから、溶けかけている。それが、けっこう珍しい。どうやら、日本の規格じゃないものなんだね」

岩瀬はそこで、少し間を置いた。組んでいた脚を解き、真っ直ぐにこちらを向いた。

「バッテリィが同じだから、ということで、調べ直してみたら、コネクタも同じものだという可能性があると、つい最近判明した。燃え残っていた僅《わず》かな破片からなんだ。形は残っていないが、溶けたものの成分分析から、それがわかった。コードの銅線の芯の本数も同じだった。それで、今は、その出所を当たっている。コネクタはドイツの規格だった。なにか、おもちゃか、模型に使うものらしい。ま、今のところはそこまで……」

「なるほど。同一犯ということですね」

「そこまでは断定してない。可能性が高いというだけ。ただ、えっと、佐曾利って男は、あの火事のときは、九州だったかな、遠くにいたはずだ。社員研修だった。それで、その時点で、彼は白となったわけだね。うん、しかしだ、今……、君から名前を聞いて、おって、思ったよ。わかる？」

「わかります。空き巣の放火なら、佐曾利さんのアリバイが成立しますが、もし、爆弾魔と同じように時限発火装置が使われていたとしたら……」

「そういうこと。うーん」刑事は唸《うな》った。「もっと、なにか燃え残りを調べておけば良かったな。なにしろ丸焼けだったからね」

コーヒー代を鷹知が支払って、一緒に店を出た。地下街の通路を大勢が歩いていた。

「また、なにかあったら、知らせてよ」岩瀬はそう言って、初めて少し笑ったような顔になった。

「ええ、もちろんです。またご連絡させていただきます。今日は、どうもありがとうございました」

「じゃまた……」岩瀬はさっと背中を向けて、人の流れの中を横断していった。

第2章　しめころし

かわいそうに、彼女はこの学生の手紙を、宝物のように大事に蔵《しま》っていた。そして自分のただひとつの宝物を取りに駆け戻ったのだった。彼女もまたまじめに心から愛されたことがあり、丁重な言葉をかけられたことがあるのを知らないまま、ぼくが立去ってしまうことに耐えられなくて。おそらく、この手紙は、そのまま何のこともなく、手文庫のなかに蔵いこまれたままに終るはずのものだったのだろう。しかし、それでも同じこと。彼女は生涯《しょうがい》それを宝物として、自分の誇りとして、自分の身のあかしとして、大事にもちつづけたにちがいない。

1

小川令子は、三日間の調査を簡単にレポートにした。張込み中に撮影した写真も数枚加えた。それをメールで依頼主に送ったところ、すぐに返事が来て、この調査を続けてほしい、できるならば、二十四時間見張ってほしい、という要望とともに、そのための費用を支払うと書かれていた。

もちろん、三日で終わるつもりはない。まずは予備的な調査をしただけで、本レポートは、一週間くらいあとになる、と書いて送ってあった。この方向で良いのか、という意味で途中経過を知らせたにすぎない。依頼主は、佐曾利の過去や、あるいは交友関係、そういったものが知りたいわけではなさそうだ。ただ、今の彼の行動を見張ってほしい、という意思が読み取れる。「二十四時間見張ってほしい」という具体的な指示もあったので、それはそれでやりやすい。少なくとも、どうすれば良いかと悩むことがないからだ。

二十四時間となると、三人で手分けをして、ぎりぎりである。それは、一人八時間で三交替という意味ではない。頻繁《ひんぱん》に交替が必要なので、二人が組んで張込みをして、八時間ずつ一人が休む、というフォーメーションになる。四人いたら、半日は休めるのでかなり楽になるな、と考えたが、椙田がやってくれるとは思えない。そうか、鷹知に頼んでみるか、と考えた。金額的に、どのくらいになるのか、とも計算をした。

鷹知は忙しいだろうか、と少し躊躇したが、思い切って電話をかけてみた。

「ああ、いいですよ」意外にも軽い返事だった。「ちょっと、僕も興味があるから」

「助かります。あの、ごめんなさいね、あまり、お支払いできないかもしれないのだけれど……」

「ああ、気にしないで下さい。こちらはこちらで、仕事になるかもしれないから」

「え？　どういうこと？」

「まあ、今度おいおい話しますよ。退屈な時間のために、とっておきましょう」

小川は、スケジュールを組んだ。四人でどの時間を担当するか、という時間割だ。昼は暑いが、周囲の店が開いているし、街角に長時間いても、それほど怪しまれない。夜は、涼しいものの、どこにいるのか、あるいは潜むかが難しい。たぶん相手は動かないので、同じ場所にじっとしていることになる。結局、レンタカーを借りることにした。車があれば、居場所としては快適だ。軽自動車のワンボックスを選んだ。

工事のために業者が駐めている印象で目立たない、と考えたからだ。

レポートを送った一日は、張込みを休んだが、翌日は、早朝の六時からスタートした。最初は、小川と真鍋の二人だった。レンタカーの運転席に小川が座り、後部座席に真鍋がいる。彼は欠伸《あくび》ばかりしていた。五時起きで出てきたのだから、無理もない。

佐曾利のアパートを通路側から見ている。喫茶店側の歩道に寄せて、車を停めていたので、運転席側にアパートが来る。向こうからも車内が見えやすい。もう少ししたら、場所を変えるつもりだった。今のところ、まったく動きはない。

「しかし、変な仕事ですね」真鍋が呟いた。「何の目的で監視しなきゃいけないんでしょうね」

「もう少し続けたら、なにかわかるかもしれない」

「何があるっていうんです？　夜な夜な出かけて、爆弾を仕掛けているとかですか？　ま、それはないでしょうね。夜に出歩いたら、余計に目立ちますからね。爆弾を置くなら、人が多い時間帯を選ぶはずです」

「わからないわよ。私、考えたんだけれど、電車を使わないで、たとえば自転車で置きにいくっていう手があるんじゃないかって……」

「自転車だって、防犯カメラに写りますよ」

「最近、けっこう多いじゃない。自転車に乗って通勤する人。あと、メッセンジャとかもいるでしょう。ああいう格好《かっこう》をしていけば、怪しまれないよ」

「あ、そうか」真鍋の声が少し大きくなった。

「え、何？」小川は驚いて、後ろを振り返った。

「いえ、宅配業者に見せかけて、爆弾をセットしているのかもしれませんね」

「それ、あって言うほど、凄い思いつきなの？」

「車を道路に駐車して、荷物を持って出てきても、普通じゃないですか」

「でも、その荷物をそこら辺に置いていったら、誰かに、ちょっとお兄さんって、呼び止められるじゃない」

「あ、郵便配達人とかは？」真鍋は言う。

「同じだと思うけれど」小川は既に、前を向いて座り直し、横のアパートを見ている。「そういえば、小説であったわね。郵便配達人が犯人だっていうの。誰も、気に留めないから、目撃者もなかったっていうの」

「そうそう、そういう感じですよ」真鍋の声が近づく。身を乗り出したようだ。「あと、警官とか、えっと……、そうそう、工事の作業員とか、目立たないんじゃないですか?」

「そう? 逆に目立たない? 覚えやすいと思うけれど、私は」

「その……、爆弾っていうのは、どんなものなんでしょうね。箱ですか、それとも、紙袋かな?」

「ゴミのように見えるものなんじゃない?」

「ああ……、それ、凄いですね。そうか、フライドチキンの箱で、いかにも食べたあと、みたいな感じだったら、誰も見向きもしませんね」

「どうでも良いけれどさ、爆弾魔の話をしても、しかたがないんじゃない? 佐曾利さんのことを考えようよ。あの人が何者なのかって」

「だって、なにもしてませんからね。ただ、元奥さんのあとつけただけでしょう。単なるストーカっぽい人。仕事はしていないんですか?」

「わからない。少なくとも、普通の勤めではないみたいだね。でも、自宅でなにか仕事をしているかも」

「そうですね。ゲームを作っているとか?」

「住んでいるところからして、それほどお金持ちには見えないわね」

「爆弾を作っているかも」真鍋は言った。「だったら、凄いですよ」

「凄いけれど、ちょっとありえない。何のために、そんなことをするの？」

「ちょっと待って下さいね。うちに調査依頼があったというのは、佐曾利さんの悪事を暴こうとしている誰かがいる、ということです。それは、たとえば、彼の両親とか……」

「そんな身内だったら、やめなさいって言えば済むでしょう。言うことをきかないなら、警察に相談すれば良いわけだし」

「えっと、だったら、元仲間とかなんですよ。自分も片棒を担《かつ》いでいたことがあって、そうなると、警察には連絡できませんよね」

「匿名ですれば良いじゃない」

「そんなことをしても、警察は、佐曾利さんに職務質問をするのがせいぜいですよね。証拠もなく踏み込むことはできないでしょう？　だから、証拠が欲しいわけです」

「証拠は、どこにあるわけ？」

「え？　ああ、佐曾利さんの部屋にあるかどうかってことですか？　まあ、爆弾のパーツなんかは、そんなに簡単な場所に隠しておかないでしょうね。そんな、裏切りそうな仲間がいるなら、なおさらです」

「じゃあ、駄目じゃない」

「いえ、ですから、張込みをさせて、彼をつけ回せば、その、爆弾を仕掛ける現場を目撃できるかもしれないと……」

「どうして、また爆弾魔の話になっているわけ？　なんか、いつの間にか、話が逸れているじゃない」

「そうですね。今のこの張込みが地味すぎて、すぐ近くで話題の事件があったりしたりして、そちらに心が引っ張られているんじゃないかな」

正午には真鍋と交替するため鷹知が現れ、小川と真鍋は、鷹知から最新の情報を聞くことになった。二年まえに放火事件があった。それは佐曾利の会社の後輩のマンションだった。燃え残ったバッテリィのコネクタが、今都内を騒がせている爆弾魔チューリップが仕掛けたものと同じだという。

「え、どういうことですか？」小川は鼓動が速くなって、つい早口になっていた。

「まだ、なにもはっきりとしたことは言えないけれど、佐曾利さんが、爆弾魔かもしれない」鷹知はいつものジェントルな口調だ。「その可能性は、僕や小川さんが爆弾魔であるよりは、何倍も高いということです」

「午前中にね、真鍋君とその話をしていたんですよ」

「どんな話ですか？」

「いえ、たとえば、爆弾魔だとしても、アパートには爆弾の部品を置いておかないだろうとか。あと、えっと、私に調査を依頼したのは、その爆弾関係の仲間ではないか、とか……、ええ、そんな、まったくの想像の話をああでもないこうでもないと……」

「一昨日の事件のときは、張っていなかったんですか？」

「あの日は、お昼過ぎから、一日尾行をやめて、事務所に戻ったんです。駅で爆発があったのは、ちょうどそのときだったから、ぎりぎりあそこへ爆弾を仕掛けにいくことは可能だったと思います」

「それは、惜しかったですね」鷹知は少し笑った。

「もしかして、警察も彼をマークしているんですか？」真鍋がきいた。

「これから、マークするだろうね。あるいは、もう今、どこかで見張っているかも」

鷹知は辺りを見回した。

「あ、出てきました」小川は言った。

車は、今は道路のアパート側に寄せて駐車している。少し行き過ぎた場所なので、後ろの窓越しに、佐曾利が出てくるのが見えた。鷹知は後部座席にいたが、振り返って、じっとそちらを見ている。佐曾利は、いつものように、道を横断して喫茶店に入っていった。

「三十分くらいは、店にいます」小川は説明する。「それから、駅へ向かうので、鷹知さんにそちらをお願いして、私は車を移動します。たぶん、野田さんの映画館へ直行すると思いますから、そこへ向かいます」

「了解、もし違う経路だったら、電話します」

「ええ、そうして下さい」

「僕は、もう外に出ますね。小川さん、さきに行った方が良いかも。電車より時間がかかるし、駐車する場所も探さないといけないし」

「あ、そうかも」

「運転、気をつけて」

「え？　ああ、ええ、気をつけます」

「あ、僕はどうしようかな……。降りた方が良いですか？」真鍋が呟いたが、鷹知はドアを開けて、一人で外に出ていってしまった。

「もう少しつき合っても良いわよ」小川は振り返って真鍋に言う。「一人だと、ちょっと心細いから」

「何がですか？」

「車を運転するのが、十年振りくらいだから」

「そうなんですか。それは、その……、僕の方が心細いですよ」

「後ろの座席なら、大丈夫でしょう」

「どういう意味ですか」と言いながら、真鍋は慌ててシートベルトを締めている。

小川がエンジンをかけたので、クーラが作動した。窓も閉めた。だんだん快適になってくる。

「このまま乗っていけば？　えっと、向こうの方が駅に近いかも」

「混んでいる道でも大丈夫ですか？」

「何言っているの、さっき、運転したじゃない」

「さっきは向きを変えただけですけどね。うーん、大丈夫かなあ」

「レンタカー屋さんからここまで乗ってきたんだから」小川は前を向いて、ステアリングを両手で握った。「さあ、行くよ。できるだけ、話しかけないでね」

「はい」真鍋の声が聞こえた。

車はスタートし、快調に走った。どこで曲がるのか、どの車線にいれば良いのか、といった会話をしただけで、数十分後に目的地に到着した。

映画館の前を通り、コンビニの駐車場へ車を入れた。

「はい、到着。もう帰って良いよ」小川は言った。

「帰りますけど、今日の夜にまた出てこないといけないわけですね」

「そういうこと」

「ああ、できるかな。起きられるかなぁ」

「ちゃんと寝てくるんだよ」

「ずっと起きている方が、案外楽なんじゃないかな」

「それでも良いけどね。はい、さっさと帰って」

2

コンビニで買ったもので、車内で軽くランチを済ませた。鷹知から電話がかかってきて、しばらくすると、佐曾利の姿が道路の反対側に見えた。やがて、鷹知も現れ、車に乗り込んでくる。

「予定どおりですね」小川は言う。「私、もうお昼を食べました。見ていますから、鷹知さん、コンビニへどうぞ」

「あ、いや、大丈夫」鷹知は頷く。既に食べてきたのかもしれない。

いつまでもそこに車を駐車しておくわけにはいかないので、一度、大通りに出て、少しさきに行ったところで、Uターンして戻った。佐曾利のすぐ前を通り過ぎ、脇道へ入って駐車をする。もちろん、駐車禁止の場所だが、車に乗っているので、大丈夫だろう。後部座席からぎりぎり、佐曾利が見える。距離は百メートルほど。映画館の入口もよく見える。

相手は動かない。今日はずっと曇っていて、朝からそれほど気温が高くない。夕方から雨になる予報だった。車のクーラを止めても、窓を開けていれば、この時間でも我慢ができる。

落ち着いたところで、鷹知がまた、いろいろと教えてくれた。野田優花のこと、佐曾利隆夫のこと、坂下徹のこと、そして、最後が爆弾魔の担当刑事の話だった。こんなにも、他人に情報を漏らして良いものか、と少し心配になったが、それだけ自分が信頼されているのだ、と誇らしくもあった。小川も、この件に関しては、鷹知にすべてを打ち明けている。佐曾利のアパートの管理人に会ったことも話したし、レポートに何をどう書いたかも教えた。依頼人が誰なのかわからないのも、隠しているわけではない、と念を押して伝えた。

鷹知の話の中では、野田優花が佐曾利に対して恐怖を抱いている、という部分が驚きだった。想像しなかったわけではないものの、まさかそこまでとは考えなかったからだ。ただ、野田が調査の依頼人ではないことは、どうも確からしいとわかった。

佐曾利に動きはなく、いつものように、ただじっと映画館を見つめているようだった。実に退屈な時間を過ごさなくてはならない。交替して休憩をしたが、二人で車の中にいる時間がほとんどだった。佐曾利は、位置を途中で変えたが、それは小雨が降ってきたからだった。傘を持っているのだが、バスの待ち合い所でしばらく雨宿りをしたし、また、しばらく歩道橋の下にいたこともあった。

夕方からは本降りになった。六時には、電話があって、永田絵里子がやってきた。次の六時間は、小川と永田の担当である。鷹知は、人に会う約束がある、ということで、小川が連続で担当することになった。そのかわり、彼は夜中に戻ってくることになっている。鷹知は、永田については既に知っている。何度か会っているし、真鍋の友人だということも知っている。ただ、永田にしてみれば、鷹知と二人で組むのは、多少ストレスを感じるかもしれない。小川は、自分が交替することが永田には嬉しいはずだ、と思った。でも、もしかしたら、それは反対かもしれないな、とも思うのだった。

「鷹知さん、なかなかでしょう？」小川はそれとなくきいてみたが、永田の返事は、「いかにも探偵っていう雰囲気ですよね」だった。そういうイメージを彼女が持っていることはわかった。好意的に解釈すれば、「格好良い」という意味かもしれない。

七時になっても、まだ充分に明るい。しかし、対象に動きはない。永田とは、野田優花がストーキングに遭《あ》っている件について話した。

「多いですね、最近、ストーカ関係のニュースとか」と永田は言う。

「永田さんなんか、大学で、そういうのない？　つき纏われたりしない？」

「え、私が？　ああ……、いえ、ないと思いますけど。気づかないだけかな」

「気をつけた方が良いわよ」

「やっぱり、一度は気を許すっていう状況があってのことですよね？」

「いえ、そうとばかりもいえないみたい」

「私、最初っからだいたい突《つ》っ慳貪《けんどん》だから、ツンドコなんですよ」

「ツンドコ？　何それ」

「ツンとしたまま、どこまでもっていう意味です。お高くとまったままっていう」

「へえ……。あそう」小川は吹き出した。「背も高いしね」

「うーん、なんか、男って馬鹿みたいですよね、正直言って」

「そう、かな……。え？　真鍋君は？」

「真鍋君は、馬鹿じゃないですけど。手応えがない感じ」

「あ、わかるなぁ、それ」

「ストーカって、つまり、きっぱりと断らないのがいけないんじゃないですか。うーん、それくらいしか、私、わかりませんけれど、あんたなんか大嫌いって言ってあげたら、案外あっさり解決しません？」

「そういうのもあるかもね。最初のレベルでなら、効果があるかも」

「小川さんは、そういう経験ないですか。つき纏われたっていう」

「うーん、どうかなぁ。あったかなぁ」小川は考える振りをしたが、もちろん、全然心当たりはなかった、特に異性からは。「しいてどちらかっていうと、私がストーカになる方だと思う」

「あ、そうそう。私もそうです。そんな気がする」

「だけど、きっぱり拒否されたら、そりゃあ、諦めるしかないよね」

「そうですね。説得できなかったら、しかたがないですね」

「逆に男性がストーキングする場合は、やっぱり女性は恐いと思うなあ。暴力が恐いし、刃物沙汰《はものざた》とかだってあるわけだし、何をするかわからない人って、いるでしょう？」

「破滅的な」

「いざとなったとき、一対一で自分を守れないかもって心配だし」

「もう、死ぬ気で抵抗するしかないですね」

「うん、でも、たぶん、男の方だって、一緒に死ぬしかない……、つまり、心中みたいなイメージを勝手に持っているんじゃないかな」

「ふられたことで、復讐《ふくしゅう》してやるっていう場合も、ありそうですね」

「どうして自分がふられたのか、その理由が知りたいっていう気持ち？　そんな感じだと思う」

「嫌いになったからに決まっているじゃないですかねぇ」

「好きになるのも、嫌いになるのも、理由ってものは、ないんだよね。なんとなくでしょう？　たとえ理由を言われても、そんな理由じゃあ納得できないっていう話になるわけで……」

「殺人の動機みたいなものですね」

「え？　どういうこと？」

「動機って、よく、警察は動機について調べているってニュースで言ってますよね。

でも、あんなの全部、一身上の都合じゃないですか。退学届に理由の欄があるんですけど、そこに書けるのは、就職のためか、一身上の都合の二つなんですよ。友達が、退学するときに、事務の人からそう言われていました。だから、殺人の動機も、金のためか、一身上の都合のどちらか二択にしたらすっきりしません？」

「すっきりはしないけれど、でも、それが正解かもね」

コンビニで買った弁当を車の中で二人で一緒に食べた。そろそろ日が暮れようとしていた。このあと、野田が映画館から出てきて、自宅へ帰るまでは、電車で追跡をすることになる。少し早めに小川は車を移動させ、佐曾利の家の近くに駐車して、徒歩で駅へ向かい、永田と合流する計画を立てた。しばらくの間、永田が一人で見張りを受け持つことになる。

「大事なことは、無理をしないこと。見失っても大丈夫だから、あまり接近しない。それから、一人だから、物騒《ぶっそう》な場所へは行かない」

「はい、わかりました」永田は頷いた。

3

永田は、小川の車から降りて、歩道橋の階段を上がった。道路は混雑していて、反対側が見にくくなっていたからだ。映画館の出入口が見えるところで、しばらく待った。もちろん、佐曾利も見える。小川が運転するワンボックスが歩道橋の下を通って、先へ走っていくのも見届けた。

自分一人だけになって、少なからず興奮した。スリルとかサスペンスとか、そんな感じに近い。真鍋に電話をかけたかったが、彼は寝ているかもしれないので、邪魔をしない方が良いと思う。雨は小降りになり、西の空に僅かな明るさが残っているだけで、車のライトも、街路灯も、建物や看板の照明も既に灯っていた。

いろいろ想像してみたが、たとえば、暗い道を歩くときは、気をつけた方が良いな、と考える。もしかしたら、佐曾利はつけられていることに気づいているかもしれないのだ。もし、どこかに隠れて待ち伏せされて、突然目の前に現れたら、どうしよう。何のために尾行しているのか、ときかれたら、どう答えたら良いだろう。そんなことをあれこれ想像した。正直に答えるのが一番良いように思う。知らない振りをする方が危険だろう。でも、そうなったら、小川に迷惑をかけることになるかもしれない。

いや、待てよ。もしかして、佐曾利とちゃんと話をすることが、情報を得るために最も効率が良いのではないか。そんな気もする。でも、それは独断でするわけにはいかない。叱られるに決まっている。真鍋がいたら、相談をしてみたいと思ったけれど、今度にしよう。覚えておこう。

予定の時刻よりも少し早く、野田が出てきた。それを見て、佐曾利も動きだした。

「さあ、行くぞぅ」と永田は自分に囁いた。

歩道橋から映画館側へ下りて、野田の後ろについた。佐曾利は、道路の反対側だった。駅へ向かっている方向である。途中で、脇道に逸れる振りをして、距離を取った。佐曾利が道を渡ってきて、野田との間に入った。五十メートルほど離れて、あとをついていく。ほかにも歩いている者が多く、目立たないと感じた。

駅へ近づくほど、距離をつめた。改札を通り、階段を上がってホームに出る。そこに佐曾利の姿を見つけてほっとした。野田はさらに先にいる。電車が入ってきた。

佐曾利と同じ車両の二つ離れたドアから乗車した。シートが空いていたので、そこに座った。佐曾利も座ったのが見えた。

凄いな。自分は尾行をしているのだ。遊びではなく。このシチュエーションだけで興奮ものだ。そうか、ストーキングって、それだけでもけっこう満足できる行為なのかもしれない。変な表現だけれど、ただ他人のあとをつけるだけで、相手と関わっていられるわけだし、そのことだけを考える時間が楽しいと感じられるのにちがいない。今、自分はストーカなのだ。恐いと面白いが混ざった気持ちみたいだった。きっと、悪いことと楽しいことが入り交じって、ストーキングをする人は、そんなぐちゃぐちゃな経験をするのだろうな、と思った。

途中、電車の乗り換えも予定どおりだった。野田優花が降りる駅が近づいてきた。少しどきどきする。佐曾利の方を見ないようにして、シートを立ちドアへ歩く。窓の反射で、彼が立ち上がるのが見えた。野田は見えない。電車が停まり、ホームへ降り立った。

野田も佐曾利も降りた。良かった。すべて予定どおりということだ。電話がかかってきたので、それを耳に当てながら歩く。

「もしもし、小川です。どう？」

「ええ、大丈夫です。今、駅で降りたところです」

「気をつけてね……。また電話します」

小川は、まだ車を運転しているのではないか。信号待ちだったのだろうか。永田は、改札を通り抜け、夜の街へ出ていく。時刻は九時に近い。もう雨は降っていないが、むしっとする気持ちの悪い空気だった。

だんだん人気の少ない寂しい道になる。前を歩く佐曾利が、街路灯の中に影だけで見えている。住宅地へ入り、後ろを振り返ると、ビジネスマン風の男が同じ方向へ歩いていた。明るい場所はほとんどない。営業している店も近くにはなさそうだ。道路を走る車も滅多《めった》になかった。

佐曾利が立ち止まった。野田がマンションへ上がる階段に差し掛かったからだ。永田は、そのまま少し歩き、右の脇道へ逸れた。一旦、佐曾利が見えなくなった。彼女の後ろを歩いていた男が通り過ぎるのを待って、再び脇道の角まで戻り、通りの先を窺った。

ビジネスマン風の男の後ろ姿。その先にいるはずの佐曾利を探した。しかし、見つからない。どこかに隠れたのだろうか。野田の姿は、既に見えなかった。建物に隠れ、顔だけを出して見ているのだが、動くものはない。遠ざかるビジネスマンだけだ。道の逆方向を見たが誰も歩いていなかった。

どうしよう？　出ていくべきか、それともここで待った方が良いだろうか。

出ていったら、どこかに隠れている佐曾利に接近することになる。彼が野田のマンションの階段を上がったとは思えない。道の先へ行ったとも思えない。いずれも、走らないかぎり、見えなくなるほど遠くへ行ける時間はなかったはずだ。やはり、どこか、店先か看板かフェンスか、物蔭に潜んでいるのだろう。でも、野田が見えなくなったのだから、もう出てきて、こちらへ戻ってきても良いはず。だったら、歩道に歩く姿があるはずだが。

ほかに道があるのだろうか？　駅へ戻る裏道があるのかもしれない。ちゃんと地図を調べておけば良かった。今から調べるのは、ちょっとヤバい。モニタが明るくなって、自分の顔を照らすだろう。彼女は、かなり暗がりに潜んでいるのだ。

まさか、尾行に気づかれたということはないと思うけれど、もしそうなら、これは、まかれたということだろうか。

もう一度顔を出して見たが、状況は変わらない。もう誰の姿も見えなかった。

ここは、思い切って、野田のマンションへ行くべきか。あの階段を、佐曾利も上がったかもしれないからだ。駆け上がれば、その時間があったともいえる。

決心をして、永田は道に出ていった。普通の歩調で歩く。

鼓動が速くなったけれど、意識してゆっくりと、一歩一歩交互に足を出して。

危険なことがあるわけではない。もしあったら、悲鳴を上げれば良いだろう。発声練習をすべきだったかな。そんなことを考えながら、なおも前進。

マンションの階段の下まで来た。途中、誰にも会わなかった。隠れられそうな場所が幾つかあって、チェックしながら来た。佐曾利はどこにもいない。脇道はなく、この先にもしばらくなさそうだった。ずっと先に信号が見える。そこには人影があったが、さきほどのビジネスマンだろうか。

永田は、階段を見上げた。ここを上るしかない。先が見えないので、多少不安だった。だから、一気に駆け上がった。

野田が、マンションの何階の部屋かは小川から聞いていた。通路が見えたので、そのフロアを確認したが、もう誰もいない。暗い駐車場にも、人の気配《けはい》はなかった。

佐曾利はどこへ行ったのだろう。

もちろん、隠れようと思えば、どこへでも隠れられるはずだ。今、このマンションの敷地内にも、低い樹が立ち並んでいる。暗闇ばかりだった。駐車場の奥には、自転車置き場だろうか、屋根のある構造物が見えた。どこかに潜んで、自分の方を見ているかもしれない。そんなふうに考えると、恐くてもうこれ以上ここにいられない、と感じた。

永田は階段を引き返し、歩道に戻った。もちろん、誰もいない。電話をかけた方が良い。残念だけれど、小川に知らせなければ……。駅の方向へ歩きながら、携帯電話をバッグから取り出して、小川をコールした。しかし、彼女は出ない。運転中だろうか。

後ろを振り返る。誰もいない。前から人が来るが、道路の反対側。若い男のようだった。暗くて、人相まではわからない。

真鍋に電話をかけることにした。

何度かコールした。もう諦めようと思ったときに、電話がつながった。

「真鍋君、あのね、どうしたらいい?」

「えっと、永田さんかな?」

「あ、そうそう、もしかして、寝てた?」

「寝てた。どうしたの?」

「うーん、まかれちゃった」

「まかれた? ああ、今、どこ?」

「えっと、野田さんのマンションの近く。今は、駅へ戻るところ」

「慌てないで、大丈夫だから。小川さんに連絡した? 小川さんと組んでいるんでしよう?」

「小川さんは、車だから、えっと、あっちのアパートへ」

「そうか、先回りしているんだ。だったら、そのうち、そっちへ帰ってくるんじゃない?」

「そうかな。だと良いけど。でも、どこかに隠れているってことは、私、気づかれたってこと?」

「永田さん、目立つからね」

「嘘、本当に気づかれた?」

「大丈夫だよ。周りに誰かいる?」

「いない。めっちゃ寂しい道。もう駅へ走ろうかな」

「うん、気をつけて。慌てないで」

「スリル満点」

「うん、大丈夫そうだね」

「じゃあね。起こしてごめんなさい」

「いいよ。いつでも、またかけて」

「はーい」

少し気合いが戻った。後ろを見て、前を見て、少し歩調を速める。前から来た男性とすれ違った。その次に、今度は中年の女性が歩いてくる。遠くに駅が見えてきた。明るい商店が幾つかあって、人影も増える。少し安心できた。

駅の建物の前に、十人以上の人がいる。ロータリィにタクシーが何台か並んでいた。コンビニが右手にあって、そちらがとても明るい。とにかく、見える範囲の人間を順番に確認をしたが、佐曾利らしき人物は見当たらない。少し離れたところに、交番があった。中が見える。制服の警官がいる。もう大丈夫だ。

駅の建物は、タイル張りだった。そのまえのピロティも正方形の大きなタイルが一面に並んでいて、駅のライトのためかオレンジ色に見えた。鉄道は高架《こうか》で、その下を抜けて反対側へ行ける。改札がその途中にある。小さな売店が一つだけ。自転車が並んでいる場所の近くには、人が地面に寝ているように見えた。ホームレスだろうか。電車が発車した直後だったので、大勢が改札から流れ出てきた。

どこにも佐曾利はいない。やはり、まだマンションの近くにいるのだろうか。もう少しあそこで粘ってみるべきだったかもしれない。

もう一度、小川に電話をかけてみようと思い、電話のモニタを見た。

そのとき、急に明るくなった。

悲鳴が上がる。

永田のすぐ横で、赤い炎が、立ち上がるように大きくなった。

4

真鍋は起きていた。二時間も寝ていないが、永田からの電話で起こされ、目が冴《さ》えてしまった。夜中の張込みなんて、今まで一度も経験がない。鷹知と組む予定だ。十一時に出ていけば間に合う。あと二時間だが、無理に寝ない方が安全だ。食欲というのは、自分である程度コントロールができるのに、睡眠はどうして意思の自由にならないのか、と少し考えた。

冷蔵庫にあるものを見て、なにもないので、インスタントラーメンを作った。卵を入れようか、どうしようか、と考えているところへ、永田から電話がまたかかってきた。

「どう？　大丈夫？」ときいてみる。

しかし、声が聞こえない。

「永田さん？　どうしたの？　もしもし？」

しばらく待ったが、なにも言わない。変だな、と思ったが、そのまま待つしかない。無音ではない、がさがさと音がする。電話をバッグの中に落としたのかな、と思う。また、大きな音がした。電話を落としたのではないか。

そのあと、もう一度音がした。今度は、拾ったところかな、と思う。

「もしもし？　永田さん、大丈夫？」

「あ、小川さん、あの、永田です」息を切らした感じの彼女の声だった。

「小川さんじゃないよぅ」

「あれ？　え、どうして？」

「かけ間違えた？　真鍋ですけど」

「真鍋君だ。あそうか、リダイヤルでかけたんだ。真鍋君だったか」

「どうしたの？　走ったの？」

「違う。あのね、爆弾……、爆弾魔だよ。私、もう少しで燃えるところだった。駅でね、駅まで、戻ったんだけれど、突然ね、うーんと、駅の線路の下だけど」

「線路の下？　ああ、ガード下ってこと？」

「どうしたらいい？」

「怪我はない？」

「えっとね、ないと思う。でもさ、なんか、ぼうってこっちへ炎が来てね、髪の毛がちりちりってなった」

「本当に？　大丈夫？」

「大丈夫だと思うけれど」

「火は、もう消えたの？」

「えっとね、あ……、今、消火器でしゅってやっている。あれ、駅の人かな」

「警察を呼んだ？」

「まだ、そんな……、今、燃えたところなんだから。あ、おまわりさんが来た。交番から走ってきた」

「佐曾利さんは？　近くにいない？」真鍋はきいた。

「え、何？」

「佐曾利さんは、近くにいない？」

「あ、えっと、うーん」しばらく沈黙。彼女は周囲を見回しているのだろう。「いない。ずっといないの。どこへ行っちゃったんだろう？　私がいけないんだよね、肝心なときに」

「そんなの気にしないで良いから……。えっとね、そっちへ今から行くから、そのままそこにいて」

「え、どうして？　真鍋君が来るの？」

「そうだよ」

「私は？」

「佐曾利さんが現れないか、そこで、駅を見張っているのが良いと思う。僕のところから、近いからね。小川さんには、僕が連絡しておく。小川さんは、たぶん、まだ佐曾利さんのアパートの辺にいるから、そのまま張込みを続けた方が良いよね。だから、僕が永田さんのところへ行くのが、合理的だと思う」

「合理的？　わかんないけど。うん、わかった」

「すぐに行くから」

「うん」

「落ち着いてね」

「うん、ありがとう」

真鍋は電話を切ってから、ラーメンを見た。これは、しかたがないな、と思って、食べるのを諦め、急いで着替えてから、部屋を出た。

駅まで走りながら、小川に電話をかけた。

「小川さん、どこにいます?」

「車の中」

「佐曾利さんのアパートの前ですか?」

「今、着いたところ。渋滞してて……」

「永田さんから電話があって、佐曾利さんを見失ったって」

「あ、そう……。いつのこと?」

「十分くらいまえです」真鍋は、そこで息をつく。走るのをやめて、歩くことにした。

「どうしたの? 息が荒いね」

「ちょっと、走ったからです」

「なんで、走っているの?」

「野田さんのマンションの前で、佐曾利さんがどこかへ隠れてしまったみたいなんです。で、永田さん、駅へ引き返したんですけど、そこで、爆弾事件があって、彼女、すぐ近くにいたみたいなんですよ。それで、電話をかけてきました」

「どうして、真鍋君に?」

「たぶん、小川さんにも電話をしたんじゃないかな。それで、僕に一度かけたんです。で、もう一度、小川さんにかけるつもりが、リダイヤルで僕にまたかかってきたわけです」

「よくわからないけど。永田さん、大丈夫？　怪我はなかった？」

「髪の毛が燃えたって」

「え！」

「いえ、少しだと思います。元気でしたから。それで、まだ佐曾利さんは見つからないそうですから、そのまま駅で見張っているように言いました。僕、今から行こうと思います」

「どこへ？」

「永田さんのところへ」

「ああ、そうしてくれる？　真鍋君ところ、近いものね。私は、車を置ける場所を探さないといけないし」

「小川さんは、佐曾利さんが戻ってくるのを確認した方が良いですよね」

「えっと……、あ、そうか、そうだね、うん」

「じゃあ、また、向こうについたら、連絡します」

「こちらからも、永田さんに電話してみる」

「じゃあ……」

真鍋は、駅まで走った。この時間は、電車の本数が減っている。しかし、ちょうどタイミング良くやってきたので、階段を駆け上がって、すぐに乗り込むことができた。

九つめの爆発事件だ。もちろん、同じ犯人によるものかどうかはわからない。しかし、たぶん同じ爆弾魔の仕業《しわざ》だろう。そして、今回最も注目されることは、すぐ近くに佐曾利がいたことだ。

考えてみたら、この前の駅前の事件も、佐曾利のアパートと近い。同じ鉄道の沿線になる。今まで、真剣に検討していなかったが、爆弾事件が起こった場所を、地図に書き込んでみたいな、と真鍋は思った。警察は当然やっていることだし、テレビでもその図が示されていたが、興味がなかったので、真剣に見ていなかったのである。

もちろん、鷹知が話していたことが大きい。佐曾利と爆弾魔を関連づける、かなり有力な情報だった。状況証拠ではあるけれど、だいたい、素人《しろうと》の自分たちに扱えるのは、すべて状況証拠である。

電車に乗っている間、携帯でネットを検索して、爆弾魔のことについて調べてみた。マスコミに送られてくるメッセージは、最近は報道されなくなったようだ。最初の爆弾事件の直後に、「サイタ、サイタ」というメッセージが送られてきた。どんな方法で送られたのか、ニュースなどでは公表されていない。メールか、あるいはファックスだろうか。そして、二回めにも、同様のメッセージがあって、「マタ、サイタ」とあったらしい。ここで初めて、これが爆弾のことなのでは、とマスコミのスタッフが気づいたという。その次には、事件が起こる一日まえに、「アシタ、サク」と送られてきた。そのとおり、次の日に事件があった。これまでに、この爆弾事件が発生した場所は、駅前が五件、その他は、デパート、地下街、コンサートホール、区役所前だった。駅が圧倒的に多い。場所は、かなり限られた範囲に集中している。すべて都内だが、中野《なかの》区、練馬《ねりま》区、杉並《すぎなみ》区、渋谷《しぶや》区に分布していて、都心よりも東では発生していない。もし、車を使って仕掛けているとしたら、もっと違った分布になっているのではないか。明らかに、地理的には集中している。土地勘《とちかん》がある場所なのか、それとも、もともと行動範囲が狭いのか。

佐曾利の日常の移動範囲も狭い。爆弾事件の範囲と一部重なっている。それから、本人が出したと思われるメッセージには、爆弾という文字はない。ただ、「サイタ」という比喩的《ひゆてき》な表現があるだけだ。マスコミは「爆弾」「爆発」と伝えているし、また「爆弾魔」とも呼ばれているけれど、本人がそう名乗っているわけではない。もしかしたら、真鍋が何度か小川や永田に指摘したように、「これは、爆発ではない」と言いたいのかもしれない。正しくは、「発火」だし、「着火魔」と呼ぶのが相応《ふさわ》しいと思う。そういえば、それに似た商品名のライタがあったな、と真鍋は気づいた。

思っていたよりも早く、永田絵里子に会うことができた。彼女は、改札のところで待っていた。すぐ先に、赤い回転灯が見えて、警官が何人も立っていた。黄色いテープでそのエリアは囲われている。さらに出ていくと、消防車も見えた。救急車も来ているのが見えた。

「誰か、怪我人が？」真鍋は尋ねた。

「うん、ホームレスのおじいさんがね、火を消そうとして、毛布を火に被せたんだけれど、それが燃えて、火傷をしたみたい」

「勇敢な人だね」真鍋は呟いた。その人物は見当たらない。救急車で運ばれたのだろうか。「佐曾利さんは？」

「凄い沢山人が集まってきたから、よくわからないけれど、ここの改札は通っていないと思う。たぶん、だけれど」

「小川さんに連絡した？」

「電話があった。佐曾利さんのアパートを張っているって。戻ってきたら、電話するからって言ってたけど、電話はまだない」

「ああ、そうか……、あちらへ彼が戻ったら、永田さんも向こうへ行かなくちゃってことだね」

「そうだよ。ああ、がっかり……、小川さんに謝らなきゃだし」

「謝るのは謝った方が良いけれど、でも、気にすることでもないよ。尾行するときには、そんなの想定内だから」

「でも、こんな事件があったわけだから、残念だよねぇ」

「そうだ、警察から、質問された？」

「え、なんで？」

「だって、火のすぐそばにいたんでしょう？」

「私が一番近かったかも。でも、誰もなにもきいてくれない。もうすぐ、テレビが来るんじゃない？　もしかして、もう来ているのかぁ」永田は周囲を見回した。「インタビューしてほしいなあ」

「何て、言いたいの？」

「髪がちりちり燃えましたって」

「あ、そうそう、どこ？」

「ここらへん、耳のところ」

永田が顔を横に向けて見せてくれたが、見たところ異常はない。大したことはなかったようだ。

「咄嗟にね、屈《かが》んだから、助かったんだよね。火が上をぼうって走って」

「そのとき、電話を落としたんだ」

「あれ、どうして知っているの？」

5

鷹知は、ある小さな劇場の楽屋で、倉崎正治に会った。彼とは初対面ではなかったが、話をしたことはなく、また、相手はこちらを覚えていないようだった。だから、初対面に限りなく近い、といえる。野田優花に相談を受けて、ちょっと周辺を調べている、と説明した。アングラ劇場で芝居をしているから、それが終わったら、時間が取れる、と電話で聞いた。その指定の時刻に訪れたが、十五分ほど待たされた。芝居が終わっていなかったからだ。

楽屋は大きな部屋で、ほかにも大勢の役者がいて、例外なく汗を流していた。倉崎は、タオルで顔を拭《ふ》きながら近づいてきて、通路への出口に近いところのベンチで並んで座って話をすることになった。どこか、外でお茶でもどうかと誘ったが、このあと、みんなで飲みにいくから、と断られた。

野田優花とは、この頃はあまり会っていない、と倉崎は言った。特に喧嘩をしたわけでもなく、ただなんとなく、彼女から連絡が少なくなった、こちらも忙しくて、なかなか電話もできない、と話す。

「以前は、もっと頻繁に会われていたのですね？」ときくと、

「そう、毎日のように会っていた時期もありましたね。お互いに若かったのかな」と笑った。そんな昔の話ではないだろう、と鷹知は思う。

「佐曾利さんのことは、ご存じですね」

「ええ、もちろん。やっぱり、その相談ですか」

「というと？」

「違うんですか？　いえ、佐曾利さんにつき纏われて困っているって、優花が言っていましたから」

「佐曾利さんに会われたことはありますか？」

「ええ、一度だけね。僕と優花が食事をしていたら、えっと、ファミレスでね、そう

したら、佐曾利さんが入ってきて、隣のテーブルに座ったんです」

倉崎は、オーバな仕草で肩を竦《すく》める。まだ、化粧を落としていないので、芝居のようだった。

「それで？」

「彼女が怒ってしまって、そのまま店を出ました。料理はまだ来てなかったんですけど、僕は金を払って、彼女を追いかけましたよ。それで、あれが佐曾利さんだって、初めてわかったわけです。もし、知っていたら、喧嘩になっていたかもしれない」

「佐曾利さんは、なにか言ったんですか？」

「いえ、なにも。ただ、座っただけですよ。こちらを見たかなぁ。でも、笑ったわけでもなく、挨拶もしませんでしたね」

「偶然だったかもしれないわけですか？」

「僕は、そうかなって、少し思ったんですけれど、優花はあとで、完全な嫌がらせだって言いました。つけ回されているんだって」

「それまでは、そういった話を聞いていましたか？」

「いいえ、そのときが初めてですね。それを聞いてからは、もし僕がいるところへ現れたら、ちょっとマナーについて教えてやろうかなって考えていましたが、幸い、そういったことはありませんでした。そのうちに、優花とも少しずつ疎遠になりましたから……。ええ、そんなところです」

「佐曾利さんから、なにか、電話とか、メールとかは？」

「僕のところへですか？　ありませんよ、そんな……。貴方《あなた》がここへ来るってことは、今でも、あれが続いているってことなんですか？」

「だいたい、そうですね」鷹知は頷いた。「私も、詳しいことは、調べている途中です。なにか、そのほかに、佐曾利さんに関して、思い出すようなことはありませんか？」

「いや、顔もよく覚えていないくらいですよ。なんか、うーん、ちょっと暗い感じでしたね、オタクっぽいというのか……。そうだ、黒い服を着ていましたね。それでそう見えたのかな」

楽屋のほぼ中央の柱の高い位置にテレビが据え付けられていた。ブラウン管式の今どき珍しい旧型である。その近くにいた一人がスイッチを入れた。音声に遅れて映像が現れ、ニュース番組のようだった。鷹知からは、それが正面に見える。爆弾魔の新しい事件を報じていた。たった今入ったばかりの速報らしく、現場の映像はまだない。テロップも出ない。詳しい情報が入り次第お伝えします、とアナウンサは言った。倉崎もそれを見ていた。

「ああ、そういえば……。今思い出したことが……」倉崎はこちらを見た。目を細め、少し考えている。どんな言葉で説明しようか、と迷っているのだろう。役者だから、台詞を気にするのかもしれない。「えっと、あれは、そうそう、佐曾利さんが、研修かなにかでいなかったときです。優花のアパートへ行ったんですよ。その、まだ優花と佐曾利さんが一緒に住んでいたときなんで、かなりまえのことですね」

「それは、佐曾利さんのアパートのことですね？」

「そうです。あそこへ行ったのは、そのときが初めてで、それ以後一度もありません。狭いところです。二階だったかな。それで、何故覚えているかっていうと、その日に、佐曾利さんの会社の人の家が火事になったんですよ。近くだったと思います。マンションだったかな。見たわけじゃなくて、電話があったんです。誰からだったかは知りませんが、優花の知合いか、それとも佐曾利さんの会社の人だと思います。それで、火事があった家の人は、たまたま留守だったとか。うーん、まあ、それだけの話なんですけど……。そのとき、優花が変なことを言ったんですよね。それで、思い出したというわけです」

倉崎は、そこで言葉を切った。また、視線を宙に向け、考えている。言葉を正確に思い出そうとしているのだろう。

「えっと、優花が言うには、佐曾利さんに、一度、ガソリンをかけて火を着けてやろうか、と言われたことがあるんだって、そんなようなことを言ったんです。それが、もの凄く恐いって、だから、もし、こんなところ、あ、つまり、僕と一緒にいるところを見つかったら、私は焼かれてしまうって言うんですよ」

「そうですか。それは初めて聞きました」鷹知は頷いた。

「いや、その……、殺されるというような物言いだったら、まあ、普通にあるじゃないですか。たとえば、包丁でとか、そのくらいもあるかもしれませんよね？」倉崎は、片方の眉を上げる。「だけど、ガソリンで焼かれるっていうのは、さすがにちょっとないでしょう？」

「そうですね、珍しいですね。それで、野田さんは、なにか、それ以外に、おっしゃっていましたか？」

「いいえ、なにも」彼は首をふった。「それだけでした。たぶん……」

「かなり、怖がっていましたか？　あの、たとえば、泣いていたとか」

「いいえ、そんなふうでもありませんね。冗談みたいに言っていました、どちらかというとね。これは、彼女自身にきいてみて下さい」

「そうですね。ええ……、わかりました」

「こんな話、関係なかったでしょう？」

「いえ、大変参考になりました」

鷹知は立ち上がって、礼を言った。部屋の出口へ一緒に歩く。ドアを出て挨拶をして別れるとき、通路に沢山置かれている花輪に目が行く。一番大きいものに、島純一郎《しまじゅんいちろう》という名前が書かれていた。

「国会議員の島さんですか？」と尋ねると、

「あ、ええ、そうです。僕の舞台には、いつも……」倉崎は答える。「以前から、贔屓《ひいき》にしていただいているんです」

「へえ……。あ、どうも、ありがとうございました」

倉崎は部屋に入った。ドアが閉まる。鷹知は、通路を歩き、来たときと同じ裏口から建物を出た。外の空気は粘着するほど湿っていた。雨は降っていない。雨が降った方が、気温が下がって良いのではないか、と思えるほどだった。時刻はまもなく十時。二時間後には、佐曾利の張込みをしている小川と交替する予定になっている。

6

真鍋は、小川と電話で話した。まだ佐曾利はアパートの方には現れないという。時刻は午後十時。あと二時間で、張込みの担当が、鷹知と真鍋になる。しかし、佐曾利本人が見つからないのでは、話にならない。小川と相談をして、野田のマンションの方へ一度行ってみることにした。もちろん、永田も一緒にである。

野田のマンションから、この駅へ来る道は、ほぼ一本しかない。携帯で地図を見て、判明したことである。途中の脇道から入る裏道は、いずれも、再び同じ通りへ戻る。駅へは通じていない。高架の線路が、野田のマンションの辺りでは、家よりも低い位置になる。駅から出て最初の踏切は、マンションよりもかなり先の地点で、そこで初めて鉄道の反対側へ行ける。したがって、永田が見失ったあと、佐曾利は通りをさらに先へ歩き、この踏切を渡って反対側から駅へ戻った可能性がないわけではない。その場合、おそらく距離的に二倍以上になるので、理由もなくそちらを選択することは考えにくい。ただ、反対側へ出れば、もう一箇所ある別の改札からホームへ入ることができ、永田が見張っていた改札を通らないで電車に乗れる。もう遠いところへ行ってしまったかもしれない。また、もしまだマンションの近くに潜んでいるのならば、真鍋たちが向かう道で出会う可能性もある。いずれにしても、この改札の前でいつまでも見張っていても、しかたがない、という結論になった。

永田と二人で、しだいに暗くなる道を進んだ。同じ方向へ歩く人間が、離れたところに三人いた。

「ここ」永田が立ち止まった。細い脇道があった。「ここでね、道へ入ったわけ。後ろから人が来てたから、いったんは奥へ歩いて、やり過ごしてから戻って、こうやって……、ここで隠れて……」永田は、角の建物の壁を背にして立った。「向こうを見たわけ。そしたら、もういなかった」

「何秒くらい？」

「何が？」

「佐曾利さんを見ていなかった時間」

「うーん、十秒か、長くても、十五秒くらいかな」

「最後に見たとき、彼はどこらへんにいたの？」

「あそこ……」永田は指をさした。

しかし、具体的にわからないので、そこまで二人で歩いていった。

「ここじゃないかな」永田が立ち止まって地面を指さす。

シャッタが降りた商店の前だった。建物は数メートル奥まっていて、片側に短いフェンスがある。その蔭はたしかに暗くて、人目につかない。道の反対側に、野田のマンションへ上がる階段がすぐそこに見える。一方ここからは、さきほど永田が隠れた場所は、暗くてほとんど見えなかった。

「永田さんがいることに気づいたとは思えないね」

「でしょう？」

「でも、ここから、十秒もあったら、あの階段を駆け上がることはできるよ」

「できる？　ぎりぎりだよね」

「向こうへ走った場合は、ちょっと視界から消えるのは無理だね」道の先を指さして、真鍋は言った。「ただ、途中のどこかで、また身を潜めたかもしれない」

「何のために？」

「そうだね……。やっぱり、マンションへ行った可能性の方が高いかな。野田さんをもっと追いかけようとしたってことかもね」

二人は、その階段を上がることにした。階段の長さは十メートルほど。高さは五メートルほど違う。上がり切るとアスファルトの駐車場で、マンションの裏になる。

表は自動車が通れる道に面していて、その道は、さきほどの通りへはずっと先で合流している。駐車場からは、マンションの各フロアの通路がほぼ一望できた。建物の右端に螺旋階段《らせんかいだん》がある。左は、ホールに通じている。そこから入ると、エレベータがあるようだ。駐車場には、半分くらい自動車が駐められていた。人気はなく、静まり返っている。

ドアが開く音がした。真鍋は、咄嗟に頭を下げ、近くの車の方へ移動した。永田もすぐについてくる。四階の左から三番めのドアだった。女性が一人出てくるのが見えた。白っぽい服装、髪は長い。ドアを開けたままで、手摺越しに駐車場を見下ろしている。

「あれ、野田さん?」永田が横で囁いた。

「違うんじゃないかな」真鍋は答える。

なにか話をしている声も聞こえる。笑っているようだ。

もう一人出てきた。今度は見覚えがある。野田優花だ。彼女も駐車場をちらりと見下ろした。茶色っぽい服装に見えた。ドアの方を向き、鍵をかけたようだ。二人が左へ歩く。エレベータのある方だ。

「どこへ行くんだろう?」

「こちらへ下りてくるんじゃない？」

「もう少し、あちらへ行こう」

真鍋は、駐車場の奥へ移動した。野田たちが通りへ下りる階段を利用するなら、すぐ近くを通るはずだ。見つからないように、螺旋階段の方へ移動した。そして、端に駐車されている車の蔭に隠れて待った。

しばらく待っていると、ホールの裏口から、二人が現れる。話し声が続いている。階段の方へ行くのかと思っていたら、こちらへ向かって歩いてくる。もしかして車に乗るのか、と真鍋は気づいた。野田は、自分の車を持っていて、それに乗るつもりなのではないか。どの車だろう。

とにかく、さらに後退することにした。駐車場の横に、駐輪場がある。沢山の自転車が並んでいた。波形《なみがた》鉄板の屋根もあった。その裏へ回ることにした。無言で永田もついてくる。フェンスは低い。そこから少し頭を出して様子を窺った。野田たちは、さらに近くへ来た。

そのときだった。

突然、永田が真鍋にしがみついてきた。

思わず声を出しそうになる。息が漏れたかもしれない。野田たちに気づかれたのではないか。

「どうしたの？」と後ろに囁く。

「あれ、何？」永田が言った。ますます真鍋に躰を寄せてくる。

彼女は腕を横に伸ばしていた。指をさしているのだ。

その先。

真鍋たちから五メートルくらいの場所だ。

駐輪場の裏。下はコンクリートで白く見える。暗がりだったが、既に目が慣れていた。

人間が倒れている。仰向けだった。白い顔が上。髪が長い。女だ。

動かない。

知らず知らず、真鍋は立ち上がっていた。永田が背中に張りついている。彼女に両肩を摑まれている。二人はじっと、それを見た。真鍋は一歩近づいた。少し前屈みになって、それを確認した。

人形ではない。

永田は、息を吸った。痙攣《けいれん》したように震えているのが、背中から伝わってくる。

「大丈夫」と真鍋は押し殺した声で言った。永田に、伝えたつもりだった。

後ろへ下がる。フェンスに腕が当たった。

「何？　もしかして……」永田が言う。

誰なのかはわからなかった。

「どうしたの？」という高い声が横から聞こえた。

すぐ近くに、野田優花が立っていた。もう一人の白い服装の女性もこちらを見ている。音を立ててしまったので、気づかれたようだ。

「誰かが、そこに倒れているんです」真鍋は、正直にそう答えた。

「え？」

自転車の向こう側にいた二人が、一度離れ、後ろから回ってこちら側へやってきた。

二人は、真鍋たちの横に立ち、それを見た。しばらく、立ち尽くし、ひいっと息を吸った。悲鳴ではない。それから、ゆっくりと、もう少し近づいた。

「坂下さん？」野田が呟くように言った。

「何があったの？」もう一人が言う。

「どうして？」

倒れている女は死んでいる、と真鍋は思った。口からなにか出ているように見えたが、それはどうやら舌のようだった。

7

小川は、ワンボックスカーの運転席に座っていた。路上駐車である。エンジンはかけていない。したがって、クーラは効いていない。暑いので窓をすべて開けているが、風もなく、とても蒸し暑かった。あと二時間ほどで、張込みが交替になる。彼女は、朝の六時から、十六時間ずっと担当していたので、さすがに疲れていた。肩が凝《こ》っている。原因の一番は、久し振りに車を運転したことだろう。

今のところ、佐曾利のアパートに変化はない。同じアパートの別の住人は、幾度か出入りがあったが、佐曾利の部屋のドアは閉まったままだ。照明は灯っていない。永田が佐曾利を見失って、そろそろ一時間になる。どこへ行ってしまったのか。

電話が振動した。真鍋からだった。

「あの、野田さんのマンションで、えっと、死体が見つかったんですけど」

「何の話しているの？」

「死体です。女性の」

「死体？　へえ、納涼大会のつもり？」

「冗談じゃなくて……」

「嘘、え、死体って、誰？」

「えっと、野田さんからきいたんですけど、知合いの人みたいです。たしか、坂下さんって言ってました」

「ちょっと、真鍋君、落ち着いて……」小川は息を吞んだ。

「落ち着いていますよ。永田さんも、もう大丈夫です。今さっき、警官が来ました。野田さんが呼んだんです」

「えっと、どういうこと？　どこに死体があったの？」

「駐車場の横ですね。自転車置き場の後ろに倒れていたんです。えっと、出血はないし、病気とかではなくて、あれは、たぶん……、わかりませんけれど、絞殺《こうさつ》かなぁ？」

「どうしてわかるの、そんなことが」

「だから、わかりません。単なる、その、想像です。でも、上を向いて、きちんと寝ていたんです。あ、言うの忘れていました。最初に見つけたのは、永田さんです」

「野田さんは、どうして外にいたの？」

「たまたま、出てきたんです。野田さんともう一人、友達みたいな人と。二人で、車で出かけようとしていたみたいでした。それで、僕たちは、自転車置き場の後ろに隠れたんですけど、そしたら、びっくり、そこに死体があったという……」

「さっき、何て言った？　坂下さん？」

「ええ、そう聞きましたけれど……」

「ふうん」

「あ、言い忘れましたけど、その死んでいた坂下さんは、野田さんたちの知合いみたいです」

「それは、もう聞いた」

「あれ、言いましたっけ？」

「そう……。大丈夫？　永田さん、ショック受けてない？」

「びっくりしてましたけれど、うーん、自分一人のときじゃなくて良かったって、言っています」

「何よ、それ、のろけてるの？」

「違いますけど」

「あ！　ちょっと待って……」

「どうしたんですか？」

「佐曾利さんが帰ってきた。あとでかけ直す」

小川は電話を切った。しかし、べつに切らなくても良かったか、と思い直した。アパートの通路に現れた佐曾利は、鍵を開けて、ドアの中に入った。それだけだった。ドアの横にある窓が明るくなった。

時刻を確認した。十時十分である。野田は、いつもより少しだけ早い時刻に退社している。帰宅も十五分ほど早かったようだ。それを見届けてすぐに帰ってくれば、佐曾利の帰宅は、もう少し早くなるはずである。今日は、今までで一番遅い。どこかに寄っていたのだろう。そのために、永田が見失ったのだ。

小川は、再び真鍋に電話をかけた。

「もしもし、その後どう？」

「その後って、一分も経っていませんよ。なにも変化はなし。救急車が来ましたけど。あと、パトカーも二台めが来ました。えっと、最初に来た警官は、自転車かな。通りからの階段を上がってきましたから、たぶん、近くの交番のおまわりさんですね。あ、駅に交番があるそうです。永田さんがそう言っています」

「私は、このまま、ここで見張りを続けるつもりだけれど。そちらは、大丈夫？」

「ええ、全然大丈夫ですけれど、警察の人に事情をきかれることになりますよね。もしかしたら、十二時までにそちらへ行けないかもしれません」

「そんな心配はしなくてもOK、私が続けるから」

「えっと、警察に、何て言ったら良いですか？　ここで何をしていたのかって、きかれると思うんですけど、正直に話した方が良いですか？」

「尾行をしていたって？　佐曾利さんを見失って、それで野田さんのところへ確かめにきたって？　それは、うーん、さすがにまずいわねぇ……。秘匿《ひとく》義務があるから」

「そうですよね。それに、僕たちバイトだし……、ま、いちおう、二人とも成人ですけど」

「あのさ、そこでデートしていたとか、言えない？」

「デートするには、ちょっと寂しい場所ではないでしょうか」

「他人事《ひとごと》みたいに言わないでよ。だから、寂しい場所へ入って、いいことしようとしたんだって、それくらい言いなさいよ」

「二人で口裏を合わせろっていうんですか、それは、ちょっと難しいですね」

「なんで難しいの？　キスをしたかったって言えばいいじゃない」

「キスですか？　キスくらいで、なにもこんなところへ来なくても」

「真鍋君、なにか適当に考えなさいよ」

「永田さんと、さっきから真剣に議論をしているんですが、どうも、あまり良い案が出ないのが実情でして……」

「うーん、それじゃあね、ちょっと待ってね、椙田さんに相談してみる。すぐ折返し、かけるから……。電話がつながると良いけどね」

電話を切って、すぐに事務所のボスである椙田に電話をかけた。何度かのコールのあと、意外にも椙田が出た。

「何？　こんな時間に」

「申し訳ありません。ちょっと、困ったことが起きてしまい、ご相談をしたいと……」

現在の調査については、既に一度報告をしている。佐曾利を尾行していた永田が、彼を見失った。その直後に、駅で爆弾魔の事件があった。真鍋が駆けつけて、佐曾利を見失った近辺を探していた。すると、佐曾利がストーキングしている野田のマンションの駐車場で、偶然にも女性の死体を発見した。今、警官が駆けつけたところらしい。

「その、死体は、誰なの？」椙田がきいた。ずっと小川が話していて、初めての発言だった。

「野田さんの友人だそうです。まだ、はっきりとしたことはわかりませんが、真鍋君は、絞殺ではないかって話しています」

「へえ……、舌でも出していたのかな」

「あの、警察に質問されると思いますが、何と答えたら良いかって、きいてきたんです。どう指示したら良いですか？」

「バイトでここにいた。僕は話せないので、バイトの雇い主に電話をかけてきいてほしい、と真鍋に答えさせる」椙田は即答した。「それで、刑事からかかってきた電話を君が受けて、事情をぎりぎりまで話す。秘密にしておいてほしい。若い二人は佐曾利という人物を尾行していた。素行調査だった。マンションの近くで相手を見失っていた。その報告を受けたところだ。そんな感じ。正直に話せば良い」

「調査の依頼主については？」

「それは言えないと答える」

「わかりました。佐曾利の名前は出しても良いわけですね」

「野田に言わないようにしてくれ、と話した方が良いね。野田と佐曾利は、他人ではない、とも」

「ああ、はい。わかりました」

「君はどこにいるの？」

「佐曾利さんのアパートを張っています。彼、今帰宅しました」

「なるほど……。それも、刑事にきかれたら、教えてあげれば」

「ああ、そうですか」

「あと、鷹知君に連絡をして、事情を話す。彼、警察に顔が利くみたいだから、なにか手を打ってくれるかもしれない」

「え、どんな手をですか？」

「君や、真鍋がしていることが、普通の探偵行為だと説明してくれる。変な疑いをかけられないようにはできると思う」

「わかりました。すぐ、連絡します」

「それで、良いかな？」

「ありがとうございます」

「じゃあ」

電話はあっさりと切れた。えっと、今日は金曜日か、と小川は考える。椙田はどこにいるのだろう。国内だろうか。

鷹知に電話をかけた。

「あ、小川さん。どうも……」

「あの、まだ交替の時間じゃないんですけど、えっと、ちょっとご相談というか、お願いをしたいことがあって」

「何ですか？」

そこでまた事情を説明した。ずっと佐曾利のアパートを見ているが、ドアは閉まったままだった。

「ああ、そういえば、また爆弾事件があったって、ニュースをやっていましたね」

「そうなの。永田さんが、髪の毛を燃やしたって言っていた」

「え？　本当に」

「いえ、ほんの少しだったみたい。大丈夫だそうです。で、すぐに真鍋君が、彼女のところへ行って……」

そこで、野田のマンションへ再び行った、という話を続けた。死体が見つかって、それは、野田の知合いの坂下という名の女性みたいだと。

「坂下？　野田さんが、そう言ったんですか？」鷹知の声が大きくなった。

「真鍋君がそう聞いた、というだけだけれど。それで、警察から、真鍋君たちが事情を尋ねられたとき、どう答えれば良いかって、彼がきいてきたの」

「ああ、なるほど。難しいですね」

「警察には、私に電話をしてもらうように言えと指示します。椙田さんからそうしろと言われたので。それで、その椙田さんが、鷹知さんにも知らせた方が良いって……。鷹知さんなら、警察に顔が利くからって言われたんですけれど……」

「ああ、はい。わかりました。電話をしておきます」

「えっと、どこへ？　どういう手が打てるんですか？」

「いや、知合いの刑事に、実情を話すだけです。今日は効果がなくても、明日くらいには効いてきます。えっと、二時間後に、僕は、どこへ行けば良いですか？」

「佐曾利さんのアパートの前の道です。車に乗っています」

「了解。じゃあ、またあとで……」

8

マンションの駐車場には、どこから来たのかと不思議なくらい、大勢の野次馬が集まった。パトカーや救急車のサイレンに引き寄せられた人たちで、三、四十人はいるだろう。警察の関係者は、まだ十五人くらいで、真鍋たちは、制服の警官に簡単な事情を話しただけで、名前さえ尋ねられていなかった。駐輪場の付近は立入り禁止になり、マンションのホールへ入る付近に、野田優花ともう一人の友人らしき女性が立っていたが、さきほど死体を搬出《はんしゅつ》するときに、パトカーに乗って二人とも同行した。病院へ行くのだろうか。もちろん、まだ生き返る可能性があるのかもしれない。ということは、死体とはいえないのか、と真鍋は思った。

近くにいたとき、その二人の女性の話が聞こえてきた。どちらも、動転しているというほどでもなかった。ただ、ハンカチで目を押さえていた。泣いているようだった。生きている可能性があるなら、まだ泣かないのではないか、とも思う。彼女たちと警官が話す内容も一部聞こえてきた。どうも、野田の家に、二人の友人が訪ねてくることになっていた。こんな遅い時刻に、と真鍋は感じたが、金曜日の夜だから、これから女三人でカラオケか、それとも飲むのか、そんなつもりだったのかもしれない。

真鍋と永田は、今はコンクリートの階段に腰掛けていた。五段ほど上れば、マンションのホールへ入れる場所である。表ではなく裏口になる。階段の横にスロープもあった。マンションの住人たちが、真鍋の後ろ、階段の上にいて立ち話をしていた。それ以外にも、マンションの各階の通路から手摺越しに駐車場を覗いている者も多い。また、野次馬の大半は、下の通りから階段を上がってきた付近と、マンションの正面から駐車場へ回る道にいる。その道には、今は警察の車両が並んでいて、駐車場への自動車のアクセスを事実上遮断している形だった。

真鍋は、小川と電話で話し、警察に対してどう説明すれば良いのか、という指示を待っていた。小川は、椙田に相談してから再び電話をかけてきた。

「何て？」その電話が終わったので、永田が横で囁いた。小さい声になっているのは、周りに聞こえない配慮のようだ。

「バイトでここにいた。内容は雇い主にきいてほしいって答える」真鍋も小声で言った。

「おお、なるほどねぇ」永田は頷いた。「それなら、嘘をつかなくてもすむわけだね」

「さすが椙田さんだ」

「だけど、びっくりしたねぇ」

「うん、びっくりしたね」

「超びっくりだったよねぇ」永田は、そこで空を見上げる。雨は降っていないものの、星や月が見えるほどでもない。「でも、残念だなぁ、私が見失っていなければ、もしかしたら……、ね？」

「もしかしたら、何？」真鍋はきいた。

「だってさ……」永田は真鍋の耳に顔を近づけた。「もしかしたら、殺人なんてなかったかもしれないじゃん」

「ああ、そういうことね」真鍋は少し笑った。

「どう思う？」

「べつに、どうも思わないけれど」

「何で思わないの？」

「何でって、言われても……。えっと、だって、誰が殺人犯かなんて、まだわからないわけで……」

「あっちの駅で火をつけて、向こうに注意を引いておいてぇの殺人だったんだよ」

「え、そうなの？」

「そりゃそうでしょ、普通、そうでしょ」

「普通かなぁ」

「真鍋君、眠いの？」

「眠くないけど……」真鍋はそこで溜息をついた。「えっと、佐曾利さんを尾行しているとき、彼、なにか荷物を持っていた？」

「ううん」永田は首をふった。「あ、傘を持っていた。傘だけ」

「そうだよね。朝、アパートを出るときも、傘しか持っていなかった。だったら、あそこの駅に、爆弾を置いたのは、いつになる？　今朝よりもまえ？　そんなに長い時間が経っていたら、誰かが不審に思うんじゃない？　爆弾って、燃えるから証拠が消えるわけで、燃えるまえに発見されたら、けっこう不利なことになるよ。だから、ぎりぎりの時間に仕掛けると思うんだ」

「そうか、それは……、そうだけど、えっと、あ、ほら、駅のコインロッカに入れてあったんじゃない？」

「だいぶまえから？　危ないよね……」

「それで、コインロッカから取り出して、スイッチを入れてぇの、爆弾置いてぇの、そいでもって、こちらへ引き返してぇの、待ち伏せしてぇの、首絞め殺人」永田は、自分の首に両手を当てた。「明らかに、私がつけていたのを知っていたんだ」

「え、どうして？」

「だって、私を避けて、わざわざ線路のあっち側の道へ回って、駅へ戻ったんだもん」

「無理に、佐曾利さんを両方の事件の犯人にしている感じがするなぁ、それ」

「あ、じゃあ、何？　本当は別々ってこと？」

「別々じゃないかもしれないけれど、佐曾利さん以外かもしれないし」

「うーん。じゃあさ、どうして、尾行をまいたの？」

「偶然、見失っただけかもしれないじゃん」

「ふうん、私がもの凄くどんくさいってこと？」

「違う、そんなこと言ってないよ」

「言ってるよう」

「違う違う。夜だし、場所も暗いし、寂しい場所だから近づけないし、誰だって、見失う可能性が高いよね。あと、爆弾の方と、ここの殺人は、関連があるかどうか、ちょっとまだわからない」

「あるに決まっているじゃない。もの凄く近いし、ほぼ同時だし」

「それだけでしょう？」

「それだけって……、なんか、意地悪な言い方」

「えっとね、それも誤解」

警察が、駐輪場の近くにあった車の一台を調べている。ドアを開けて、中をライトで照らしているのが見えた。それは、野田たちが見にきた車で、白の小型車だった。

「あれは、何をしているの？」永田がそちらを見てきいた。

「車の中を調べている」

「それくらい、わかる」

「うーん、野田さんの車だと思ったけれど、違うみたいだね」

「え、どうして？」

「野田さんの車だったら、勝手に開けて、中を調べたりしないよ」

「あ、じゃあ、あの死んでた人の車ってこと？」

「たぶんね、野田さんがあの場所へ駐車するように言ったんだよ、その友達に。で、彼女は、車に乗ってきて、指定された番号に駐車した。たぶん、車の鍵が、バッグの中に入っていたんじゃないかな」

「バッグ？　バッグなんかあった？」

「あったよ、横に落ちていた」

「うっそ、気づかなかった」

「暗かったからね」

「さすが、真鍋君」

「それほどでもないと思う」

「あ、そうか。その鍵で、車を開けたんだ。どうして、あの車だってわかったんだろう？」

「野田さんが、警官に説明したんだよ。約束の時間になっても、友達が来ないから、上から見たら、車が駐めてあるのが見えて、あ、もう来ていると思って、二人は下りてきた。それで、車に近づいて中を見たけれど、いなかった。だいたい、そんな感じだったんだね」

「そうかそうか」永田は頷いた。「そうしたら、私たちが暗がりでごそごそやっていたわけね」

「ごそごそはやっていないけれど」

「女三人で、夜のドライブに繰《く》り出《だ》すところだったんだ」

「それは、ありそうだね」

「今の時間からドライブっていったら、まあ、この時期、どこ？」

「知らないよ、そんなこと」

「夜景を見るには、ちょっと天気が悪いんじゃない」

警官がこちらへ近づいてきた。

「来たよ来たよ」永田が囁いた。

制服の警官と、もう一人はスーツ姿の中年で、刑事だな、と真鍋は思った。

「死体を発見されたのですね？」その男が真鍋の前に立ってきいた。

二人は立ち上がって、頷いた。

「名前と住所、連絡ができる電話番号を書いてもらえますか」警官が紙が挟まれたバインダとペンを差し出した。

真鍋が記入し、そのあと永田が書いた。それを警官に手渡す、刑事もそれをじっと見た。

「なにか、身分を証明できるものをお持ちですか？」

「えっと、学生証なら」

「私は持っていません」永田が答える。

真鍋は、財布に入っている学生証のカードを見せた。

「お二人は、どんな関係ですか？」刑事は、学生証を真鍋に返してから、質問する。

「友達です。あの、同じ大学の同級生です」

「見つけたのは、どちらですか？」

「最初は、彼女です」

「はい、私です。何かなって、思って、彼に、そこそこって」

「じゃあ、ほぼ同時ですね？」

「そうですね」

「倒れていた人を知っていますか？」

「いいえ、全然」真鍋は首をふった。「女の人だとはわかりましたけれど」

「貴女は？」

「私も、もちろん、知りません。というか、はっきり見ていません、顔とか」

「それで、見つけて、どうしました？」

「えっと、びっくりしただけです。そうしたら、あの、さっきいた女の人たちが、近くへ来て、どうしたのって、きかれました」

「ああ、野田さんと茶竹《ちゃたけ》さんですね？　お知合いですか？」

「いいえ、あの……、僕たちは知りません」

「貴女も？」

「ええ、そうです」

「あとは、なにか、ここへ来るときとか、ここにいたときに、気づきませんでしたか？　たとえば、不審な人物を見たとか」

「いいえ」真鍋は首をふる。「駅から、二人でここまで歩いてきただけです」

「誰かと、すれ違いませんでしたか？」

「うーん、誰も……。ね？」真鍋は永田を見た。

「同じ方向へ歩いている人ならいましたけど」永田が答える。

「そうですか。走っている人はいませんでしたか？」

「いいえ、見ていません」

「わかりました。どうもありがとうございます」刑事は、軽く頭を下げた。「もう、遅いですから、帰ってもらってけっこうです」

「え、いいんですか？」

「はい、明日は土曜日ですから、月曜日に電話をするかもしれません」

「あの、これって、殺人事件ですよね？」

「まだ、わかりません。事故かもしれないし、病気かなにかで、発作で倒れたのかもしれません」

「でも……」真鍋は、死体の形相《ぎょうそう》が、そんな感じではなかった、と言おうとしたが、言わない方が良いように思えて、自分でブレーキをかけた。

「なにか、気になることがありますか？」

「いいえ、特には……、あの、じゃあ、これで」真鍋は頭を下げた。

二人は黙って駐車場から出た。通りへの階段を下りる。

「なにもきかなかったね」永田が囁いた。

「どうして、こんなところにいたのかって、普通尋ねるんじゃないかなぁ」

「ね」

「拍子抜けだよね」

「あ、もしかして、いやらしいことしてたって、思われたんじゃない？」

「まさか」

「だよね……」

小川が「いいこと」と言ったものと、永田が「いやらしいこと」と言ったものは、はたして同じものだろうか、と真鍋は考えることになった。

9

小川は、警察からの電話を待っていたが、なかなかかかってこなかった。佐曾利に動きはない。ドアは開かない。窓の照明は灯ったままだった。

電話が振動したので、深呼吸をしてからモニタを見たが、警察からではない、真鍋からだった。もしかしたら、真鍋に電話をかけさせて、刑事に代わるということかもしれない。

「はい、小川です」

「あの、もう、終わりました。今、僕たち、帰るところです」

「え、じゃあ、警察に質問されなかったの？」

「全然。なんか、べつに関係ないよお前らは、みたいなふうでした」

「だって、第一発見者でしょう？」

「ほとんど、同時に野田さんたちが見つけたし、野田さんの知合いだったからじゃないですかね。野田さんは、病院へ一緒に行ったみたいです。えっと、もう一人は、茶竹さんだったかな、そんな名前の人です。あと、刑事さんは、殺されたという断定もまだしていないって言ってました。でも、病気じゃあないと思いますけどね。仰向けですよ」

「ふうん、そう……。あとから刑事が会いにくるよ、きっと」

「そうかもですね」

「永田さん、大丈夫、落ち込んでない？」

「いいえ、テンション高いですね。まあ、残念がってはいます。殺人を未然に防げなかったって」

「あ、そう……。ちゃんと、送っていくのよ」

「え、僕が？　彼女をですか？」

「そうよ」

「いや、それよりも、そちらへ行こうと思っていましたけど。永田さんも、まだ張込みをするって言っていますし、僕もそろそろ交替の時間だし……。鷹知さんも来るんじゃないですか」

小川は時計を見た。もう十一時を十五分ほど過ぎていた。

「そうか、そんな時間か。永田さんは、もう帰っても良いって、言っておいて。こちらは、一人で充分だから」

少し沈黙が続く。真鍋が永田に話しているのだろう。

「永田さん、帰るそうです。僕に送ってくれなくても良いって言ってます」

「はいはい。じゃあ、真鍋君はこちらへいらっしゃい」

「そうなりますね」

その十分後に、鷹知から電話があった。

「ちょっと早いけれど、今からそちらへ行きます」いつものトーンである。

「はい、真鍋君もこちらへ向かっています」

「たった今、野田さんと電話で話すことができました。彼女、病院ですね。刑事と一緒にいて、その合間に僕に電話をかけてきたんです」

「お友達は、どうだったんですか？　やっぱり、亡くなっていたのですか？」

「ええ、殺されたのは確実です。これは、野田さんじゃなくて、警察から聞いた話です。絞殺ですね。首にコードの跡みたいなものがあったそうです」

「あ、じゃあ、真鍋君の言ったとおりだ」

「あと、被害者は、坂下美幸《みゆき》さんです」

「はあ……」

「坂下徹さんの奥さんです」

「え？」

「二年まえの放火事件の……」

「ああ、そうか、坂下さんでしたね。まさか、その方の奥様だとは……。えっと、新婚旅行で留守中に火事があったという」

「そうです。それに、僕の記憶では、美幸さんは、結婚以前から野田さんの友人で、学校が同じか、同郷か、じゃなかったかと思います。それに、その美幸さんを坂下さんに紹介したのは、佐曾利さんなんです。同じ会社の後輩に、野田さんの友人を紹介したんですよ」

「そうか、ああ、じゃあ、やっぱり、警察が来ますね……」

「え、どこへ？」

「真鍋君や永田さんが何をしていたのか、今日はきかれなかったんです」

「ああ、それはね、たぶんですけど、僕が知合いの刑事に事情を伝えたからですよ。例の爆弾事件を扱っている人なんです。真鍋君と永田さんが何をしていたのかは、警察は知っているんです」

「なぁんだ、そうなのか……。私、警察から電話がかかってきて、説明するつもりでいたんですよ」

「つい最近知り合った岩瀬さんという刑事です。まえに話した爆弾魔担当の人です。二年まえの放火事件も担当していた……」

「なんか、凄いことになってきましたね。今夜は、警察の人も大変ですね」

「ずっと大変だと思いますよ。さっき、ちょっと電話で話しました。小川さん、警察は、小川さんに調査依頼をした人を知りたがっています」

「だって、私も知らないから……」

「でも、メールアドレスはありますよね」

「え？　それは、教えられないと思います」

「ええ、わかります。難しいところですね。ええ、会って話しましょう」

第3章　つづけざま

ああ！　なんということだ！　いったいぼくはあのとき、彼女にねたみ心でも抱いたのだろうか？　わからない、いまだにぼくには結論が出せない、ましてあのときは、むろん、いまよりかもっとわかるはずがなかったのだ。だれかに権力をふるい、暴君然と振舞うことなしには、ぼくが生きていけない人間だということもある……しかし……しかし、理屈をこねてみたところで、何も説明できるわけではないし、してみれば、理屈をこねてもはじまらないわけだ。

1

深夜の車中に、小川、鷹知、真鍋が集まった。いちおう、五十メートルほどさきに見える佐曾利のアパートへ三人の視線は向けられている。しかし、話は、殺人事件、そして爆弾事件のことだった。小川は、もうすぐ張込みのノルマを終えることになる。帰るなら、タクシーかと考えてはいた。けれど、まだ今は、運転席に座っていて、鷹知と真鍋が後部座席である。

「永田さんから話が聞きたかった」と鷹知は残念がった。「彼女は、九時過ぎからずっとあの駅の改札口を見張っていたんだから、もしかしたら、殺人犯を目撃したかもしれない」

「彼女にそれを言ったら、大喜びすると思いますけど、でも、そんなの、覚えていないって言うかな……」真鍋は言った。「たとえば、野田さんのところへ来た、もう一人の、えっと、茶竹さんでしたっけ、彼女は、電車で来たんでしょうか？　だったら、永田さんがどこかで見ているはずですよね」

「タクシーかもね」小川は言った。「野田さん、坂下さん、茶竹さんは……、えっと、九時かな、約束をして、野田さんのところに集まったわけですよね。三人で何をするつもりだったんでしょう？」

「今度、きいてみます」鷹知が言った。「でも、以前からの仲良しグループみたいでしたよ。少なくとも、坂下さんは、何年も前からそうでした」

「坂下さん、奥様なのに、あんな時刻からって、なんかちょっとひっかかる」

「金曜日の夜ですからね。今どきは、普通なんじゃないですか」真鍋が言った。「それよりも、警察は、この事件も爆弾の事件も、佐曾利さんには関連づけていないわけですよね？」

「それは、僕たちでも同じことだと思う。関連をつける具体的な証拠はない」鷹知が言った。「僕たちが知っているのは、佐曾利さんが野田さんをストーキングしている、ということだけだ」

「ちょっと、あそこ見ていてね」小川は真鍋にそう言うと、助手席に置いてあった携帯電話を手に取った。たった今、それが短く振動したからだ。

メールが届いていて、口座に振り込みがあったと知らせてきた。念のために、ログインして通帳を確認してみると、心当たりのある金額が入金されている。振込人は、〈調査依頼料〉になっている。そういう名前で振り込んだのだ。これが二回めの入金だった。佐曾利に対する二十四時間の監視を指示されたので、とりあえずの料金を提示した。少し高いかな、と小川は感じていたが、その金額そのまま振り込まれていた。

「今、入金がありました。この調査の依頼者から」後部座席を振り返って言った。

「メアドを警察に教えたら、警察は調査依頼をメールサーバの管理者に出すことができる。有力な情報源だと認められた場合ですけどね」鷹知は言った。「小川さんの立場もあるから、小川さんの情報によってそれを知ったことは、公開されないとは思います」

「でも、本気で隠したいと思っていたら、メアドも、それからネットバンクの名義も、他人の名前を使ってできますよね」

「そういうことです。ただ、それで、その人物が、自分を知られたくないと考えていることがわかります」

「簡単に言うと、怪しいっていう意味ですね」小川は小さく頷いていた。

「素直に考えれば、その依頼者は、佐曾利さんが何をしているかを知っていて……」鷹知が言う。「それで、彼の犯罪を暴こうとしたんじゃないでしょうか。永田さんがまかれなかったら、今頃、決定的な証拠を摑んでいたかもしれない」

「どうして、自分でそれをしないんですか?」真鍋がきいた。

「仕事があって、時間が自由にならないけれど、金は出せる」小川が言う。「でも、佐曾利さんを陥れたいなら、警察に直接密告すれば良いだけか……。あの人が怪しい、と通報すれば、警察は少なくとも爆弾魔関係では情報を待っているでしょうから、調べますよね?」

「尾行まではしないと思います」鷹知が言う。「警察はそんな暇じゃありません」

話がそこで途切れたし、十二時になったので、小川は車を降りた。代わりに、鷹知が運転席に座った。これから朝の六時まで、鷹知と真鍋で見張ることになる。

小川は大通りまで歩いて出て、タクシーを拾った。三十分ほどで、自分のマンションへ到着し、シャワーを浴びることができた。六時には、また永田が出て来て、真鍋と二人で担当する予定だ。小川の出番は、明日の正午から。それまで、たぶん、あの車は一度も動かないだろう。万が一移動する必要があるときは、車をその場に置いて、追いかけることになっていた。通常ならば、佐曾利が出てくるのは十二時半頃になってからだ。

なんだか、複雑になってきたな、と小川は思った。冷えたカクテルドリンクを冷蔵庫から出して飲んだ。グラスに注《そそ》ぐのも面倒で、缶から直接だったが、全部を飲む自信はない。

そこでようやく気づいたことが一つあった。

そうだ、不思議だ。

どうして、自分たちは、佐曾利に会って、彼の話を聞かないのだろう。隠れてつけ回しているわけだが、何をしているのか、と彼自身に尋ねれば、本当か嘘かはわからないまでも、彼の言葉が聞ける。それを聞かずに、あれこれ想像しているのが、実に理不尽に思えたのだ。

しかし、それはできない。依頼者が望んでいるのは、もちろんそんな状況ではない。なによりも、監視していることを佐曾利に気づかれたくない。こっそりと行動を見張ってほしい、という依頼なのである。だから、会ってしまったら、ご破算になる。

待てよ……。

そうでもないか。尾行していること、探偵社の者だということを悟られずに、彼に近づく方法を考えれば良いのか。なにか良い手はないだろうか……。

そんなとりとめのない想像は、おそらく喉を通ったアルコールのせいにちがいない、と彼女は思った。真実を知ること、事件を解決すること、それは、自分の仕事の目的ではない。自分はただ、依頼されたことをする。それが仕事というものではないか。理性がそう繰り返すごとに、胸に空気が溜まる。諦めの溜息が漏れるのだった。

2

真鍋と鷹知は、一晩中車の中から佐曾利のアパートを見張っていた。もっとも、ときどきコンビニへも行ったし、眠気覚ましに散歩もした。携帯電話でネットを見ることもできるし、多少眠いということを除けば、さほど不自由な感じはなかった。ただ、モニタを見るときには、お互いにもう一人に断ることにした。対象から目を離すことになるからだ。

永田からは、電話もメールもなかった。落ち込んでいるのかもしれない。それとも、またここへ来て張込みで名誉挽回したいから、睡眠をしっかり取ろうと考えたのかもしれない。小川が書くレポートには、一時間以上が空白になったことを記さなければならない。まさにその間に、爆弾事件と殺人事件が発生している。ただ見失ってしまったというには、あまりにも残念度が高すぎる、というのが正直なところだった。

鷹知とは、あまり話をしなかった。もちろん、よく知っている人物ではあるけれど、いつもは小川がいるので、二人だけになると、何を話せば良いのか迷った。二つの事件についての推理は、普段は小川が質問してきて、真鍋はその場で考えて答えるといった展開になるのだが、鷹知はなにもきいてこない。こちらから、どう思いますか、あれはどう考えたら良いでしょう、と尋ねても、「いや、なにも特に思ってないよ」「まだ、考えてもしかたがないよね」と鷹知は答える。会話はそこで止まってしまうのだ。

それは、むしろ真鍋も同じだった。いかに小川に促されていつも余計なことまで考えているかがわかる。正しくは、まだ考えるだけの材料がない、ということなのだ。可能性はいろいろあって、その先々まですべてを想像しても、なにか一つの現実の欠片《かけら》で、それらの道筋が全部無駄になることだってある。考えただけ損かもしれない。それどころか、そんな自分の思いつきによって、他者を勝手に評価してしまう。感情的な評価が、知らず知らずのうちに自分の思考を支配してしまうのだ。それに比べると、むしろ最初からそんな想像などせず、あれこれ考えない方が良い。鷹知が言っているのは、そういうことだろう、と真鍋は理解した。まったく、同感である。

一度だけ、鷹知がもう少し詳しく話してくれた。

「考えないというのは、あるときは、考えることよりも難しいんだよね」彼はそう切り出した。淡々とした口調で、低い響くようなトーンだった。ラジオの深夜放送のDJみたいだ、と真鍋は何故か感じた。「真鍋君は、推理小説を読む？」鷹知はそうきいた。

「小説は、どちらかというと、あまり読まないですね。でも、もちろん、読んだことはありますよ」

「読みながら、犯人は誰かって、考える方？」

「ああ、いえ……、考えません。考えない方が面白いですよね」

「小川さんなんかは、あれこれ考えるタイプだよ、きっと」鷹知は微笑んだ。

「あ、そうだ。永田さんがそうなんですよ。もう考えまくり。僕にそれを話しかけてくるから、ちょっと困ります。もう、その小説は読めないなって」

「そうやって考える人は、登場人物ほぼ全員をつぎつぎに疑うんだ。誰か出てくるたびに、この人が犯人じゃないか、もしかしてこの人かなって……」

「そうそう、そんな感じです」真鍋は頷いた。永田は講義中に小説を読んでいたことがあって、そのときがまさにそうだった。テレビのドラマを一緒に見ていたときも同じだった。ただ、映画だけは、さすがに周囲の迷惑になるからなのか、それとも、コマーシャルが入らないからなのか、黙って集中しているようだ。

「それで、最後に犯人が明かされると、自分が考えたとおりだったたって思う。なんだ、初めからわかっていたよってなるんだね」

「全員を疑ったら、絶対に想定内ですよね」

「そうそう。ようするに、騙《だま》されたくないという心理から、全部の可能性を疑っておくわけだね。思いもしない事態に陥ってフリーズするよりは、まあ、安全かな」

「フィクションだったら、びっくりした方が得だと思いますけれど、現実では、できるだけ驚きたくはないですからね。心臓に悪いし、対処が遅れたりしますし」

「まあ、小説は登場人物の中に必ず犯人がいるから、いわば選択問題なんだ。でも、現実の問題っていうのは、この中から選びなさいっていう問題は、まずないね」

「そうですか……」

「この中から選ばなくちゃいけないと思い込んでいることはあっても、実際には、もっと無数に可能性があるし、それに、多くの場合、正解というものもないんだ」

「うーん、でも、犯人が誰かというのは、わかったら、それが正解なのでは？」

「そうかな……」鷹知は少し笑ったようだ。

「ああ、そうか、冤罪《えんざい》とか、ありますね。解決したと思っていても、実は間違いだったっていう」

「そう……。人間は複雑だから」

「複雑？」

「事情を聞いても、本当のことを話しているかどうかわからない。本人でさえ、わからないんだ。自分の気持ちも整理がつかない。自分がやったわけではないのに、やりましたと言ってしまう。愛しているのに、殺してしまうこともある。こんなことをしてはいけないとわかっていても、やらずにはいられない」

「そうですね。そういうのって、普通のことなんですよね」

「そう。ごく普通だね。異常な人間だけが、そんな変な行動を取る、とみんな思っているけれど、そうじゃない。みんな普通の人間だ。普通の人間というのが、もうだいぶ変なんだよ。変だからこそ、変じゃないように、理屈とか道徳とか、そういうものを考えて、それになるべく添った思考や行動を選択しようと努力をしている、といった感じかな」

鷹知は、どうしてこんな話をしているのだろう、と真鍋は考えた。おそらく、佐曾利が野田優花をストーキングしていることを考えているのではないか。鷹知は、野田の依頼を受けたことがあって、最近も彼女と話をしているのだ。ストーカというのは、好き嫌いといった単純な心理では説明がつかない。好きだから追いかけているのか、嫌がらせをしたくてやっているのか。好きになってほしいのに、殺してしまうほど憎むこともあるらしい。追いかけなければならない気持ちは、どこから来るものなのか。たぶん、自分でもわからないのだろう。

夜明けはすぐだった。真鍋が二人分のホットコーヒーをコンビニへ買いにいった。それを車の中で飲みながら、動きのないアパートをじっと眺めていた。やがて、朝日が横から、アパートを照らした。新聞配達人が、自転車でやってきて、その通路を歩いた。佐曾利のドアには新聞を入れなかった。

あと一時間もしたら、永田がここへやってくる。次の六時間は、おしゃべりタイムになるかもしれないな、と真鍋は思った。

3

小川は、土曜日の九時半頃に出勤した。誰もいない事務所にである。だいたい、いつも誰もいない。ドアの鍵を開けて、まず窓を開けるか、それともクーラをつける。お茶を用意しつつ、パソコンでメールを読んだり、ニュースを見たりする。一週間に一度くらいの割合で、この時刻に椙田から電話がかかってくることもある。最初はわりと頻繁だった。社員である小川がちゃんと出てきているかを確認するためか、と思ったこともあった。しかし、この頃は滅多にかかってこない。こちらからかける方がずっと多くなった。社員としての信頼はいちおう得られていると見るべきか。

真鍋に電話をかけて確認をしたところ、佐曾利に動きはなく、ずっと見張りを続けている、異常なし、とのことだった。現在は、真鍋と永田の二人が張り込んでいる。

そのあと、椙田に報告をするために電話をかけた。

椙田は電話に出た。どこにいるのかはわからない。昨夜も電話をしているので、二つの事件のことは伝わっている。ただ、殺された坂下という女性が、二年まえの放火事件のあった新婚の家の妻だという新しい情報を話した。それから、夜も張込みを続けているが、アパートに帰ってきたまま、佐曾利に動きはない、とつけ加える。

「ふうん」椙田は、それだけ言った。しばらく待ったが、続く言葉はない。

「あの、鷹知さんの話では、警察は、うちに調査を依頼した人物を知りたがっている、とのことでした」

「それは、まあ、知りたいだろうな」

「どうしたら良いでしょうか？　メアドだけですが、ああ、あと、銀行口座が、問い合わせれば、わかるかもしれませんね」

「口座から振り込んでいたらね。現金で振り込んだら、わからないだろう。メアドも、どうなのかな。わからないようにしたいという意思があるかないかによるね」

「警察に知らせるわけには、やっぱりいかないでしょうね」

「そうだね。依頼者本人にきいてみる手があるかな」

「え？　警察に言っても良いかって、ですか？」

「警察が知りたがっている、と伝えるわけだ」

「ああ、なるほど……」

「自分から、警察になんらかのアプローチをするかもしれない。相手の判断に任せる、というのが良いと思う」

「わかりました。でも、鷹知さんは、つまり、警察と情報交換の取引をしたいみたいな感じでしたが……」

「警察が持っている情報なんて、そのうち流れてくるよ」

「そういうものですか？」

「そういうもんだね。なにか、知りたいことがあるの？　ちょっときいてきてやろうか？」

「え、そんなことができるんですか？」

「できなくもない」

「できるってことですね？」

「できなくもないっていうのは、できるけれど、それなりに高くつくという意味だ」

「お金ですか？」

「まあ、そう、一般的には……」

「知りたいですけれど、今の仕事とは関係がありませんから、ちょっと無理ですね」

「そういうこと。良い判断だ」

椙田の電話はそれでお終い。溜息を漏らしていたら、鷹知から電話がかかってきた。

「小川さん、あの、放火事件を担当している岩瀬刑事が、小川さんに会いたいと言ってきたんですが、あとで、張込み中になりますが、ちょっとだけ、よろしいですか？」

「ええ、べつにこちらはかまいませんが、なにか期待されているのでは？　あの、依頼者については、やはり私の口からは……」

「それは彼に言いました。佐曾利さんを見たいというだけかもしれません」

正午に佐曾利のアパートの前、軽の白いワンボックスカーで落ち合うことになった。鷹知が連れてくるのかと思ったら、そうではなさそうだった。

事務所を早めに出て、小川は真鍋たちと交替するために出かけた。彼女が到着したのは、十二時十五分まえだった。

「まったくなにもありません」と真鍋が報告した。「こんなに家から出てこない人って、珍しいんじゃないですか」

「午前中は寝ているんじゃない？」小川は言う。

「ゴミも出さないし、ポストも見にいきませんね。買い物とか、いつしているんでしょう。宅配便も届きませんし」

「そういう生活もあるかもね」

「もしかして、ほかの部屋と秘密の通路でつながっていて、別人として出入りしているんじゃないかって、二人で妄想していました」

「ほかの部屋の人は出てくる？」

「ええ、けっこう出入りがありました。いちおう、メモはしておきましたけれど」

真鍋と永田が帰っていったあと、入れ替わりで、鷹知が現れた。十二時ジャストの登場だった。すぐそこで、真鍋たちと会った、と話した。

「岩瀬さんも、じきに来ると思います」時計を見ながら彼は言う。それから、佐曾利のアパートを窺った。「楽な張込みですね」

「午後は出てくると思います」

「電車で尾行するのは僕で、小川さんは車を向こうへ持っていくわけですね?」

小川は頷いた。昨日と同じだ。

二十分ほどして、岩瀬刑事が現れた。前方から車に近づいてきた。駅とは反対方向だった。周囲を見回してから、後部座席に乗り込み、鷹知と並んで座った。長身の男だった。

小川は見張りをしているので、後ろを振り返れないが、バックミラーを見て、頭を下げた。

「アパートの周囲をぐるりと見てきました」岩瀬は言った。「以前に、ここを訪ねたことがありました。坂下宅の放火事件で……。最初に来たときは留守。その次は二日後だったか、夜に訪ねて、佐曾利さんと十分ほど話をしました。奥さんも一緒でしたよ」

「野田優花さんですね。彼女が勤めている映画館へ、もうすぐ出かけると思います」

小川は説明する。岩瀬は無言で頷いた。話は鷹知から聞いているようだ。

「そういえば、このまえの爆弾事件が、すぐ近くの駅だし、昨夜の事件は、野田さんの家の最寄り駅だったから、ちょっと、その、気になりますね」岩瀬はゆっくりとした口調だった。わざとのんびりしているように見せているのかもしれない。「それに、これも偶然かもしれないが、その二人の関係を、貴女に監視してもらいたい人物が存在するわけです」

「あの、私も、その人物が誰なのか知りたいのですが、残念ながら、会ったことがなくて……」小川は前を向いたまま説明しようとした。

「いえ、いいんですよ。それを聞き出そうなんてつもりはありません。それよりも、こうして、重要な参考人を見張っていてもらえるんですから、こちらは感謝をしなくちゃいけない。まあ、今となっては、警察がやるべき仕事ともいえますが……」

「やはり、爆弾事件と関係があるということですか？」小川は尋ねる。

「いえ、そこまでは断定できません」

「駅の防犯カメラに写っていなかったんですか？　昨日、駅の前に爆弾を置いたところは？」

「駄目ですね。死角なんですよ、いつも。カメラのね。そういう場所に置いていくんです。少なくとも、それらしい箱や鞄を、そこへ置いていった人物は、まったく特定できていません」

「佐曾利さんは、写っていたはずです」小川は言う。「改札へ入ったのが、いつ、どちらの改札だったか、わかりませんか？」

「今調べているところです」岩瀬は即答した。「爆弾だけではない。昨夜は、目と鼻の先で殺人がありました。あの近辺のカメラはすべて録画データを提供してもらって、分析しています」

「有力な容疑者などは、まだいないのですか？」

「昨日の今日ですからね。それに、私はあちらの担当ではありませんので」岩瀬は、そこで言葉を切った。小川は、バックミラーで彼を窺った。少し笑っている顔がそこにあった。「今日は、とにかく、一度お会いして、今後のことで協力をお願いしたいと思いまして。こちらも、可能なかぎり情報はお伝えします。よろしくお願いします」

「いえ、こちらこそ、あの、ありがとうございます。なにか、お役に立てると本当に良いのですが……」

「このお仕事をされている経緯を伺っても良いでしょうか？」

「え、私ですか？」

「小川さんのような方は、その、多少珍しいと思いましたので。もともとは、弁護士さんですか？」

「いいえ、全然、そんな、関係ありません」

「女性からの相談を、主に受け付けるのですか？」

「いいえ」小川は大きく首をふった。「たぶん、鷹知さんの方が、それは多いのでは？」

「ええ、僕の方が多いでしょうね」鷹知は笑った声だった。

「私は、転職して、この仕事を始めたばかりの駆け出しです」

「まえは、何をされていたのですか？」

「えっと、普通の会社員です」

そんな話をしたあと、岩瀬は立ち去った。駅の方へ、つまり車の後方へ歩いていった。

「鷹知さん、女性からの依頼が多いんですか？」小川はすぐに尋ねた。初耳だったからだ。

「そうですね、八割方は、女性ですね」

「そうなんですか」

「女性だったら、女性に依頼がしやすいっていうことは、たぶんないと思いますよ」

「あ、そうですよね。私もそう思います。私が、なにか困ったことがあったり、調べてほしいことがあったら、やっぱり男性に頼みますからね」

小川は時計を見た。そろそろだ、と思っていたら、佐曾利が出てきた。岩瀬刑事も、どこかで見ているのかもしれない、と小川は思ったが、振り返って探しても、彼の姿はもうなかった。

4

佐曾利は喫茶店に入った。小川は、彼が店を出るまえに、車を移動させるため出発した。鷹知が残って、佐曾利の尾行を担当し、駅まで歩き、彼と同じ電車に乗った。小川から聞いているとおりで、予定外のことはなにもなく、佐曾利は、野田が勤める映画館の前まで来た。道路の反対側である。日差しを避けて、歩道にまで枝を伸ばした樹の下に立った。

しばらくすると、小川の車がやってきた。歩道橋の手前で脇道に逸れたのが見えた。鷹知はそちらへ歩き、フェンスに寄せて駐車している車に乗り込んだ。

「混んでいましたか？」鷹知は運転席の小川に尋ねた。

「ええ……、少しだけ」小川は溜息をつく。

そして、そのまま、また何事もなく時間が過ぎた。晴天だったが、風が多少あった。車の窓はすべて全開。それでも、汗が滲む。金網のフェンス越しに、佐曾利が見えた。小川は小さな双眼鏡を持ってきていた。それをときどき覗いていたが、見ているのは、主に映画館の方だった。

今日の夕方六時からは、鷹知と永田の担当だったが、小川は自分も参加して、三人で張込みをするつもりだと言った。そうすれば、小川が車を運転し、電車での尾行を鷹知と永田の二人で行うことができる、と話す。

「永田さんは、昨夜も同じ場所にいたから、もし顔を覚えられていても、あの近所の人間だと認識されると思うの」小川は言う。「今度は失敗のないようにって、意気込んでいるはず。でも、鷹知さんは、尾行には慣れているし、違う目で観察してもらった方が良いかなって」

「僕も、できたら、あの近辺を歩いてみたかった」鷹知はそう答えた。

もちろん、事件が続くとは考えにくい。特に、連続爆弾事件は、必ず違う場所で発生している。昨日の場所は、まだ警察が立入り禁止にしているだろう。

このまま、佐曾利の尾行を続けることは、あまり意味がないように小川は感じているようだった。ただ、今日は土曜日だ。平日とは違うことがなにかあるかもしれない。鷹知は、野田から明日は出勤しないと電話で聞いていた。野田がいない場合、佐曾利はどうするのだろうか。

「とりあえず、明日も張り込みましょう」小川は言った。「考えるのは、そのあと」

この日は、さすがに映画館は客が多かった。映画館だけではない。歩道を行き交う人も多く、また車も流れが悪かった。それでも、八時過ぎに、野田が出てきた。そして、佐曾利も彼女を追って静かに歩き始めた。

その二時間ほどまえから永田絵里子が参加していた。ボーイッシュなファッションで、鷹知は最初見間違えた。本人は変装をしてきたつもりかもしれない。鷹知と彼女は、車を降り、佐曾利のあとを徒歩で追った。小川は車のエンジンをかけ、近くの駐車場で切り返したあと、渋滞する道路へウィンカを出して合流した。

「昨日は、すみませんでした」二人で歩いているとき永田が言った。

「気にしない気にしない」鷹知は言う。「相手が、隠れるつもりがあったら、誰だってまかれるし、そのつもりがなくても、夜は難しい。寂しい場所だと、近づけないしね」

「顔を知られているわけじゃないから、もっと思い切って、出ていけば良かったかもしれません」

「いや、そんなことはないよ。絶対に危ない橋は渡らない。これが鉄則」

「あとは、どんなことに気をつけたら良いですか？」

「うーん」鷹知は考えたが、なにも思いつけなかった。

電車で移動したあと、予定どおりの駅で野田も佐曾利も降りた。駅前の爆発現場は、もう誰もいなかったが、赤いコーンと黄色いテープで立入り禁止になっていた。永田が、「あそこです」と指をさして教えるまえから、そこだとわかった。すぐ近くにホームレスが一人座っている。

「あの人は、昨日もいた？」鷹知は永田にきいた。

「え、誰がですか？」

「あの、ホームレスの人」

「ああ、えっと、同じ人かな、ええ、たぶん、いたと思います」

「そう……、つまり、そういうことに気をつける」鷹知はそう言って微笑んでみせた。

もっとも、目はずっと先を歩く佐曾利を捉えている。

駅からの道は、しだいに暗くなる。鷹知が先を歩き、永田は少しあとを歩いた。佐曾利が立ち止まった場合、鷹知はそのまま先へ歩き、永田は、昨夜と同じ脇道に逸れる、という打合わせをしていた。

野田が、マンションへの階段を上がり、佐曾利は暗がりで立ち止まった。鷹知は、そのまま歩き、佐曾利のすぐ前を通り過ぎた。佐曾利は、商店の看板の蔭に立っていた。彼には気づかない振りをして、そのまま進み、野田と同じように、マンションへの階段を上がることにした。一度振り返って見ると、永田は既に隠れているようだった。

鷹知は、階段を上がり、少し離れたところから、下をこっそり窺った。佐曾利がいる場所がわかった。彼はまだそこにいる。

野田は既にマンションの中だ、と思っていたが、駐車場の車の近くに彼女が立っているのが見えた。黒いセダンが駐まっていて、その後部座席から、男が出てきた。鷹知は、植込みの蔭で膝《ひざ》を折った。もう一度下を見ると、佐曾利はまだ動かない。何をそんなに待っているのだろうか。

車から出てきた男は、野田と二人並んでこちらへ近づいてくる。駐車場の常夜灯《じょうやとう》の下を通ったとき、その男の顔がよく見えた。それは、テレビなどで見かける知った顔だった。

「お化粧しているんじゃないかしら」という野田の話し声が聞こえた。二人は、マンションのホールへ入っていく。

鷹知は携帯電話で、永田を呼び出した。

「あのね、ちょっとこちらにしばらくいることにしたので、永田さん、佐曾利が戻っていくのをつけてくれるかな」

「あ、はい。わかりました。まだ、出てきませんね？」

鷹知は、道路の方を見る。佐曾利が歩きだすのが見えた。ちょうど、暗がりから出てきたところだった。

「出てきたよ」

「あ、はい」

「無理をしないで良いから」

「わかりました」

鷹知は、道路を数秒間見ていた。佐曾利は駅の方へ歩いていく。まもなく、永田の近くを通り過ぎるだろう。

マンションの中へ入った男女は見えなくなった。エレベータに乗ったのだ。ところが四階の三番めのドア、つまり野田の部屋のドアが開いて、別の女が顔を出した。髪の長い女だった。エレベータホールへ近づいていく。

「ごめんなさい」という明るい声が聞こえた。笑っている。二人と会ったようだ。おそらく、野田が、化粧をしていると話していた女が彼女だったのだ。ホールの手前は、ちょうど壁があって、三人は見えなかったが、やがて、野田だけが姿を現し、自分の部屋へ黙って歩き、ドアを開けて中に消えた。

しばらく静かに待つ。エレベータが下りてきた。そして、その男と長髪の女が腕を組んで出てくると、駐車場の黒いセダンまで歩いた。

鷹知は動かない。既にこの二人の写真を撮っていた。黒いセダンがこちらへ来ると、ヘッドライトに照らされるので、階段の方へ移動し、そこを数段下りた。セダンのドアが閉まる音が聞こえ、やがてライトが近づいてくる。その車はマンションの前へ回っていった。そちらが見えるように、立ち上がり、少し移動すると、マンションの表に駐車していたワゴン車が、動き出すのが見えた。人が乗っていたのだ。おそらく、警察の車ではないか、と鷹知は思った。

二分ほど時間をロスしたので、彼は急いで階段を駆け下り、駅へ向かって走った。

女を連れて車に乗った見覚えのある男、それは政治家の島純一郎だ。否、島純一郎に似た男というだけかもしれない。普通ならば、そう考えただろう。しかし、その名前を鷹知は、つい最近見たばかりだった。これは、どうつながるのかな、と頭の中で呟いていた。

5

駅の改札の手前で、鷹知は永田に追いついた。

「あ、良かった」永田は振り返って言った。「何があったんですか?」

「うん、あとで話す」

佐曾利の後ろ姿が見えた。ホームへの階段を上がっている。鷹知と永田も改札を通り、ホームへ上がって、先のベンチに座っている佐曾利を確認しつつ、反対方向へ少し歩いた。車両で三両分ほど離れたところに立つ。永田もこちらへ来る。彼女は時計を見て、ホームの中央に立てられた時刻表を確認してから、鷹知の横まで来た。

「野田さんのところに、髪の長い女性がいた。昨日いたもう一人の茶竹さんかな」

「えっと、ストレートで、ちょっと茶色に染めていますね。野田さんと同じくらいの年齢で」

「たぶん、その人だ。昨日はどんな服装だった?」

「白のワンピースだったと思います。あ、カチューシャをしていました」

「今日は、色は違うけれど、やっぱり頭になにかつけていた」

「その人が、野田さんが帰ってくるのを待っていたのですか?」

「うーん、まあ、そういうことかな。ほかに、男性も待っていた。駐車場の車でね。運転手付きだった。ハイヤかもしれない」

「いくつくらいの人ですか?」

「島純一郎って、知っている?」

「えっと、聞いたことありますね、誰だったかな……」

「国会議員」

「え、そうでしたか、ちょっと顔が思い浮かばない……」永田は首を傾げた。

電車がホームへ入ってきた。電車のドアが開き、大勢が降りてきた。土曜日だから、郊外へ遊びにいっていた人たちだろうか。佐曾利が電車に乗り込むのを見届けてから、二人は電車に乗った。彼の一両前の車両になる。二人で並んでシートに座ることができた。

永田は、携帯電話を取り出して、指を忙しく動かしている。メールを打っているのか、と思ったら、途中でモニタを見せてくれた。島純一郎の顔写真がそこにあった。検索をしていたようだ。

「四十九歳、魚座」と永田は教えてくれた。

まだ四十代の前半だと鷹知は認識していた。衆議院議員で、与党のホープの一人と目される人物である。全国を飛び回る多忙なスケジュールなどと、ときどき報道されているが、あんなところにいたわけだ。似ているだけの人物とは思えない。あの年齢の一般人なら、せいぜいタクシーで来るのではないか。

茶竹という女性が一緒に車で出ていった。どんな関係だろうか。それよりも、茶竹について、少し調べた方が良さそうだった。野田優花に直接事情をきくのが一番だが、依頼人に対する質問というのは、抵抗を感じるものだ。

探偵の仕事というのは、なにかを探り、調べ上げることだが、それは依頼人が知りたい対象の情報に関してである。しかし、当然ながら、依頼人と調査対象の間には、なんらかの人間関係、それも一般に単純ではない関係が存在している。したがって、対象について調べるうちに、観察の目は、依頼人に自然に向いてしまうのだ。そこに隠されて見えないところがあっても、安易にその闇を照らそうと思ってはいけない。疑問をぶつけることもできない。ここが難しいところだ。依頼人は、自分のことは知られたくない。その上で、自分が知りたいことだけを調べてくれれば良い、と考えている。探偵に依頼するのは、例外なくそんな仕事なのである。余所見《よそみ》をするな、ということだ。過去に幾度か、鷹知はこれで失敗をしている。興味があって調べているのではない。頼まれて調べている。これは仕事なのだ。

結局、何事もなく、佐曾利の尾行を終えた。彼は、寄り道もせず、自分のアパートに戻った。鷹知と永田は、小川が待っているワンボックスカーに乗り込んだ。

「私、思ったんですけれど……」永田が話した。「佐曾利さんって、いつ食事をしているんでしょう？　外で食べているところは見ていませんし、買い物もしていないし。そんな場面、ありましたか？」

「そういえば、そうね」小川は頷いた。「向かいの喫茶店でも、アイスコーヒーを飲むだけ。ランチタイムなのに」

「もしかして、吸血鬼とかじゃないですか」

「いえ、それはないと思うけれど」

「だとしたら、自宅で食べているわけですよね。だけど、食材も買っていないし、ピザとかも来ないし、不思議……。何を食べているんだろう。毎食カップ麵とかですか？」

「そんな雰囲気はあるわね」小川は頷く。

落ち着いたところで、鷹知が、野田のマンションで、茶竹と島が車に乗るところを目撃した話をした。

「本当に、島純一郎だったんですか？」小川は前の座席で首を傾げて言った。

「もちろん、間違いかもしれないけれど」鷹知はそう言いながら、携帯のモニタを見つめていた。気になることがあったので、検索をしていたのである。「野田さんのかつてのボーイフレンドに役者の倉崎さんという男性がいて、昨日の夜、ちょっと彼に会いにいったんですよ。野田さんと佐曾利さんのことで、なにか知らないかと思って……。特に、面白い情報というのはなかったんだけど、帰り際に、楽屋の前に飾ってあった花輪の、島純一郎という名前が目についたんです」

「えっと、その花輪を贈ったのが、島純一郎ということですね？」

「ええ、贔屓にしてもらっている、と倉崎さんは話していましたね……、あ、あった　あった」

隣に座っている永田が、鷹知の手許《てもと》のモニタを覗き込んだ。

「え、何？　何があったの？」前の席の小川がきいた。今は、小川が見張り担当だったので、後ろが向けないのである。

「その劇団のウェブサイトを探していたんですよ。そこにキャストがあって、だいぶ下の方だから、脇役でしょうけれど、茶竹加奈子《かなこ》という名前があります」

「女優さんなんですね？」永田が呟いた。

「珍しい名前だけど、もちろん、断定はできないね。偶然かもしれない」

ウェブサイトには、茶竹の写真はなかったので、顔を確認することはできなかった。

「昨日の夜って、何時頃ですか？」小川が尋ねた。

「演劇が終わったのは、九時くらいかな……。彼女がそれに出演していたとしたら、急いで野田さんのところへ行った、ということになるのかな。昨日の楽屋では、見かけなかったけれど……」

「うーん、三人でカラオケをするために？」小川が言った。

「今日も、同じ芝居を上演しているはずだけれど、今日は……、土曜日で開演時間が一時間早いみたいだ。それが終わってから、あそこへ来たことになる。不思議なのは、野田さんの部屋に、既に茶竹さんがいたということ。野田さんの帰りをドアの前で待っていたんじゃなくて、彼女は、部屋の中にいた。野田さんが帰ってきて、まず、島氏が車から現れた。野田さんは、島氏が来ていることを知っている感じだった。まず、車へ行って、それから島氏と一緒に建物に入ってエレベータで上がった。するると、野田さんの部屋のドアが開いて、茶竹さんが出てきた。あ、そうそう、野田さんが、お化粧しているんじゃないかしら、と島氏に話していた。つまり、茶竹さんが、出てくるのが遅い理由を、島氏に弁解したわけだね。四階に上がったのは、茶竹さんが化粧中であっても、野田さんは、島氏を部屋に入れようとしたということだと思う。でも、ちょうど、そこへ茶竹さんが出てきた。ごめんなさい、と言っていた。それで、茶竹さんと島氏は、エレベータで下りて、車に戻って出発した。そんな感じだった」

「野田さんは、見送ったんですか？」小川が尋ねた。

「いや、そのまま、自分の部屋に入った」鷹知は、永田の顔を見た。「昨日はどうだった？　野田さんと茶竹さんが、ドアから出てきたとき、どんなふうだった？」

「えっと、まず、茶竹さんがさきにドアから出てきて、駐車場を見たんです」永田は答えた。「たぶん、坂下さんの車を見たんだと思います。そのとき、私たち、急いで場所を移動したから、目を逸らした一瞬があって……、たぶん、まだ中にいる野田さんとなにか話をしているようでした、ええ、そんな話し声が聞こえたんです」

「ドアは開いたままだった？」

「あ、そうです」

「それで、野田さんが出てきて、ドアを施錠した？」鷹知がきいた。

「ええ、したと思います。野田さんも駐車場を見て、そのあと、ドアの方へ一度戻ったんです。あのときに、鍵をかけたんだと思います」

「坂下さんが来ていると思って、そのまま三人で外出するつもりだったわけだね。たぶん、約束の時間を過ぎていて、連絡もないから、二人は痺《しび》れを切らして出てきた、というところかな」

「島純一郎は、茶竹さんと、あそこで落ち合ったということですか？」小川がきいた。「どうして、野田さんのマンションで？」

「不思議な行動だよね。しかも、昨夜に殺人事件があった場所だ。野田さん、茶竹さんの友人が殺された。それを考えると、かなり不自然な気がする」

「そうですよね」永田が大きく頷いた。

「でも、私たちは、野田さんを尾行しているわけじゃないのよね」小川がそう言って、溜息をついた。「佐曾利さんには、無関係のことでしょう？」

「僕は、野田さんに依頼されているから、少しは関係があるかもしれません」鷹知は、しかし考えた。野田は、はたして調べてほしいのだろうか、と。「いずれにしても、島氏の車をつけていく車が一台ありました。警察なのか、あるいはマスコミなのか、それとも、彼の護衛なのか、まあ、わかりませんが……」

「え、警察って、つまり、昨夜の殺人事件の捜査で、ということですか?」小川は少し驚いた声だった。「だったら、誰をつけているのでしょう? 野田さんってことはないですよね」

「野田さんをつけているなら、車を追うことはしなかったはずです。野田さんは、マンションにいるのですから」

「じゃあ、茶竹さん?」

「そのあたりは、今度また、きいておきましょう」

6

日曜日になった。深夜に、真鍋が出てきたのを確認して、女性の二人が帰り、彼は鷹知と張込みを続けた。まったく動きはなかった。鷹知から島純一郎のことを聞いたが、その政治家を真鍋は知らなかった。それに、政治家だからといって、夜に女性と会ってはいけない、という規則はないはずだ。島は、独身だという。それだったら、なおさら自由なのではないか、と彼は思った。だいいち、今回の一連の事件に関係があるようには思えない。

「あそこの駐車場へ、坂下さんは車を運転してきたわけですよね」真鍋は、金曜日の夜のことを考えながら言った。「その車を降りたときに、誰かが暗がりから近づいてきた。後ろから襲いかかって、首を絞めた。それから、そのまま駐輪場の裏まで引きずっていった。そういうことができるのは、やっぱり相当な腕力が必要だと思うんです」

「犯人は男だと言いたいんだね？」鷹知はきいた。

「女性でも、腕力がある人はいますから、百パーセント断言はできません。でも、たとえば、子供には無理だし、九十歳の老人にも無理だと思います」

「絞殺には、ロープかコードが使われている。いきなりそれを使うのは、難しいと思う。まず、手か腕で首を絞めて、気絶したあとに、ロープで絞めた、ということだと思う」

「そういうものですか。友達に、柔道の絞め技をかけられたことがありますけど、たしかに、三十秒くらいで気を失いそうになりましたよ」

「殺すには、何分もかかる。あと、コードを使うなら、手袋とか、いろいろ準備が必要だし、そんな格好で近づいてきて、気づかれたら声を上げられるからね」

「きちんと仰向けに寝ていたから、あれは、犯人が置いたのだなって思いました」

「犯人は、あそこで待ち伏せをしていたのかな……」鷹知が呟くように言った。

「なんか、あんな場所で、知らない相手を襲うというのは、ちょっと変ですよね。たしかに、暗いし、寂しいところだけれど、でも、いつマンションのドアが開くかわからないじゃないですか。目撃される危険が大きいと思います」

「顔見知りの犯行という可能性は？」

「あそこで挨拶をするわけですか？」

「いや、そうじゃなくて、顔見知りで、一緒にあの車に乗ってきた」鷹知は言った。

「ああ、なるほど。だとしたら、車の中で、首を絞められたかもしれませんね。そうか、その可能性がありますね。あとは、運び出して、そのまま、歩いて逃げたわけですね。車の中だったら、少々声を出されても聞こえにくいし、それに、マンションの上の階から覗かれても、見えませんね」

「何故、車の外に？」

「うーん、少しでも発見を遅らそうと考えたのでは？　逃げる時間を確保するために」

「なるほど。今、真鍋君、歩いて逃げた、と言ったけれど、たとえば、茶竹さんが、一緒に乗ってきた人物だったかもしれない」

「うわ、そうか!」真鍋は身を乗り出した。鷹知は運転席にいる。一瞬、後ろを振り返った。「じゃあ、茶竹さんが電車で来たかどうか、改札のカメラに写っているかどうかを調べたら、わかるってことですね。あ、駄目か、タクシーかもしれない」

「タクシーも、調べたらわかるよ」鷹知は冷静な口調だった。

「警察は、もう調べているでしょうね」

「当然そうだね。昨夜だって、車をまず調べていたと言ったね。誰が乗っていたかを示す証拠品を採取したんじゃないかな」

「車に落ちている髪の毛とかですか……。科学捜査をしているわけですね」真鍋は、再びシートにもたれて腕組みをした。「でも、昨日は、佐曾利さんがやったんだって話していましたよね。佐曾利さんは、坂下さんには当然面識があったでしょうから、車で来た坂下さんに近づくことも簡単だったはずです。ちょっと話があるからって言えば、車の中で話すことも考えられますよね。大事な話だと言えば……」

「いや、でも、いくら顔見知りでも、あの場所に佐曾利さんが現れたら、坂下さんは警戒したんじゃないかな。彼女、もしかしたら、野田さんから、佐曾利さんにつけ回されているって聞いていたかもしれないしね。ただ、その場合でも、車から降りたところを襲えば、まあ、可能だったとは思うけれど」

「動機は何ですか？」真鍋はきいた。「二人に深い関係があったなら別ですけれど、佐曾利さんが坂下さんを殺す理由があったんでしょうか」

「たとえば、見せしめだね」

「見せしめ？」意外な言葉だったので、真鍋は頭を回転させる。「あぁ、野田さんを脅すため、ということですか？」

「そう」鷹知は前を向いたまま頷いた。「野田さんを怖がらせるために、彼女の友人を殺した」

「そんなことって、ありえるのかなぁ」

「たとえば、爆弾事件も佐曾利さんの仕業だとしたら、僕は、そちらの動機も、野田さんに対する脅しじゃないかと思う」

「よくわかりませんけれど……。うーん、つまり、こんな凄いことを俺はできるぞっていうデモンストレーションだってことですか？」

「デモンストレーション、うん、的確な表現だね」

「怖がらせて、どうするつもりなんですか？」

「それはもちろん、縒りを戻したい、ということだと思う。これほど、自分はやけっぱちになっている。君が戻ってこなければ、さらにどんどん悪いことが起こる、という脅迫だね」

「本人を脅したりはしないわけですね」

「本人に対して、直接危害を加えたり、その可能性を言葉にして発したら、警察に捕まってしまう。それを計算しているんじゃないかな。ただ、なにも言わなくても、野田さんには、それが伝わるはずだとわかってやっている」

「そうなると、難しいですね、ストーカ行為として立証することが」

「そう。ほとんど無理だと思う。ただ、実際にやっていることは完全な犯罪なんだから、誰の仕業かを科学的に突き止めれば、それで終わりにできる。もし、彼が計算の上でやっていることなら、科学的に立証ができないはずだ、と踏んでいることになる」

交替をして、二人とも一時間くらいずつ仮眠を取ることができた。前日と同じように、明け方にホットコーヒーを飲んだ。コンビニが近くにない場所で張込みをするときには、ポットにコーヒーを入れて持ってくるのかな、と真鍋は想像した。それも、なかなか情緒があるように感じた。あの蓋《ふた》がカップになっている水筒の型式は、何故か遠足とか運動会を連想させるノスタルジィだ。

鷹知の電話が鳴った。彼はポケットからそれを取り出す。こんな時刻に電話がかかるなんて、探偵は大変だな、と真鍋はコーヒーをすすりながら見ていた。

「はい、鷹知です。はい、ええ、大丈夫です……。え？　本当ですか？　ああ、いえ……、昨夜、というか、えっと、七時間くらいまえですか、彼女を見ましたよ。ええ、ええ……、そうです。ええ、尾行してあそこにいたので……、あの……、いえ、うーん、そうですか。いや、驚きました。えっと、六時に、こちらの担当が終わりますので、そちらへ伺います。現場にいらっしゃいますか？　そうですね、七時まえには、行けると思います。はい、ええ、了解しました。はい……、では、のちほど、よろしくお願いいたします」

鷹知は電話を切った。目は、前方のアパートを見たままだった。数秒間黙っていた。深呼吸をしているようだった。

「茶竹加奈子が殺された」後ろを見ないまま、鷹知は呟くように言った。

7

日曜日の朝は、比較的涼しい風が吹く晴天だった。夏でも、ときと場所によっては、これくらい良質の空気があるのだな、と真鍋は思った。そういえば、たいていのものは、大部分が濁《にご》っていて汚くて気持ち悪くても、その中に、多少は純粋な要素が混ざっているものだ。

鷹知との交替要員である永田絵里子が時間ジャストにやってきた。大きなピンク色のグラスをかけていたし、庇が長い真っ白のキャップを被っていた。張込みをするには、目立つファッションであるが、ここは田舎ではない。東京ならば、これくらいは許容範囲といえるかもしれない。

鷹知は入れ替わりで車から出て、「また、連絡をするよ」と真鍋に言って、駅の方角へ去った。

「何を連絡するの?」永田がドアを閉めてからきいた。

「ついさっきね、茶竹さんが殺されたっていう連絡があったんだよ」

「うっそ、本当に?」永田が目を大きく見開いたのを、真鍋はバックミラーで見た。

「たぶん、本当だと思う。刑事さんが電話をかけてきたみたいだった。鷹知さん、今から現場へ行くんじゃないかな」

「うわぁ、凄いなあ」

「凄いね」

「だって、鷹知さん、あそこで、茶竹さんを目撃していたんだから」

「そうだね」

「犯人は？」

「さあ……」

「でも、えっと、島純一郎に決まっている」

「そんなことわからないよ。いつどうやって殺されたのかも、まだわからない。それを連絡してくれるという意味」

「連続殺人じゃん」永田がシートで躰を上下させたようだ。小さな車が揺れる。「私の人生に、今までこんなことなかった」

「べつに、永田さんの人生じゃないから」

「連続って、本当にあるんだ」

「野田さんの友人二人、しかも連夜、ということだね」

真鍋が鷹知からきいた情報は、それですべてだった。茶竹については、昨夜、みんなの話題に上っていた。まさかあの人が、という驚きはたしかにあるものの、しかし、実際に彼女のことを詳しく知っているわけではない。女優ならば、ネットになにか情報があるのではないか、ということで、監視を交替しつつ、検索をしてみたが、残念ながら、これといったデータは見つからない。マイナな演劇に出る役者、もしかしたらアマチュアなのかもしれない。

もちろん、彼女が殺されたというニュースはまだ流れていなかった。朝刊に間に合うような時間ではない、ということだろう。

「あ、だけどさ……」永田が言った。「もし連続殺人だとすると、犯人は佐曾利さんではない、ということになるんじゃない？」

「うーん、そうだね」真鍋は頷いた。

「だよね。だって、鷹知さんと一緒に、ずっとここで見張ってきたんだもの、彼まだ部屋の中でしょう？　殺人現場には行けないってことになる」

「そうなるね。だから、もしまえの殺人と同一犯だとしたら、佐曾利さんは、容疑者から除外される」

「ちょっと、それは、なんか、うーん、穴があるんじゃないかしら」

「穴って？」

「穴じゃなかったっけ？　つまり、見落としがあるんじゃないかって意味で」

「ああ、なるほど。たとえば、佐曾利さんが、どこかで入れ替わったとか？」

「うっそ、本当に？」

「違うって。単なる想像、仮説として」

「うーんと、そういうんじゃなくて、アパートになにか仕掛けがあるとかの方が、ありえなくない？　あれ？　ありえなくないで、合ってる？」

「合ってる合ってる。アパートに仕掛けかぁ……。僕たちに見えないところから出入りしたってこと？」

「そうそう。もしか、あのアパート、全部の部屋がつながっていて、別のドアから変装した佐曾利さんが出入りしていたとか」

「それ、まえ話したね」

「ちょっと、大掛かりすぎる？」

「というか、そんなトリック、証拠が残りすぎるよね」

「ばれちゃうよね、近所の人に」

「それよりも、向こう側のベランダから出れば簡単じゃないかな」

「どうやって?」

「まあ、ロープとか梯子《はしご》とかを使って」

「えっと、それってさ、私たちが監視していることを知っての行為だよね?」

「そう、そうなるね」

「えっとえっと、それって、つまり、私たちは、アリバイ作りのために利用されたということにならない?」

「なるね」

「うわぁ……、あ! じゃあ、何? 調査の依頼者は、佐曾利さん自身ってことになるわけ?」

「順当に考えれば、そこに行き着くかな」

「うわぁ、どうしよう! どうするの?」また車が揺れる。

真鍋は、五秒ほど考えたが、どうしようもないと思った。

「まあ、このまま、とりあえず、バイトを続けるのが、一番良い選択肢だと思うけれど」

「冷静すぎ!」

「それは、とても冷静だっていう意味? それとも、冷静さが過剰だって意味?」

「どっちでもいいけど、真鍋君ってさ、頭に血が上らない人だね」

「今の議論の一番初めはね、佐曾利さんが連続殺人の犯人だと仮定したら、ということだったじゃん。その仮定が正しければ、たしかに僕たちは利用された可能性が高いけれど、仮定が間違っている可能性の方が高いわけだから」

「どうして高いの？」

「だって、佐曾利さんは、佐曾利さん以外よりも人数が少ないでしょう？」

「わかんないこと言わないでよ、もう……」

「思い込みからスタートして推理を進めたら、途中の論理が正しくても、結果も思い込みになるんだよね」

「もう、いいわ、そういう格言は……。私はね、ちょっとなんか、心の高まりを感じましたからね、えっと、どうしよう……。いっそ、佐曾利さんの部屋へ、今から訪ねていくべきじゃない？　あそこにいるのかどうかを確かめるのよ」

「駄目だよ、こんな時間に、非常識だし、迷惑だし。せめて、八時以降にしないと」

「そもそも、こちら側からしか見ていないっていうのが、何ていうの、不充分じゃない。あっちを見てこないと」

「見てきたら？」真鍋は言った。

永田は一瞬黙ったが、ドアを開けて、出ていった。見にいったようだ。なんか、ちょっとヒステリックになっているように観察された。朝が早くて機嫌《きげん》が悪いのかもしれない。自分は徹夜明けでぼんやりしている。正反対の体調で、やや嚙《か》み合わなかったことは否めない。戻ってきたら、とりあえず謝ろう、と思った。

8

鷹知は、タクシーを降りてから、詳しい場所を岩瀬に電話をして尋ねようと考えていたが、その必要はなかった。建物が密集する商業地で、アーケードのある通りから二本入った裏道だった。降りたタクシーはそのまま道の先へ行けなかったため、バックで交差点まで下がっていった。黄色いテープが張られて通行止めになっていたからだ。警官もいるし、それ以上に野次馬も多い。死体が発見されたのは午前三時だという。既に四時間が経過していた。

警官の一人に岩瀬刑事の名前を告げると、その後ろにいた私服の男がこちらを見た。岩瀬よりも若く、鷹知と同じくらいの年齢だ。その彼が、鷹知を案内してくれた。コイン駐車場の一画に、四人の男たちが立ち話をしている。その一人が岩瀬だった。なにか重要な話題らしく、こちらをちらりと見て、開いた片手を上げた。待ってくれという意味だろう。

　現場は、道の反対側の空き地で、そこに立っている大きな看板の骨組みの下らしい。緑の金網のフェンスが道路側を遮っていたが、左の端に一箇所だけフェンスがない出入口があった。この近辺では珍しく、地面が自然の土で、雑草が膝の高さほども伸びている。看板だけが立っている五十坪ほどの土地で、左右も奥も建物の壁や塀で囲われていた。両隣は商店のようだが、今はシャッタが降りている。裏手は商店街の方角になり、塀の奥の建物は三階建ての鉄筋コンクリートで、事務所のように見える。看板は、そのビルと同じくらいの高さで、鉄骨の骨組みは灰色のペンキが塗られていた。この看板を見上げるのは、この道を歩く人間だけだろう。それでも宣伝効果があるということか。近くのショッピングモールと駐車場の案内がその看板の役目だった。

　鷹知を案内してきた若い男は、元の場所へ戻っていた。鋭い目つきで周囲を見ている。野次馬を観察しているのか、それとも周囲の状況を確認しているのだろう。鷹知は、再び看板の土地を見た。今は六人の男が地面を見続けている。立っている者、カメラを持っている者、膝を折って作業をしている者。さらに、フェンスの外や道路にも、大勢が散らばっている。死体は既に搬出されたようだが、彼らの分布から、看板の下が原点だということはわかった。

岩瀬がこちらへ来たので、頭を下げた。

「絞殺。たぶん、一時か二時頃、目撃者は今のところなし」挨拶をするような顔で、彼はそう言った。「何時に、どこで会ったんですか?」

「会ったというよりも、見たというだけです」

鷹知は、昨夜、野田のマンションの駐車場で目撃したことを手短に話した。重要なことは、場所と時間である。ただし、ハイヤと思われる自動車でやってきた男については、自分の判断を、そのまま言うか言うまいか迷った。

「ここからだと、車で三十分くらいですかね」岩瀬は呟いた。「で、どんな男でした?」

「あの、それは、野田さんにきくのが良いと思います。彼女が、親しそうに応対していましたから、知合いのはずです」

この返答に対して、岩瀬は黙っていた。後ろを一度振り返って、現場の様子を見た。おそらく、警察は既にそれを突き止めているはずだ、と鷹知は考えていた。あのハイヤをつけていった車は、警察ではないのか。

「失礼ですが、野田さんと茶竹さんは、マークしていなかったのですか？」鷹知はきいてみた。前夜の事件の最重要の参考人だと思えるからだ。

「いや……」岩瀬は簡単に首をふった。「あの二人が犯人とは思えませんからね」

「すると、あとをつけていった車は、警察ではなかったんですね」

「あとをつけていった？　どんな車が？」岩瀬はやや厳しい目つきになった。「警察じゃない」

「それじゃあ……、マスコミですか」

「有名人なんですか？」

本当に知らないのだろうか。野田が黙っている、ということか。

「似ているな、とは思いましたが、断定はできません」

「誰です？」

「島純一郎」

「政治家の？」

鷹知は頷いた。岩瀬は視線を逸らし、また、後方の看板下の現場を見た。鷹知も彼の視線を追ったが、特に変化はない。相変わらず大勢が証拠品を捜している。明るくなって、初めて見つかるものがあることだろう。

「茶竹さんに、会ったことは？　どれくらい知っていました？」こちらを向いて、岩瀬が質問する。

「いいえ、まったく」鷹知は首をふる。「野田さんとは、二年まえの調査で何度か会いました。それから、つい最近も一度会いました。坂下さんは、ときどき名前が出ます。でも、茶竹さんは知りませんでした。見たのは、昨日が初めてです。ただ、その後調べてみたら、劇に出ていることがわかりました」

「調べたというのは？　その時点で、どうやって名前を知ったんですか？」

これは、なかなか鋭い質問だ。この男の頭脳の明晰《めいせき》さがよくわかった。

「ええ、あの、そのまえの夜に、真鍋君と永田さんの二人が、茶竹さんの名を聞いていたんです。それで特徴を話して、だいたい一致したので……」

「なるほど。有能ですな……」岩瀬は口の形だけで笑ってみせた。「被害者は、昨夜も芝居に出ていたらしい」

「その同じ芝居に、倉崎という人が出ていますが、彼は、野田さんのかつての恋人だった人物です。一昨日の夜に、彼のところへ話を聞きにいったばかりでした」

「ほう……」岩瀬は口を窄《すぼ》めて頷いた。情報がありがたい、という一礼のようにも見えた。「鷹知さんは、昨夜は、ずっと張り込んでいたわけですね？　佐曾利隆夫を」

「そうです。野田さんのマンションへ行ったのもそのためです。しかし、佐曾利さんは、野田さんの帰宅を見届けて、その後は真っ直ぐに自分のアパートに戻りました。今も、交替して張込みを続けています」

「佐曾利は、ずっとアパートに？」

「ええ、そうです。彼には、茶竹さんを殺せません」

「いや……」岩瀬はそこでまた苦笑いを見せる。「彼を疑っているというわけでは……」

「でも、爆弾魔としては、可能性があるとお考えなのでは？」

「そちらはね、まあ、一つの可能性としてですが……」岩瀬は、笑うのをやめて頷いた。「殺人は、また別」

「一昨日の事件と、殺し方は、同じでしたか？」

「うん、まだわからない。ただ、やり方は似ている」

「あそこに、倒れていたんですか？」

「フェンスから三、四メートルくらいのところ。あそこで絞めたとは思えない。殺してから、運んできて捨てた。車でしょうね」

「ハイヤでは無理ですね」

「運転手が部下なら、二人で運べる」

「引きずった跡は？」

「ありました」岩瀬は頷く。

「じゃあ、一人だったのでは？」

「部下にやらせたのかな。自分は見張り役だった」

「場所が変ですね」

「そう。隠そうとしたとは思えない。人が通れば、不審に思われる。たぶん、急いでいた。車に乗せたままにはしておけないってことだったんでしょうな」

「この裏道なら、カメラがない、という計算があったのでは？」

「そう。それもある」彼は舌打ちした。「それを知っている人間ということです。実際のところ、田舎の山奥よりも、案外、こういう場所の方が特定が難しい。夜中に、車が停まっていても、誰も注意を払わない。歩いているのは、例外なく酔っ払いだ」

「野田さんには、話を聞いたんですか？」

「連絡がやっとついて、これから会いにいきます」

「同行しては駄目ですか？」

「それは、困るな」

「彼女は、弁護士を呼ぶ権利があるかと」

「いや、職務質問でもないし、あんたは弁護士でもないでしょう」

「近くにいるというだけでも……。お願いします」

「まあ、ついてくるというなら、止めませんけれど。しかし、席を外してもらいたいときは、そう言いますから、お願いしますよ」

「わかりました。ありがとうございます」

9

小川令子が殺人事件の情報を得たのは、日曜日の午前九時頃になってからだった。彼女はベッドで熟睡していた。目を覚まして、まず携帯電話を探したが、サイドテーブルのいつもの場所にそれがなかった。探したところ、床に落ちているのを見つけた。着信履歴も数件、最新のメールは、真鍋から届いたもので、サブジェクトは、〈まだ寝ているんですか！〉だった。

さっそく、真鍋に電話をかけて、事の次第を確認した。

「信じられない」と溜息が出た。「連続殺人？」

「そういうことです。たぶん、鷹知さんがいろいろ調べて、そのうち詳しいことを教えてくれると思いますよ」

そのあと、鷹知に電話をかけてみたが、彼は出なかった。電波が届かないのではなく、コールはあったのに出ない、という状況のようだ。あとでかけ直すことにして、すぐに支度をして、出勤した。

誰もいない事務所に到着して、もう一度、鷹知にかけたが、状況は同じ。次に椙田にかけたが、こちらも出てもらえない。パソコンでニュースを検索したが、茶竹の事件についてはまだ報道されていなかった。そのほか、メールを沢山確認したが、さほど重要なものはない。真鍋も、佐曾利の張込みについては異状がないと伝えてきている。十二時から真鍋と交替することになっているので、一時間半ほどしたら、事務所を出ていかなければならないが、それまでは特に差し迫った仕事はなかった。そもそも、本当ならば、今日は休日なのだ。

茶竹加奈子や倉崎正治について検索してみたが、情報は多くはない。一方、島純一郎に関しては、情報が多すぎる。自身のブログもあった。ただ、ここ数日はアップされていないみたいだ。一番新しいのは、鹿児島《かごしま》で講演会をした、という写真付きの話題だった。

爆弾事件に関する新しい報道があった。マスコミ向けに、チューリップからメッセージが届いたというものだが、〈マダマダサクヨ〉の一文が紹介されているだけだった。昨夜はどこでも爆発は起こっていない。警察は警戒を強めている、と書かれていたが、具体的にどんな警戒をしているのだろう、と不思議に思った。強めているというのは、気持ちだけの問題なのか、それとも具体的にパトロールを増員した、という程度の意味だろうか。

今回、小川が最も関心を持ったのは、茶竹が殺されたと思われる時刻に、佐曾利にはアリバイが成立している点だった。真鍋も電話でそれを言った。たぶん、そのことについて、永田と議論をしたのだろう。だがそもそも、佐曾利は爆弾事件にも殺人事件にも無関係なのかもしれない。単に、一昨日は、偶然近い場所で二つの事件が起こり、まさにそのとき佐曾利を見失っている。だから、その仮説がもっともらしく見えただけなのではないか。

それから、野田たち女性三人の行動にも、不可解な点がある。野田のマンションに何故、茶竹はいたのか。たぶん、警察が今頃調べているだろう。一昨日の時点では、金曜日の夜にカラオケかドライブか、という想像をしたが、昨日の場合はだいぶ状況が違う。なにしろ、前夜に一人が殺されたのだ。それでも、二人は同じ時刻にそこにいた。まえまえから、島純一郎との約束があったのではないか。普通だったらキャンセルしないだろうか。おそらく、島にしてみれば、前夜に殺人があったことを知らないのだろう。野田も茶竹も、それを彼に言わなかったということか。そんな状況とは、何だろう？　友人どうしというよりも、なにかの商売の関係のように見受けられる。

三人の女性がいる。野田、坂下、茶竹。そして、男性は、野田には佐曾利、坂下には夫の坂下徹、茶竹には島か。茶竹にはさらに、役者仲間の倉崎。男性は四人だ。野田は、かつては佐曾利と同棲していて、倉崎とも関係がある。坂下徹は佐曾利の元勤務先の後輩。それから、島純一郎は、茶竹や倉崎の芝居に花輪を贈っている。こっそりと茶竹とつき合っているだけの仲ならば、そんな真似はしないのではないか。

自分たちが張っているのは佐曾利ただ一人だが、既に関係する二人が殺され、二年まえの放火事件は、現在の連続爆弾事件と関連がありそうだ。

手帳を広げて、七人の名前を書いて、関係を線で結んでみた。もしかして、この中に調査依頼をしてきた人物がいるかもしれない。否、その可能性は高いのではないか。しかも、既に二人が死んでいて、残りは五人だ。

いったい、何が起こっているのだろう？

佐曾利という男が、野田に対してストーカ行為をしている、彼女を脅すために、爆弾を仕掛け、方々で騒ぎが起きている。野田優花を追いつめている、という図式がまず想像できる。しかし、二件の殺人に関しては、脅しというにはあまりにも凄すぎる。悲惨すぎる。なにか、もっと別の力が関与しているのではないか。ぼんやりとそんなことを考えた。

電話がかかってきた。モニタを見ると、鷹知祐一朗だった。時計を見ながら、小川は電話に出た。まもなく、十一時である。

「すみません、電話に出られなくて……」

「あ、いえ……」

「野田さんに会っていたんですよ。それも、警察と一緒に」

「殺人事件のことで、ですね？」

「もちろんそうです。茶竹さんの遺体が遺棄《いき》された現場も見てきました。あとで、詳しく話します」

「野田さんは、何て言っているんですか？」

「とにかく、動揺しています。ほとんど、話ができない状態でした。僕も、あんな彼女を見るのは初めてです。二人も友達が殺されたんだから無理もありませんが……。

茶竹さんが誰と会ったのかも知らない、なにもわからない、と答えていて、話すことに怯《おび》えている感じです。僕は離れたところで聞いていただけです。刑事さんがいないところで、もう少し落ち着いたあとだったら、少しは話してくれるかもしれませんけれど……。まあ、今のところは、そんな感じですね」

「怯えている、というのは、やっぱり佐曾利さんのことでしょうか？」

「おそらく、そうでしょう。警察にも、とにかく恐いと訴えていました。警護をしてほしいと。僕を見ても、そう言いました。しばらく、仕事は休むと話しています。それどころではないでしょうね」

「警護は必要かもしれませんね。でも、野田さんが恐れているのは、佐曾利さんですよね？　その話は、彼女、直接警察にしたんですか？」

「ええ、佐曾利さんの名前を挙げて、岩瀬刑事に、そうはっきりと言いました。でも、岩瀬さんは、ストーカの管轄ではなく、爆弾事件を追っているわけで、殺人事件の方だって、まだ正式に担当は決まっていないようでした。今回の殺人に限れば、佐曾利さんにはアリバイがあるし、うーん、ちょっと噛み合わない感じでしたね。彼女を、一時的にでもシェルタに入れたらどうかと思いました。そういう保護する機関があるんですよ」

「そういうのって、きっと、手続きとかが面倒なんでしょうね」

「まあ、そうですね」

「私たちとしては、どうなんでしょう？　佐曾利さんをしっかりと見張っていれば、彼女は安全と考えて良いのか……」

「いや、それはないでしょう。だって、殺人者は佐曾利さんではないわけですから」

「確実にそういえるでしょうか？　なにか、その……」

「仕掛けがあると言うのですか？」

あるのではないか、と小川は考えていた。

「野田さんの安全を第一に考えれば、野田さんについている方が確実です」鷹知は言った。「そのことについても、ちょっと野田さんと相談をしてみます。時間を少し置いて、もう一度彼女を訪ねてみるつもりです」

10

いても立ってもいられなくなって、小川は事務所を出た。駅まで歩き、電車に乗って、真鍋と永田が張り込んでいる場所まで向かった。最寄りの駅で、真鍋に電話をかけて、なにか買ってきてほしいものはあるかと二人にきいた。その要望を取り入れ、ランチのためにハンバーガを買っていった。このハンバーガ店が混んでいて、列に並ばなければならなかった。

日差しが強い日で、車の中は窓を全開にしても暑い。木蔭に駐車しているのに、である。しかし、三人でハンバーガを頰張った。小川は、少しだけ若返った感じがして、元気が出た。

食べ終わっても、まだ正午まえだった。小川と交替するのは真鍋だが、彼はもう少しいて、永田が電車で追跡するのにつき合う、と言った。

「いつまでも、こんなこと続けられないよね」小川は溜息をついた。「実りがあるようにも思えないし」

「でも、実りなんて、僕たちには無関係なんじゃないですか？　なにも起こらないことを、依頼者は求めているかもしれませんし」

「次のコンタクトのとき、ちょっと様子をきいてみるつもりだけれど……」小川は言う。それは明日か、あるいは明後日《あさって》になるだろう。今は、とにかく二十四時間の監視を恙無《つつがな》くやり遂げることが仕事の要諦《ようてい》である。

佐曾利は、まだ動きがない。今日は、野田は出勤しない、と鷹知から聞いている。

日曜日だからではなく、事件によるショックかららしい。野田の定休は木曜日だと聞いている。今日野田が出てこないことは、佐曾利は知るはずもないから、やはりあそこに立つつもりだろうか。

「あのね、もしかしてだけど、佐曾利さんは、誰かと組んでいるのかもしれない」小川は話した。「放火も殺人も、一人で全部をやっているわけではない、という可能性があると思うわけ」

「僕は、爆弾事件の方は、それがありえるかなって、少し思いました。でも、殺人となると、どうでしょう。万が一裏切りがあったときの代償が大きすぎますよね。それに、特定の人間に対する恨みというのは、あくまでも個人的なものじゃないですか。仲間と共有するというのには、基本的に向かないというか……」

「まあ、それはそうかもしれないけれど」

「小川さんは、佐曾利さんが殺人犯だと考えているわけですね？」永田は言った。

「それ、私も同感です。特に、坂下さんの方は、状況的にも確実じゃないですか。茶竹さんの方は、なにか誤魔化されているんです。やっぱり、私たちの監視が不充分だと思うんです」

「永田さんは、アパートの出入りに仕掛けがあるって言うんですよ」真鍋が補足する。

「それとも、どこかで佐曾利さんが入れ替わっていたか」永田はつけ加えた。

「入れ替わっていた？　ああ、別人を追跡していたってこと？」

「似た体格の人に同じ服装をさせれば、簡単ですよね。遠くからとか、後ろ姿しか、私たち見ていませんから。自分の代わりに囮《おとり》にして、尾行させていたわけです」

「それは……、まあ、ありえないとはいえないか。あ、でも、だったらね……」小川は思いつく。「もしかして、私たちが見ていたのは、最初から佐曾利さんじゃないってことだって、あるんじゃない？　ずっと別人だってこと」

「そういえば、佐曾利さん本人だと、確かめたことってありませんね」真鍋が言う。

「えっとね、喫茶店のマスタが、名前を呼んでいたわね」小川は思い出す。「あとは、あの部屋から出てきたら、本人だと思うじゃない」

「僕たちを最初から騙そうとしたのなら、最初から代役を使うことは、ごく簡単だったはずです。喫茶店のマスタには、数日まえから代役が通うようにして、名前と顔を覚えてもらえば良いだけだから」

「ちょっと待って、駄目、駄目。だって、鷹知さんが見ているじゃない」

「遠くからですよね。近くで面と向かって会ったわけじゃありませんから」真鍋が言う。「鷹知さんが知っているのは、二年まえの佐曾利さんでしょう?」

「遠目に似ている人を使えば、できるんじゃないでしょうか」永田も言った。

「でも、いつまでも続けることはできないし、警察が訪ねてきたりしたら、本人じゃないってばれて、よけいに不利にならない?」

「ということは、もう今頃は、本人に交替しているわけです。というか、結局、昨日帰ってくるところだけ代役に任せれば良いわけでしょう?」真鍋は前の座席から後ろを振り返った。

小川は、代わりに身を乗り出して、アパートの方を見る。今はまだ動きはない。

「昨日の夜、野田さんのマンションの近くで、入れ替わったんじゃないですか。ここへ帰ってきたのは代役だった、ということです。鷹知さんと永田さんが見ていますけれど、夜だったし、電車に乗ったときも離れていたし、同じ服装だったら、入れ替わりは見抜けなかったんじゃないですか?」

「それで、その間に佐曾利さんは、茶竹さんを殺しにいったということ?」

「そう考えれば、可能だという意味です」真鍋は頷いた。「午前中に、永田さんとここまでは考えたんですよ」

「あと、今、アパートにいるのが佐曾利さんなら、どうやって入れ替わったの?」永田が尋ねた。

「うーん、今は、佐曾利さんじゃないか、それとも、向こうの窓から出入りしたか」

真鍋は答える。

「でもさ、やっぱり、それも、さっき真鍋君が言った危険な賭けになるわね」小川は指摘する。

「そうなんです」真鍋が頷く。「茶竹さんが殺されたことを、代役の人が知ると、佐曾利さんは大きな危険を背負いますからね。脅されるかもしれないし、裏切られるかもしれないし……。ただ、でも、その情報を知らないうちに始末をすれば、問題はありませんけど」

「始末をする？　あ、じゃあ、その代役の人を殺すってこと？」

「使い捨てですね」真鍋が言った。彼はもう前を向いていた。指を立てた左手を横に出して示した。「今度、佐曾利さんに背格好が似ている人が殺されたら、この仮説が真実味を帯びますけど……、まあ、そんなことにはならないでしょう、きっと」

「よくそこまで想像が及ぶよね」

「暇なんですよ、とにかく」真鍋は溜息をついた。

「窓から出入りするなら、夜のうちだね」永田が呟いた。彼女は、まだその可能性が頭から離れないようだった。

この日、佐曾利はいつもの時間になっても出てこなかった。午後一時を回っても、現れなかった。これまでに一度もなかったことだ。

「寝坊しているんじゃないですか」と真鍋は言った。彼は、既に担当ではない。

ところが、一時二十分に、佐曾利は姿を見せた。そして、喫茶店に寄らずに、直接駅の方へ歩き始めた。真鍋と永田が徒歩で後を追い、小川は車を運転して、映画館の方へ移動することにした。

しかし、五分も経たないうちに、真鍋から電話がかかってきた。小川は、車を路肩に寄せて電話に出ることができた。

「どうしたの？」

「佐曾利さん、駅前のスーパに入りました。今、中で買い物をしているみたいです」

「あそう……」小川は、少し考えた。「もしかして、今日はストーキングはお休みかな」

「ありえますね。でも、野田さんが出勤しないことを、どうやって知ったんでしょう？」

あとでもう一度電話をかけてもらうことにして、車を少し移動させた。交通量の少なそうな道に入り、そこに停車した。真鍋から電話がかかってきたのは十分ほどあとだった。

「あの、スーパを出て、アパートの方向へ戻っています。電車には乗らないみたいです」

「わかった。じゃあ、私も戻ります」

小川は、朝と同じ場所に車を戻した。アパートが見える。真鍋と永田はどこにいるのかわからなかったが、電話をかけてみると、真鍋は近くにいたようだ。後部座席に乗り込んでくると、真鍋は「ふう、暑いなあ」と溜息をついた。永田は、アパートの表の方に回っていったと彼は話した。やがて、永田も車に乗り込んできた。

車の荷物室に載せてある飲みものを二人は飲んだ。冷たく冷えているものではない。スポーツドリンクである。

「スーパだけです。部屋に戻っています」真鍋が報告した。

「クーラをつけているんでしょうね」永田が言った。「窓は開きませんでしたけど、窓際に立ったときに見えました」

「野田さんの休みを知っていてやめたのかもしれないし、たまたま、日曜日はストーカもお休みと決めていたのかもしれないし、どっちともいえませんね」真鍋は面白そうに言った。「でも、食料品を調達したのは確かです。両手に袋をぶら下げて帰ってきました。飲みものがあるのはわかりましたけど、あとは何かな？」

「カップ麺ではなさそうですね」永田が言う。「キャベツがあったような」

「じゃあ、自炊しているってこと？」小川は呟いた。

「収入がなさそうだから、生活は自《おの》ずと質素にならざるをえませんよね」真鍋が言う。

11

鷹知は、午後三時に野田優花と会う約束を電話で取り付けた。午前中に、岩瀬刑事について彼女のところへ行ったが、そのときには挨拶をしただけで、彼は口を挟まなかった。野田も、刑事の質問の受け答えの合間に、幾度か鷹知に視線を送ったが、彼に直接話しかけることはなかった。ただ、あとで二人で会った方が良い、という感触を鷹知は得ていた。なにかを訴えているような眼差《まなざ》しを感じたからである。電話をかけてみると、今日は出かけることもないから、いついらっしゃってもけっこうです、との返答だった。三時にしたのは、そのまえにまったく別の仕事が鷹知の方にあったからだ。それは、役者の倉崎正治に会うことだった。今日が芝居の千秋楽だったが、茶竹加奈子の代役を既に立てている、と彼は語った。警察は午前中に来たらしい。少なくとも岩瀬刑事ではない。別の刑事が来たようだ。茶竹について、役者仲間の話をきいていった、ということだった。

倉崎自身は、茶竹のことは個人的にはよく知らない、と答えた。どんな仕事をしているのか、どこに住んでいるのかも知らない、と話した。ただ、野田優花の知合いだとは認識していた。茶竹が誰と一緒だったかを警察から聞いていませんか、と尋ねると、彼は無言で首をふった。政治家の名前はここでは出さなかったようだ。したがって、鷹知もそれはしばらく黙っていようと思った。自分で目撃した情報だから、話す自由はあるのだが、こういうことは、話題を持ち出すタイミングというものが自然に訪れるものだ、と考えた。

野田のマンションへ来て、四階までエレベータで上がった。通路から駐車場を見下ろした。右に階段が見えて、下の道路も一部だけ見えるが、カーブしているし、ほとんどは建物の蔭になってしまう。駐車場の左には駐輪場があって、坂下美幸が倒れていた場所もだいたい見える。ただ、夜はそこは暗闇の中だろう。

チャイムを鳴らすと、しばらくしてドアが開いた。野田の顔が見え、「どうぞ」と招かれる。鷹知はお辞儀をして中に入った。玄関から少し入ったところにガラス戸があり、その奥がリビングだ。クーラが効いている。ここに入ったのは、今日が初めてだった。二年まえは、野田はここではなく、佐曾利のアパートにいたのだ。当時、彼女は建設会社の社員で、本社の受付をしていた。大手のゼネコンである。佐曾利と別れる間際にそこを退社したわけだ。想像だが、当時の方が今よりもずっと高給を取っていただろう。映画館の受付は、パートタイムのようだ。半額にもならないのではないか。しかし、住んでいる場所は、明らかに今の方が立派で、佐曾利のアパートよりも倍の家賃を支払っているにちがいない。これについては、しかし、尋ねない方が良いだろう。

野田は、冷たい茶をグラスに入れてトレィで運んできた。鷹知の分だけで、自分は飲まないようだ。

「今朝は失礼しました」鷹知は頭を下げた。

「いいえ、鷹知さんがいてくれたおかげで、少し落ち着きました。警察は、守ってはくれませんもの」

「いえ、警察は守ってくれるはずです。ただ、危険がどこにあるのかを把握してからになる、ということです。なるべく、なにもかも事情を話した方が良いのではないかと思います」

「鷹知さんに、護衛をお願いできないでしょうか？」

「それは、もちろん、かまいませんが、僕一人の力では及ばないこともあります。警察の力を借りるべきです」

「そうですね……」

「やはり、佐曾利さんのことを心配されているのですね？」

「もちろんそうです。二人を殺したのも、たぶん、あの人です」

「実は、佐曾利さんには、昨日の事件については、アリバイが成立しそうなのです」

「え？　夜中だったのに？」

「はい、佐曾利さんはずっと監視されていたので」

「そうなんですか……。アパートにいたのですか？」

「野田さんが帰宅されるのを見届けたあと、彼はアパートへ帰りました」

「その監視は、もしかして……、鷹知さんが？」

「ええ、実はそうです」鷹知は頷いた。

「私のあとをつけているのは、本当でしたでしょう」野田は、顔を歪ませたあと、一度目を瞑った。恐ろしさに耐えようとしている表情に見えた。

「あの、僕は昨日、ここで野田さんと茶竹さんを見ました」

「え？」

「黒い車が駐車場に来ていましたね。ハイヤだったと思いますが」

野田は、黙っていた。鷹知を見ていた目を、斜め下へ向ける。

「その車に、茶竹さんが乗って出ていきました。これは、警察も知っています。見たとおりに話しました。ですから、秘密にするのは、あまり感心しません」

野田は、片手で口を押さえ、小さく頷いた。息が震え、目は潤《うる》んでいる。涙がこぼれそうだった。

「すぐにまた、刑事が訪ねてくるでしょう。機会があったら、きちんと話して下さい」

「でも、警察はなにもしてくれません」野田は首をふった。「私がただ怖がっているだけだ、被害妄想だって、きっとそう言われるだけです」

「そうだとしても、そのあとなにかがあったときの布石になります」

「なにかあったときには、もう遅いんじゃないですか？」野田は、鷹知を真っ直ぐに見た。感情をどうにかコントロールしている、ぎりぎりの表情だった。

「それは……、もちろん、そうならないように努力します、としか言えませんが、ええ、でも……」

「鷹知さんだけが頼りなんです」野田は両手を口に当てる。「最後は……今度は……、きっと私です。いっそ、最初から、私一人だけ殺してくれたら……、良かったのに……」

「警察は、まだ佐曾利さんから直接話を聞いていません。貴女が警察に話さなければ、警察は彼に深くは立ち入れないんです。これは、その、変な言い方になりますが、事件の解決に協力をするのが、市民の義務でもあります」

「もっと早く協力していたら、一昨日のうちに話していたら、茶竹さんだけでも、助かったかもしれない」野田は、両手で顔を覆い、か細い声で呟いた。

「いいえ、貴女に、その責任はありません。たとえば、僕は知っていたし、佐曾利さんをマークしていました。夜通し監視していたんです。それでも、殺人は起こりました。つまり、貴女が佐曾利さんが坂下さんを殺したと訴えて、それで警察が彼を尾行していたとしても、結果は同じだったでしょう」

「どうしてですか？　どういうことなのか、私にはわかりません。どうやってアリバイを偽装したの？」

「僕もわかりませんが、本人を間近にずっと見ていたわけではないので、なにかトリックがあったのかもしれません。そういうことは、あとから調べていけばわかることです。警察は、まずは殺人現場の遺留品の科学分析を行っているはずです。たとえば、犯人のDNAが採取できることもあります。そうなったとき、疑わしい人間を調べることができる。誰が疑わしいのか、という点がそこで重要になるわけです」

「わかりました」野田は小さく頷いた。「警察に詳しく話します」

「それが、今は一番良い方法だと思います」鷹知は少しほっとした。そこで、話題を変えて質問することにした。「ところで、坂下さんと茶竹さんは、ここに自由に出入りをしていたのですか？」

「え？」野田は顔を上げた。

「昨夜、この部屋に、帰宅まえに、茶竹さんがいましたよね？」

「ああ……、ええ」少し遅れて彼女は頷いた。「鍵の隠し場所を教えてあるので」

「もしかして、坂下さんにもですか？」

「ええ、あの二人は、特別に親しい友達です」野田は言った。

「同郷だからですか？」

「それもあります。東京へ出てきた頃、三人で一つの部屋に住んでいました。そのときも、ポストの裏に鍵を隠していたんです。二人とも、掛け替えのない親友でした」

野田はまた口に手を当てる。涙が溢《あふ》れ、頰を伝う。その潤んだ目を鷹知の方へ向けたまま黙った。もう言葉が出ない、といった様子である。

「坂下さんは結婚していますね。茶竹さんは、独身ですか？」

「ええ」野田は頷く。

「二人は、なにかトラブルに巻き込まれていませんでしたか？　佐曾利さんのことを少し忘れて、二人を殺すような動機を持っている人がほかに誰かいるとは考えられませんか？」

「いいえ」野田は首をふる。「考えられません。どちらも、そんな困った話はしていませんでした。坂下さんは、旦那様が優しくて、いつも惚気話《のろけばなし》ばかり。茶竹さんは、ええ、あの、特に決まった人はいないようでしたけれど、でも、お芝居が面白いし、いつかはきっとブレイクするって、話していました。元気で前向きな子なんです」

「ハイヤに乗っていた男性は？」

「政治家の島純一郎さんです」

「茶竹さんと、どうしてここで落ち合ったのですか？」

「実は、二度めでした。私が、彼女を紹介したからです」

「どういうことですか？」

「島さんは、倉崎さんの劇団のスポンサでもあるんです。それで、以前、一緒に食事をしたことがあります。えっと、倉崎さんも一緒にです。そのときは、茶竹さんはまだ、あの劇団には参加していませんでした。そのあと、彼女が劇団に紹介してほしいと言うので、倉崎さんにお願いして、それで、役がもらえたんです。だいぶまえになりますけど、打上げのパーティがあったときに、たまたま島さんがいらっしゃって、私が、茶竹さんを紹介しました。そういうことです。そのあと、よくは知りませんけれど、おつき合いが始まったみたい」

「どうして、野田さんのところで待ち合わせていたのですか？」

「それは、茶竹さんの都合だと思います。自分のマンションを知られたくない、まだ、そういうおつき合いの段階だということでしょう」

「うーん、でも、それだったら、べつにここでなくても、どこかで待ち合わせれば良いように思いますが」

「そうですね」野田は頷いた。「でも、何故なのか、ここで……」

言葉は途中だった。鷹知はしばらく待ったが、それ以上の説明はなかった。

「茶竹さんに最後に会ったのは、島さんかもしれません」鷹知は言った。「当然、警察は彼に事情をききにいくでしょう。野田さんは、島さんと茶竹さんは、どこへ行ったかご存じですか?」

「知りませんが、お食事だと思います」

「どこかのレストランへ?」

「ええ、どこかは知りませんが、たぶん、島さんが予約をされていたはずです」

「時間の遅い食事ですね」

「ええ……」

二人がここから車で出ていったのは、九時半頃だ。レストランに十時、二時間いたとして十二時。そのあと、どうしたのだろうか。岩瀬刑事は、茶竹は一時から二時の間に殺された、と話していた。食事に誘ったのならば、女性を家まで送るのが普通だと思われる。

「茶竹さんは、どこにお住まいなんですか?」

「あの……、えっと、今朝、彼女が見つかったところのすぐ近くのはずです。私、一度も行ったことがなくて……」野田は答えた。

自分の部屋の鍵の隠し場所を教えるような仲なのに、相手の家には行ったことがない、ということになる。やや不自然にも感じたが、茶竹がそういう性格の女性だったと解釈する以外にない。

「もう一つ」鷹知はきいた。「茶竹さんと倉崎さんは、親しいのですか？」

「さあ……、それは、私にはわかりません。茶竹さんは、そんな話を一度もしたことがありません。彼女、自分のことをあまり話さない人なんです」

「野田さんは、もう倉崎さんとは？」

「ええ、もう会っていません。どれくらいになるかしら……。一年以上、いえ、二年くらいになるかもしれません。佐曾利と別れたあと、倉崎さんとも、なんとなく離れてしまって……」

「なんとなく、ですか？」

「ええ、喧嘩をしたわけでもないし、というか、もともと、それほど親しかったわけでもないですし……、本当に、なんとなく、ですね……。私が、その、一人になりたかったということかもしれません」

第4章　ためらわず

しかし、ひとつはっきりと言えるのは、なるほどぼくがこんな冷酷な仕打ちをしたのは、故意ではあったかもしれないが、それは心から出たものではなく、ぼくの呪《のろ》わしい頭から出たことだったということである。この冷酷な仕打ちは、それこそこしらえものの、頭ででっちあげた、故意に創《つく》りあげた、書物ふうのものだったので、ぼく自身が一分ともちこたえられず、まずそれを目にすまいと片隅にとびのいたあと、羞恥《しゅうち》と絶望にかられて、リーザの後を追って駆けだしさえしたほどだった。

1

日曜日の午後の張込みは、真鍋が帰ったため、小川と永田の二人になった。また、夕方には、鷹知がやってきて、永田と交替した。小川は、日が暮れて暗くなっていく時間を、この場所で過ごすのは初めてだった。そのまま何事もなく夜になり、佐曾利の部屋のドアの横にある窓に照明が灯ったが、佐曾利は姿を現さなかった。

鷹知には、何度か電話がかかってきた。そのうちの一つは、岩瀬刑事からだったらしく、電話のあと、警察が島純一郎に会いにいった話を鷹知はした。岩瀬が行ったのではないようだ。おそらく彼の上司ではないか、と鷹知は言う。島は、ただ食事をして、茶竹の家の近くへ送った、と証言したらしい。車を運転していたのは、彼の事務所の運転手だった。時刻と精確な場所についてはその運転手が答えたという。彼女が車を降りた場所は、死体が発見された現場から二百メートルほどの大通りの歩道であり、時刻は一時数分まえだった。

「つまり、そこから茶竹さんは、自分のマンションへ向かって歩いた。その途中で襲われたことになります。マンションまでも、あと二百メートルくらいだった」

「待ち伏せをされたということ？」小川はきいた。「でも、どこで車を降りるかまでは、わからないでしょう？」

「そうですね」鷹知は頷く。「待ち伏せしたのなら、きっとマンションの前でしょう。そこへ近づいてくる彼女が見えた、ということかもしれない。あそこは真っ直ぐな道だった。あ、でも、夜だと、その距離はちょっと無理かなぁ」

「ずっと待っていたのかしら」

「警察は、まだ、前夜の事件と同一犯だとは断定していないようです」

「え、そうなの？　でも、なにも取られていないのでは？」

「それも発表されていませんね。現場に、バッグはなかったようだけれど、それは、確かめていません。あったかもしれないし……。僕が彼女を見たときには、持っていたように思います」

「物取りかどうかも、わからないってことね。この季節で、バッグを持たずに出かけることってないでしょうし、店に忘れてくることもありえないでしょうね」

「今度、きいておきます」

「いえ、でも、絶対に同一犯だと思うなぁ、私は……」小川はそう言ってから、ふっと息を吐いた。

「検死の結果もまだ出ていない。まあ、それによって、ある程度は確定できるはずです。首を絞めた方法は、同じなんですから」

十時になっても動きはなく、鷹知に監視を任せて、小川はコンビニへ買い物に出た。スナックとホットコーヒーを買って、車に戻ると、鷹知は電話で誰かと話していた。邪魔をしては悪いかと遠慮し、車の外で待っていた。夜になって多少は過ごしやすくなっていたものの、それでもアスファルトには日中の熱が残っているのがわかる。

鷹知の電話が終わったようなので、小川は車に乗り込んだ。今は、鷹知が運転席に座っている。小川は後部座席である。コーヒーのカップをシートの間から手渡した。

「今、野田さんと話していたんですよ」鷹知は説明した。「友達二人が殺されて、今夜は自分じゃないかって、相当怯えています。不安定なのが、よくわかるというか……」

「そりゃあ、不安でしょうね」小川は言った。

「あとで、ちょっと行ってみようと思います」

「向こうを張り込むつもり？」

「張り込むというか、野田さんに会って、話を聞くのが良いのではないかと。たぶん、話したいことがあるのでしょう。電話をかけてきたくらいだから」

「なにか、まだ話していないことがあるってこと？　電話では言わなかったの？」

「ええ、電話ではなにも」

「恋人はいないのかしら。誰かを部屋に呼んだら良いのに、恐かったら」

「うーん、いないみたいですね。想像ですが、彼女、新しい恋人を作ることを恐れているんですよ。佐曾利さんの恨みを買うのではないかって」

「えっと、でも、いたのでしょう？　役者の人」

「ええ、倉崎さんとつき合っていました。佐曾利さんと別れるときには、彼の存在が大きかったと思います。彼がいたから別れたのか、彼がいたから別れられたのか、僕にはそう見えましたね。でも、結局、佐曾利さんのアパートから出ていってからは、倉崎さんとは疎遠になったみたいです」

「振られたのかな」

「わかりませんね。双方から話を聞きましたが、なんとなく会わないようになった、ということでした」

そこで会話が途切れた。小川は、熱いコーヒーを啜《すす》った。この調査は、このさきいったいどうなるのか、と考えた。ただ、言われたとおりに監視を続けている。料金は前払いで受け取っているので問題はない。それどころか、こうしてのんびりと座っていることが大半で、楽な仕事といえる。多少、美容に悪いだけだ。でも、まだ数日のことで、体調に影響はなかった。明日くらいに、またレポートを送ろうと思う。書くことはほとんどないのだが。

鷹知にまた電話がかかってきた。彼はモニタを見たあと、「ちょっと、失礼、お願いします」と小川に告げて、車から出ていった。外で話をする、ということだ。

小川は、後部座席の中央に座って、前方のアパートを見張ることにした。鷹知は、後方へ歩いていった。たぶん、野田優花からの電話ではないか、とも想像した。自分がいる前で話せないというのは、何だろう？　もしかして、鷹知と特別な関係にあるのだろうか。少しそれも想像したが、たとえそうであっても、自分には無関係だ、と思い直してコーヒーに口をつける。少しコーヒーが冷めていた。

鷹知はすぐに戻ってきた。車の横に立ち、腕時計を見た。小川も、ダッシュボードのデジタル時計を確認した。十時四十二分だった。

「小川さん、申し訳ないんですが、ちょっと早めに抜けさせてもらえませんか」

「野田さんのところへ？」小川は考えていたことが、口に出た。

「ええ、そうです。かなり不安定な様子で、心配なんです。すぐ行った方が良いかなって……」

「ええ、わかった。ここは大丈夫。たぶん、動きはないでしょうから。あと一時間ちょっとだし、真鍋君が早めにくるかもしれないし」

「申し訳ない」鷹知は顔をしかめ、片手を立てた。

彼は後方へ走り去った。大通りに出て、タクシーを拾うつもりだろう。この時刻ならば、電車よりも早く到着できるかもしれない。

小川は一人になって、運転席に移動した。ポテトチップスの封を開けて助手席に置き、左手を伸ばして、手探りでそれを一枚ずつ摘《つま》んだ。コーヒーはすぐになくなってしまった。前を見たままなので、たとえば、ネットも見られない。カーラジオをつけても良かったが、窓を開けている関係で、音が外に漏れるのがまずい。こんな時刻でも、ときどき歩道を人が通るからだ。

ポテトチップスもなくなった。一人で一袋食べたのか、と驚いた。あと三十分で十二時になる。そろそろ、真鍋から電話がかかってきても良さそうだった。でも、こちらからの連絡がなければ、小川のいる場所はここしかないのだから、わざわざ電話をしてこないかもしれない。

こんな夜中に一人で車に乗っている。このシチュエーションは、かつて一度あったな、と思い出した。いくつだったろう。二十四かな、とにかく若かった。

最初に勤めた職場から、別の職場に移る直前だった。その人について、その人に誘われて、彼女は退職したのである。その人も、その会社を辞めた。だから、波風は立った。余計なことまで言われた。まだ、その人となにも関係はなかった。ただ、彼女が仕事のパートナとして必要だと彼は考えて引き抜いたのだった。彼女にしてみれば、それは青天の霹靂《へきれき》で、勧誘を受けてから二日ほど悩んだ。そして、土曜日の夜だったと思う、彼のところへ直接話をしにいったのだ。彼の住まいは、都内の六階建てのマンションで、そのまえに自分の車を駐車して、今と同じように、窓をあけて外気を吸って、まだ完全に決断ができない自分のことを情けなく思った。

駄目だ、今夜はまだ返事ができない。もう少し待ってもらおう、明日にしよう、と思い直してエンジンをかけたとき、マンションの出入口から彼が現れた。そして、すぐにこちらに気づいた。こんな時間にどこへ、と不思議に思ったが、彼も、こんな時間にどうしてここに、と尋ねた。彼は、ジョギングにいくと言う。「一緒に行く？」と誘われた。走ることは得意ではないし、そんな服装でもない。走るような靴でもない。「じゃあ、歩こう」と彼は言った。だから、車から降りて、夜の街を二人で歩いた。一時間くらいだったか。不思議なことに、彼は仕事の話を一切しなかった。長い橋の中間で、星空を見た。自分の気持ちと同じような、ぼんやりとした空だった。いつもは音楽を聴きながら走るんだけれど、今日は街の音がいろいろ聴けた、と彼は笑った。

その笑顔は、もうはっきりとは思い出せない。

ただ、自分は彼の笑顔を見た、ということだけなのだ。

時間が経つと、すべてのものが、みんな薄まっていくようだ。

マンションに戻ってきて、別れるときに、小川は思い切って、新しい職場でよろしくお願いします、と返事をした。そして、笑顔で頭を下げることができた。ところが、車に乗って一人で帰るときには、何故か涙が流れた。その意味は自分でもよくわからなかった。嬉しいのか、悲しいのか、なにかに感動したのか、そのどれもが違うようにも思えた。

ただ……、こんなふうに、人生って変わっていくのだな、と思ったことを覚えている。そのときの橋は、彼が亡くなった日に、一人で立って泣いた橋だ。もう、あそこへは行きたくない、と今は思っている。行けば、きっと今でも大泣きできるだろう。

電話が振動していた。真鍋からだ、と思ってすぐに出た。

「もしもし」低い声だった。聞いたことのない声。

「あ、もしもし、どちら様でしょうか？」

「小川さんですよね？」

「はい、そうですが……」

「今から、そちらへ行っても良いですか？」

「どなたですか？」

「佐曾利隆夫といいます」

2

時刻は十一時三十八分。彼女の視界にあるアパートの二階で動きがあった。ドアが開き、男が出てくる。こちらをちらりと見た。階段を下りて、道路へ出てくる。街灯の明るい場所で、全身がはっきりと見えた。黒いシャツにジーンズ。なにも持っていない。近づいてくる。

どうしよう、と思った。

何故、自分の電話番号を知っているのか。誰かに連絡をした方が良い。つぎつぎに考えが頭を巡ったが、それよりも早く、佐曾利が間近まで来てしまった。

小川は車を降りた。道路には、ときどき車が通る。歩道も、まったく人が歩いていないわけではない。近くで開いている店は見えない。街路灯は十メートルほどの距離。その明かりをバックにして、佐曾利は立った。こんな近距離で見るのは初めてだ。

「お話があります。よろしいですか？」落ち着いた口調で佐曾利が言った。ちょっと予想していた声とは違う。インテリジェンスを感じさせる話し方、そして表情だった。

「どこで、話しましょうか？」小川はきいた。「車の中で？」

「私の部屋へ来てもらうよりは、その方が安心なのでは？」

「ええ……、そうですね」

ドアを開けて、佐曾利を後部座席に乗るように誘った。小川は、迷ったが、運転席に座ることにした。いざというときに、クラクションが鳴らせると考えたからだった。

しばらく、シートに座った佐曾利は黙っていた。その時間がとても長く感じられたが、しかし、おそらく十秒もなかっただろう。小川は、自分から話しかけるのを避けた。ただ、躰を捻《ひね》って横を向き、彼をじっくりと観察した。無表情で、こちらを見つめる目は、ぞっとするほど冷たい。狼《おおかみ》とか、野生を連想させる目だった。

「私のことを尾行されていましたね」佐曾利は話した。

小川は黙っていた。答えるわけにはいかないし、答える義務もない。

「私が、野田優花をつけ回している、と観測された。小川さんにそれを依頼した人物をご存じですか？」

どうしようか、と小川は迷う。彼をじっと見たままだった。

「いえ、答えられない立場は、もちろんそのとおりだと思います。しかし、私が、こうしてここへ出てきた、貴女に電話もかけることができた、どうしてだと思いますか？」

「わかりません」小川は初めて言葉で答えた。どうしてなのか、知りたかったからだ。教えてほしい、と思った。

「その依頼者が私に、小川さんの電話番号を教えてくれたからです。同様に、私を監視するように指示したことも、教えてくれました」

「それを、いつ知ったのですか？」小川はきいた。「最初からですか？」

「最初からです」

「では、尾行されていることを承知で、行動していたということ？」

「そうです」

「どうして?」小川はそこで少し笑ってしまった。何故笑ったのか、つまり、馬鹿馬鹿しいと感じたからだろう。けれど、呆《あき》れてしまうというよりは、それは酷《ひど》く不気味《ぶきみ》だった。自分が笑ったこと自体も不気味で、顔が引きつっているように感じた。「意味がわからない。何のために、そんなことを? 誰なんですか、依頼者は……」

「もう、いません」

「え?」

「ですから、もう、私を監視する仕事は終わったのです。それを貴女に伝えにきました。お互いに、無駄なことに、これ以上時間を消費するのは建設的とはいえません」

「もういないって、どういうことですか?」

「今後、小川さんのところへは、けっして連絡をしてきません。もう、これっきりだということです。小川さんからメールを出しても無駄です。リプライはない。もういないからです」

「ですから、いないっていうのは、どういう……。あの、どこかへ行かれたということですか?」

「そう思っていただいてけっこうです」

まさか、死んだという意味ではないだろうな、と小川は思った。それを言葉として口から出すには、あまりにも恐ろしすぎる。

「お話は、それだけです。では……」佐曾利は腰を浮かせ、ドアを開け、車から降りようとした。

「ちょっと、待って下さい」小川は、それを止めた。

佐曾利は座り直し、彼女をじっと見据えた。ドアは開いたままだ。

「もう少し、その……、詳しく説明していただけませんか。今のお話では、何がどうなったのか、まったくわかりません。昨日と一昨日の殺人事件は、誰のせいなんですか？　それとも、まったく無関係なのですか？」

「そんな話をしにきたのではありません。何の事件ですか？　私は知りません」

「知らないはずがないわ。だって……」

「私は、殺人犯でもないし、まして、爆弾魔チューリップでもない。誰かが、私がやっているように見せようとしているのは、認識していますが」

「え、誰かって、誰ですか？」

「ですから、それは……、小川さん、貴女には関係のない話です」

「佐曾利さんは、真犯人をご存じなのですか？」

「ええ、知っていますよ」

「知っているのなら、何故、警察にそれを言わないのですか?」

「何故、言わなければならないのですか?」

「何故って……、犯罪者を野放しにしていたら、貴方も罪に問われます」

「いいですか。知っているというのはですね、私がただその考えに納得している、ということです。そのような個人的意見を警察に訴えても、証拠を示せと言われるだけではありませんか? そんな面倒なことはしたくない。私には無関係のことなんです。違いますか?」

「でも、人が殺されているんですよ。それに、爆弾だって、放置しておいたら、いつか怪我人が出るかもしれません。個人的な意見であっても、警察は参考にすると思います。重要な情報かもしれません」

「貴女と、こんな議論をしても、私はなにも得られない。もう、帰ってもよろしいですか?」

「あの、今、おっしゃったことは真実ですか?」

「何ですか? 真実って」佐曾利はそうきき返し、不気味な笑みを見せた。

小川は、真実が何かを咄嗟に答えることができなかった。佐曾利は、車から出ていった。そして、歩道をアパートの方へ歩いていく。十メートルほど離れたところで一度振り返り、軽く手を上げた。挨拶をしたつもりなのだろう。

小川はまだ震えていた。

呼吸も鼓動も速かった。

額に汗が滲んでいる。

しかし、意識して、ゆっくりと息を吐いた。深呼吸を二回して、ハンカチで額を拭いた。顔が熱くなっているのを感じたが、その熱がゆっくりと引いていく。

とにかく、恐ろしかった。

鷹知が出ていって、自分一人だと知っていたのにちがいない。話をつけにきた、といったところだろうか。

さて、どうしたら良いのか……。

しばらく、小川は動けなかった。

3

鷹知は、タクシーを降りたあと、昨夜と同じように階段を駆け上がった。駐車場には、黒いハイヤはいない。マンション四階の通路を見たが、誰もいない。ほかのフロアも同じだった。等間隔でライトが光っている。時刻は十一時を回っていた。エレベータに乗り、四階に上がって、野田の部屋の前に立った。チャイムを鳴らす。その音が微《かす》かに聞こえた。十秒ほど待っても野田は出てこなかった。さらに五秒ほど待って、もう一度チャイムを鳴らした。それでも、静まり返った空気は変わらなかった。彼は、ドアのノブに手をかけた。

施錠されている。変だ。ついさきほども、タクシーから電話で来訪を伝えたはずなのに……。

「こんばんは」やや大声で呼び、ドアを叩いた。

嫌な予感がした。

鷹知は、新聞受けの裏へ手をやった。ざらついた壁との隙間に指が入る。端から指をスライドさせていくと、感触があった。薄いものがある。新聞受けの裏の突起に引っ掛かっているのだ。少し持ち上げて、それを取り出すことができた。

もう一度、チャイムを鳴らし、反応がないことを確認してから、その鍵をドアノブの鍵穴に差し入れた。

ドアが開く。「こんばんは」と呼ぶ。

すぐ前にドアがあって、ガラス越しにその先のリビングが明るいことはわかるが、動くものはない。

「野田さん、鷹知です」と大きな声で呼んだ。「すみません。いらっしゃいますか？」

室内にいたら、聞こえないはずはない。左手にバスルームがあるが、音はしない。靴を脱いで、通路を進み、躊躇なくドアを開けた。

昼間、鷹知が座ったソファに、野田優花が寝ていた。片脚が床に落ちている。向こう側の肘掛《ひじか》けに頭をのせ、目を瞑っていた。

鷹知は、彼女に駆け寄り、最初にその白い首を見た。だが、跡はない。

テーブルには、飲みものの入ったグラスがあった。横に置かれた瓶は炭酸水のようだが、既に気泡の数は少ない。

「野田さん」呼びながら、彼女の肩に触れる。

死んでいるわけではない。息がある。ぐったりしている。躰を揺すっても起きない。何度か試したが駄目だった。普通に眠っているのではないことは明らかだ。なにかを飲んだのなら水を飲ませた方が良い、と聞いたこともあるが、確かとはいえない。携帯電話を取り出して、一一九番を呼び出した。

電話に出た係員に住所を知らせ、女性が部屋で倒れている、意識がない、と連絡をした。その電話を切ったあと、警察へ電話をかけようと思った。しかし、岩瀬の携帯電話の方が操作が簡単だった。

「もしもし」岩瀬が出た。

「鷹知です。今、野田優花さんのマンションへ来たのですが、彼女が倒れていて、意識がありません。救急車を呼んだところです。警察もすぐに来て下さい。お願いします」

「鷹知さんが見つけたのですか？」

「彼女から来てほしいと電話を受けて来たんです。ドアに鍵がかかっていましたが、合鍵の隠し場所を教えてもらっていたので」

「外傷は？」

「いえ、見たところありません。首を絞められたわけでもないようです」

「息をしているんですね？」

「あ、ええ、そうです。睡眠薬かな……」

「わかりました。すぐ行きます。そこにいて下さい。救急車が来るまでは、玄関の鍵をかけておくように。万が一のことがあります」

「ああ、ええ、そうですね」

電話が切れた。鷹知は、室内をざっと確認した。誰かが潜んでいるかもしれないからだ。ベランダも調べた。玄関を施錠するようにと岩瀬が言ったのは、殺人者が襲ってくるという心配だろう。それはない、と彼は思った。野田は、自殺を試みたのではないか。薬を飲んだ可能性が高い。そう考えて、バスルームに入って、洗面台の棚を調べた。それらしい瓶は見つからない。次に、寝室のサイドテーブルの引出しを開けた。そこに薬の瓶があった。中には錠剤が、まだ沢山残っていた。少なくとも、大量に飲んだわけではなさそうだ。楽観的な観測だが、そうあってほしいと思った。

4

十二時ジャストに真鍋瞬市がやってきた。欠伸をしながら軽く頭を下げ、車の後部座席に乗り込んだ。

「あれ、鷹知さん、もう帰ったんですか？」彼は時計を見た。「もしかして、僕、遅刻しちゃったかな」

「あのね、さっき、ここに佐曾利さんが来たの」小川は躰を捻って、後ろを振り返った。

「ここって、どこですか？」

「そこ、君が今座っているとこだよ」小川は指をさした。

「佐曾利さんが？　え？　どうして？」

「知らないわよ、もう……。ああ、私、一人だったし、はぁ……、なんか、今でもどきどきしているんだから」

「なにか、言っていました？　どんな人なんですか？」

「うーん、わからない。とにかく、もの凄く恐かったから」

「鷹知さんは？」

「うん、野田さんが心配だからって、あっちへ行っちゃった。ああ……、もう、どうしよう」

「どうしようもないんじゃないかなぁって、思いますけど」

「あのね、とにかく、佐曾利さんは、私たちが張込みをして彼を監視していることを知っているの」

「え、気づかれたんですか？」

「違う違う、最初から知っていたって言うわけ。えっと、私に調査を依頼した人から聞いたんだって言うの。どう思う？」

「誰なんですか、それは」

「教えてくれなかった。私の携帯の電話番号も知っているの。電話をしてきたんだから」

「電話をしてきた？」

「そう、電話がまずあって、今からそちらへ行きますって言うわけ」

「へえ……。それは、礼儀正しいですね」

「どうして？」

「突然ここに来たら、小川さん、もっと驚いたでしょう？」

「驚いたわよぅ！　パニックになっていたかも」

「なにか、脅されたんですか？」

「いえ、うーんと、とても、その、なんていうか、落ち着いた感じで、言葉遣いも丁寧で、しかも理屈も通っていて、論理的な感じっていうか」

「インテリですからね」

「まいったわぁ、本当に……。はぁ」小川は溜息をつく。「あ、そうそう、もう依頼人はいなくなったって言うのよ」

「え！」真鍋は声を上げた。「うわぁ、マジで？」

「だから、もう張込みをする必要はない。無駄だから、もう帰れって」

「いなくなったって、言ったんですか？」

「そうよ。どういうことってきいたんだけれど、教えてくれない」

「殺したっていう意味なんじゃないですか？」

「うっそ！　そんな……、まさか……」

「えっと、坂下さんか、茶竹さんか、どちらかが、依頼人だったのでは？」

「そんなぁ……、わあ……、ちょっと待ってね……」

「何を待つんですか？」

「煩《うるさ》いわね、話しかけないで。えっとぉ……、メールを送ってみる」

小川は、助手席のシートに置いてあった携帯電話を摑んだ。ところが、ちょうどそれが振動した。電話がかかってきたのだ。鷹知からだった。彼女は、慌ててそれを耳に当てる。

「小川さん、そちら、大丈夫でしたか？」

「あ、ええ、大丈夫だけれど、あの、ちょっと、びっくりするようなことがあって……」

「こちらもなんですよ。野田さんが、どうも自殺を図ったようで……」

「え！」

「いえ、生きています。救急車が来て、今、僕もそれに乗って病院に到着したところです。血圧がだいぶ下がっていますが……」

「えっと、怪我をしているの？」

「ああ……。いえ、そうじゃなくて、たぶん、睡眠薬だと思います」

「ああ……。では、鷹知さんが駆けつけて、良かったですね」

「そのとおりです。警察もマンションに来ました。あの、そっちの、びっくりすることって、何ですか？」

「あのね、佐曾利さんと会って、話をしたんです。彼、ここへ話をしにきたの」

「出てきたんですか？　小川さんと知って、会いに来たということですか？」

鷹知に事情を説明する。話しながら、後ろのシートを見ると、真鍋が腕組みをして、目を瞑っていた。まさか寝ているのではないか、と一瞬思った。

「そうですか……。ちょっと、どういうつもりなのか、よくわかりませんね」鷹知が言った。「とにかく、こちらが一段落したら、そちらへ戻りますので。小川さんは、まだそこにいますか？　それとも、もう張込みをやめますか？」

「まだ決めていません。真鍋君と今から相談します。電話をして下さい。何時になってもかまいませんから」

「わかりました」

電話の内容を真鍋に話すと、真鍋はじっと腕組みをしたまま考えていた。さほど、驚いた様子でもない。

「真鍋君、眠いの？」小川はきいた。

「ええ、ちょっと……」

「寝てこなかったの？」

「いえ、三時間くらい寝ましたよ、徹夜に備えて」

「それじゃあ、コーヒーを買ってきてあげるから、見張っていてね」

「えっと、もう見張らなくても良いってことなのでは？」

「そんな、簡単に信じるわけにいきますか」小川は振り返る。

「ほら、小川さん、見張ってないじゃないですか」

「君が見ているから、振り返っただけ」

「そうですか。いっそ、張込みなんかやめて、ファミレスでも行きませんか。クーラの効いたところで、スパゲッティとか食べたいですね」

「私としては、その選択はないな。せめて、明日の朝までは」小川は運転席で前を見たまま言った。「調査料をもらっているんだから、それだけのことはしなくちゃ。それが誠実な仕事ってものでしょう?」

「じゃあ、コーヒー買ってきて下さい」

「ちゃんと見張っていてよ。寝たら怒るからね」

「ホットじゃなくて、冷たいカフェオレをお願いします。あと、アイスクリームも」

「よぉし」小川は返事をして、外に出た。

コンビニへ歩く間、野田優花のことを考えた。彼女を一番近くで見たのが、コンビニの店内だったからだ。薬を飲んで、鷹知に助けてもらおうと考えたのかもしれない。それほど、追いつめられた事態だったのだろうか。しかし、その原因が佐曾利隆夫にある、という状況にやや違和感を持った。佐曾利本人に会ったあとだから、そう感じるのだ。

わざと見せているのかもしれないが、ストーキングを続けていることは事実。今の佐曾利は、勤めも辞めてしまい、毎日かつての同居人を追いかけている。それが真実ならば、まともな神経を持った人間の行動とは思えない。しかし何故、彼は依頼人のことを知っていると言ったのか。何故、わざわざそれを言いにきたのか。

コンビニで買い物をしている間も、佐曾利のことを考えていた。どんな生活をしているのか。そういえば、コンビニに入るところを見たことがない。一人で生活をしている人間には珍しいのではないか。節約のために自炊をしているということか。

車に戻ると、真鍋が後部座席で口を開けて寝ていた。

「こら！」ドアを開けて、彼を起こす。「信じられない奴」

「あ、すみません。考えているうちに、眠くなっちゃって」

「考えるまえから、眠たかったんじゃないの。佐曾利さん、出ていったかもしれないわよ。どうするの？ 今夜、事件が起こったら」

「今夜、事件を起こすつもりなら、わざわざ、もう張込みをするな、なんて言いにきませんよ」

小川も後部座席に乗り込んだ。後ろのシートの方がスペースが広いからだ。ホットコーヒーを飲んで溜息をついた。真鍋は、アイスカフェオレをドアのポケットに置き、アイスクリームをさきに食べ始めた。窓から入る夜風がときどき仄かに気持ち良い。

「変なんですよねぇ」真鍋が呟いた。

「何が？」

「その、やっぱり、依頼者が、小川さんの電話番号を佐曾利さんに教えるっていうのが、どう考えても変なんですよ」真鍋が答えた。

「何を言い出すかと思えば……」小川は少し可笑《おか》しかった。「変だよ。もの凄く変だよ。でも、そう話していたし、現に、番号を知っていたんだから。事実ってことはまちがいないんじゃない？」

「これから、貴方に監視をつけますからって言うのは、まあ、わからないでもないんです。そうやって脅せば、佐曾利さんは無茶なことができなくなります。抑止の意味がある。嘘ではないこともわかる。現に、監視している人間も現れた。もちろん、僕たちのことです。佐曾利さんも、その気になって注意をしていれば、すぐにわかったでしょうね。ええ、ここまでは全然おかしくない。たとえば、野田さんが依頼者で、佐曾利さんに頭を冷やすように、という意味で最初から監視をさせると告げた、という可能性もあります。また、佐曾利さんのストーキングを知っている誰かが、佐曾利さんが一線を越えた行為に及ばないように、という目的でやったかもしれません。見張られていれば、さすがに、危険なことはしないだろう、という計算です。いずれも、佐曾利さんが監視に気づいていてはじめて効果があります。だから、教えたわけです」

真鍋はアイスクリームを食べながら話している。ストロベリィ味である。以前に、バニラを買ってきたとき、ストロベリィの方が良かった、と恨めしそうに言ったのを小川は覚えていたのである。彼女は、ホットコーヒーを飲みながら聞いている。小さな車の中で、同じシートに並んで座っていた。小川は、八割は前方のアパートを見ていたが、ときどき、真鍋の顔を見た。真鍋は、もうアパートを見ようともしない。完全に張込みを放棄したようだ。なにか、彼なりに考えるところがあるのだろう。それを説明しようとしているのだ、と小川は期待した。

「でもですね……、それにしてもですね……、小川さんの電話番号を教える理由はないでしょう？　そんなことしますか？　佐曾利さんが尋ねて、それに対して答えたということでしょうか？　でも、これもありえない。そんなことをしたら、佐曾利さんは、小川さんに連絡をするかもしれない。張込みなんかやめろって言うかもしれない」

「だから、それを言いにきたわけじゃない」

「でも、いいですか、ここが肝心なところです。連絡を取ったら、困りませんか？　だって、誰が依頼人なのか、ばれてしまうかもしれないじゃないですか。佐曾利さんが話してしまうかもしれない。なのに、電話番号を教えるって、変なんですよ」

「絶対に、自分のことは言わないでほしい、と約束をして、教えたとか」

「そんな信頼関係のある間柄なんでしょうか？」真鍋は、スプーンを立てた。「変ですよ。もの凄く変なんですよ。でも……」そう言って、カップを擦《こす》るようにして、スプーンにアイスクリームをのせ、口にくわえる。「ああ、美味《おい》しかった。ごちそうさまです」

「でも、何？」

「でも？」

「でもって言ったじゃない」

「ああ、でも、バニラもときどき食べたいかなって……」

「殴《なぐ》るよ」小川は真鍋を睨みつける。「そうじゃなくて……」

「えっと、何の話でしたっけ？」

「電話番号を知らせるなんて、もの凄く変だって、ありえないって。でも……、何なの？」

「えっと……、一つだけ、変じゃない場合があるんです。それは、佐曾利さん自身が依頼者だった場合です」

「え？」

「彼が依頼者だったら、自分なんだから、いっぺんに全部情報が伝わるわけですよ。

僕たちが張っていることも、小川さんの電話番号も」

「どうして、佐曾利さんが依頼するわけ？」

「さあ……」

「さあって、何なの？」

「どうしてでしょうね」

「だいたいさ、それだったら、依頼者はいなくなったっていうのが、もの凄く変じゃない。どういうことなの？」

「さあ……」真鍋は、アイスカフェオレのストローを吸っている。

「あのね、ちゃんと考えてる？」

「考えてますよ」

「寝ぼけてるだけじゃない？」

「寝ぼけてはいるかもしれないですけど、考えてもいます」

「自分の監視を依頼するって、どういうこと？」

「自分が暴走しないように、見張っていてほしい、ということじゃないですか。抑止ですね、さっきの話と同じですね」

「うーん、何？　どんな暴走をするの？　自分で止められないってこと？」

「あるんじゃないですか、そういうことって。理屈ではわかっていても、ときどき、むらむらっとして、なにをしでかすかわからないっていう、そんな感じです」

「ストーカしているうちに、相手をどうかしてしまうってこと？」

「まあ、そんな感じですね」

「違うよ、それは」小川は首をふった。「わざと、私たちに見張らせて、アリバイを作ったってこと。えっと、この話、したよね。そうだ、そうじゃない？　アリバイ作りをしたんだ」

「いえ、それはないです」真鍋は首をふった。

「え、どうして？」

「あの時点では、その可能性があるかなって思いましたけれど、今は違います。だって、佐曾利さんは、小川さんに会いにきたじゃないですか。しかも、最初から張込みを知っていたとばらしたんですよ。もし、アリバイを作りたかったのなら、そんなことは言いませんよね。知らない振りをしているままの方が絶対に有利です。知っていたとなると、アリバイにもなにかトリックがあるんじゃないかって勘ぐられるだけです。そうでしょう？」

「うーん」小川は腕組みをして、シートにもたれた。真鍋の言うことは理屈が通っている、と感じたのだ。「てことは……、殺人犯は、彼ではない、ということ？」

「そう思います。あと、依頼者がいなくなったっていうのは、もう自分にその気がなくなったという意味じゃないですか？ もう調査依頼をする動機がなくなった。だから、もう監視をしなくても良いと」

「どうしてだろう？」小川は呟く。

「わかりませんけれど、もうストーカをしなくても良くなった、ということでしょうか。もう、暴走する心配がなくなった」

「わからない……、全然わからない」

「佐曾利さんは、野田さんが自殺したことを知っているのでは？」

「え？ でも、死んだわけじゃあ……」

「命を取り留めても、自殺しようとしたということで、もう許せると考えたのかもしれませんよ。野田さんが出ていって、佐曾利さんは自分が傷ついた、と思っているわけです。だから、それと同じ傷を、野田さんにも負ってほしい。それで、プレッシャをかけていた。自殺を図ったとなれば、それは、野田さんも傷ついていたという証拠ですから、彼にとっては一つの成果なんじゃないですか？」

「難しいことを言うなあ……」小川は頭を抱える。「私には、わからない」

「というか、佐曾利さんに直接問《と》い質《ただ》すのが良いと僕は思いますけれど」

「いや、ちょっと待って」小川は片手を広げる。「早まらないで」

「早まってはいませんけれど」

5

鷹知はまだ病院にいた。まもなく、午前二時である。通路のベンチに座っていて、野田は治療室に入ったまま。医師も看護師も何度か出入りをする。そのたびに立ち上がったが、なにも教えてくれない。少なくとも、野田は生きているようだ。死んだら、教えてくれるはずだから。

岩瀬刑事が姿を見せた。今来たところらしい。ほかにも二人刑事らしき若い男が一緒だった。

「どうですか？」岩瀬がきいた。

「わかりませんが、たぶん、大丈夫なのでは」鷹知は、自分の希望を口にした。

「話はできないでしょうかね？」

「さあ……。まだ、医者もなにも話してくれません。容態に変化がないということかと思います」

「茶竹さんの携帯の履歴を調べたところ、最後に通話しているのは、野田さんなんです。十二時半頃に一回、その十五分後にもう一回です。いずれも、野田さんからかけたものです」

「そうですか。心配だったから、かけたんでしょうか？」

「電話をかけるには、非常識な時刻ですけどね。メールならばわかりますが」

「でも、九時半頃から食事に出ていったのですから」

「私が思うに、被害者がどこにいて、いつ帰ってくるかを野田さんは知っていたわけです。電話でそれを確かめたのかもしれない」

「それで？」

「待ち伏せをする場合、いつ帰ってくるかを知りたい。そうじゃないですか？」

「野田さんが、茶竹さんを殺したっておっしゃるのですか？」

「いや、そこまでは言っていません。ただね、野田さんが誰かに、教えたんじゃないか、あるいは、誰かに頼まれて電話をしたのではないか、と……」

「共犯だと？」

「共犯という意識は、本人にはなかったかもしれない。ただ、結果的に、そうなった。まあ、そう考えると、茶竹さんの死で、自責の念にかられて、というわけで、話が通りませんか？」

「誰から頼まれたと？」

「くれぐれも、内密に……」岩瀬は頭を低くして、横から鷹知を睨んだ。「ずばり言いますが、私は……、坂下徹がすべてをやったと考えているんです」

「え？　でも……」

「鷹知さんに最初に会ったときですか……、ぴんと来たんですよ。気づかせてもらった。だから、お礼というわけじゃありませんが、今、こうして率直に話している。坂下徹が真犯人です」

「どの事件のですか？」

「全部」

「全部って？」

「二件の殺人、それから、爆弾魔チューリップも奴です」岩瀬はベンチで脚を組んで座り直し、通路の左右に視線を送った。離れたところに刑事が二人立っているだけだった。「二年まえの放火事件も、坂下が自分でやった。あのとき、私は、そんな発想さえしなかった。でも、今回同じ方法であちこちでやっている。時限装置かそれともリモコンか、どちらも可能なんでしょう。ようするに、時限装置だったら、海外へ新婚旅行に出かけていても、自分の部屋に火をつけることができたわけだ」

「目的は？」

「火災保険でしょうね。現金が入る。古くていらないものが燃えるだけ。大事なものは別のところへ移しておいたはずです」

「では、連続爆弾魔は、どうして？」

「さあ、それはわかりません。本人にきくしかないでしょう」

「きいたんですか？」

「いえ、残念ながら、昨日から行方不明です。一昨日の事件のあと、尾行させていましたが、まかれました。今、懸命に捜しています。どこかで、またサイタサイタってやりたいと思っているにちがいない。既に、だいぶ頭がおかしくなっているんですよ」

「奥さんを殺したのは、どうして？」

「不仲だった。それは、少し調べたらわかりました。それに、奥さんにも、きっと多額の生命保険をかけているでしょう。私はね、あの爆弾魔の事件は、奥さんを脅すためにやっているのだと見ています。奥さんは、もしかしたらですが、二年まえの放火事件のことを、うすうす気づいていたかもしれない。なにしろ、金だけ入って、大事なものが燃えていないって、わかりますからね。だんだん、それがわかってきた。旦那のことを怖がっていた。逃げようとしていたんじゃないかな。だから、あちらこちらで爆発させて、怖がらせていたんじゃないかって……」

「だったら、殺すときも爆弾で火を着けた方が……」

「いや、それは、さすがに目立ちますよ。あの……、一昨日は、奥さんが運転する車に、坂下も乗っていたんだと思います。それで、野田さんのマンションの駐車場に到着したところで、首を絞めた。車を調べましたが、不審な遺留品は出ない。指紋を拭き取った跡もまったくない。もちろん、旦那の指紋は沢山出ています。当たり前だ。隠す必要もなかったわけです」

「茶竹さんは？」

「彼女は、たぶん、連続殺人魔に見せかけるための殺しだったんじゃないかな」

「まさか……、そんなことで、危険な真似を？」

「爆弾を、繁華街に九回も仕掛けているような人間ですよ。その手の、何ていうんです？　えっと、スリルかな、病みつきになっている。わくわくするんでしょうな。同じ感動をもう一度ってなる……」そう言うと、岩瀬は頭の横で指を回した。ふっと息を吐いたあと、軽く舌を一度打った。「野田さんに話が聞きたい。女三人で何をしていたのか。野田さんは、どこまで知っているのか。電話で、茶竹さんの居場所を聞き出したのは、誰に知らせるためだったのか」

「意識が戻れば、聞けるんじゃないですか」鷹知は答えた。

岩瀬が話したことは、彼にはまさに寝耳に水だった。坂下には一度だけ会った。まさかそんなことをする人物には見えなかった。普通に会社勤めをしている平凡な市民だ。おそらく、アリバイなどは警察がとうに調べ上げているのだろう。物理的に可能だということは理解できる。しかし、物理的に可能な人間は、世間にいくらでもいるのだ。

また、さきほどから考えていることは、佐曾利が小川に会いにきた、という話だった。張込みを最初から知っていた、と佐曾利が話したという。それは、どういうことだろう。いったい、依頼人は誰なのか。そして、監視をさせた理由は何なのか。

6

午前四時に、小川、真鍋、鷹知の三人は、二十四時間営業のファミレスにいた。小川たちは、予定を二時間以上残して張込みを中止した。鷹知は、野田が治療を受けている病院にいたが、小川から電話で呼び出されたのである。

小川と真鍋の二人はワンボックスカーに乗って、病院の近くまでやってきた。そこで鷹知を乗せて、開いている店を探した。野田の容態は安定している、と医師から説明があり、それを聞いたあとだったので、鷹知は病院を離れることにした。警察が見張ってくれることは確認してきた。自宅にいるよりは、ずっと安全だろう。

真鍋はスパゲッティを注文したが、小川と鷹知はホットのコーヒーにした。朝食を食べるには少し早い。店は寒いくらいクーラが効いていて、長居ができないようにしているかのようだった。

鷹知が、岩瀬刑事から聞いた内容を話すと、小川も真鍋も口を開けて驚いた。二人はお互いに見つめ合ってから、鷹知に質問した。

「逮捕する、というような段階なんですか?」小川がきく。

「なにか、証拠を摑んでいるわけですね?」真鍋がきいた。

「詳しくはわからないけれど、令状を請求しているみたいだった。家宅捜索をしたい、ということだね、たぶん。本人はどこかへ逃亡している、と警察は見ているんだ。奥さんが死んだ夜にはちゃんと警察の事情聴取を受けている。茶竹さんが死んだ時刻には、既に行方不明だったらしい」

「なんか、変ですね」真鍋が呟くように言った。

「変というと？」鷹知がきいた。

「わかりませんけれど、逃げるというのが、ちょっと、変かなって」真鍋は首を傾げている。

「逃げているかどうかはわからないでしょう？　単に、どこかへ遊びにいっているだけかもしれないわよ」小川が言った。

「奥さんが死んだ次の日にですか？」真鍋がすぐに指摘する。

「ま、それは、人それぞれだから」小川は苦笑いする。「それよりもね、鷹知さん、これ、真鍋君の説なんだけれど……」

小川は、真鍋が言い出したという、依頼人は佐曾利本人だという説を鷹知に話した。店員が、コーヒーを二人に運んできたので、話が終わってから小川は口をつけた。真鍋のスパゲッティはまだのようだ。

「なるほど」鷹知もカップを持ち上げて話した。「そうか……。それは、ストーカなら、ありえる心理かもしれない。誰かに自分を止めてほしいという気持ちを抱く人がいる、と聞いたことがある」

「ね、そうですよね」真鍋が口許を緩める。小川に、どうだという顔である。

「いろいろひっくるめると……、佐曾利さんは、単なる軽度のストーカであって、爆弾事件にも、殺人事件にも、関係がないってこと？」小川は考えながら話す。「野田さんは、坂下さんとつながりがありそうだけれど……」

「政治家も、関係なかったんですね」真鍋が言った。

「岩瀬刑事の話では、彼女たち三人は、なにか商売をしていたんじゃないかってことだった。これは、裏は取れていないみたいだけれどね」

「何ですか、商売って……」小川はきいた。「あ、もしかして、男性相手の？」

「うん、あの野田さんの部屋が、それに使われていた可能性が高い。坂下さん、茶竹さんも、あの部屋を自由に使っていたみたいなんだ。野田さん以外の女性が、ドアの鍵を開けて入るのを、同じフロアの住人が目撃していたらしい」

「じゃあ、島純一郎も客だったわけですか？」真鍋が言う。「それは、なかなか凄いですね。だとしたら、ご主人が、奥さんを殺した動機もそれなんじゃあ？」

「そこまで、純情ではないと思うな、私は」小川が微笑んだ。

「純情ですか？」

「もしかして、佐曾利さんは、それを知っていたんだろうか」鷹知が言った。「だとしたら、佐曾利さんが調査の依頼人だというのも、わからないでもない」

「え、どういうこと?」小川がきく。

「うん、つまりね、自分を監視させたわけだけれど、結果的に、野田さんへ目を向けさせるのが目的だったんだ。野田さんをずっと追っているのを見たら、普通は野田さんに話を聞きにいくよね。それに、野田さんも、佐曾利さんがつき纏っていることを知ることになるし、そうすることで、彼女たちの商売を邪魔しよう、あるいは、やめさせようとしたんじゃないかな。現に、著名人を目撃することになったわけで、こういうのは、商売には痛手だよね」

「うーん、ちょっと、なんか、あまりに間接的すぎませんか?」真鍋が言った。

「いや、まだ、調査は始まったばかりだった。依頼人は、次は野田さんを調べてほしいとか、三人の女性が何をしているか調べてほしい、と要望を出すつもりだったかもしれない。最初に自分を監視させれば、依頼人が佐曾利さん本人だとは思われない、という計算があったんじゃないかな。実は、本命は彼女たちの方だった。ところが、こんな事件が起こってしまって、逆に、目的は遂げられた。だから、もう、調査をする必要がなくなった。それを、小川さんに知らせにきたんじゃないですか?」

「なんか、納得しちゃいそう」小川は頷いた。「今のは、ええ、筋が通っていますね」

スパゲッティが来た。鉄板の上にのっている。真鍋が嬉しそうにフォークを手にした。

話はそこで途切れ、小川は真鍋が食べるところを眺めていた。食べるときの彼は、子供のようだなと鷹知も微笑ましく思った。

「あの、でも……」食べながら、注目の真鍋が言った。「今の話だと、佐曾利さんと坂下さんは、まったく無関係ということですか？　あまりにもタイミングが良くないですか？」

「何のタイミング？」鷹知はきく。

「佐曾利さんが姿を眩《くら》ましたときに、たまたま、坂下さんが、奥さんを殺した。ほぼ同じ場所、同じ時間にです」

「何が言いたいの？」小川が尋ねた。「佐曾利さんと坂下さんが連絡を取り合っていた、ということ？」

「うーん、それもあるかもしれません」真鍋は頷いた。「でも、なんかしっくり来ませんね。元会社の先輩と後輩、その二人がつるんで、女性を殺すっていうのが……。三人のうち二人は、彼らの妻と元同居人。それから、えっと、野田さんは、何故自殺をしようとしたんでしょうか？」

「それは、恐かったから」小川が答える。「友達が二人も殺されたんだから」

「どっちが恐かったんですか？　佐曾利さんですか、それとも坂下さんですか？」

「うーん、どっちかなぁ」

「彼女が目を覚ましたら、話をきいてみるよ」鷹知は微笑んだ。「たしかに、今話したような関係が部分的に実際にもあったかもしれないけれど、ただ、それほど簡単なストーリィではないように思う」

7

空が少し明るくなってきた頃、三人はファミレスを出た。鷹知は、病院へ戻ると言うので、彼を病院まで乗せていき、そのあと、二人は事務所へ戻ることにした。ただ、相田の事務所には駐車場がない。結局、もうレンタカーを返すことに決めた。

「ガソリンを入れて返さないと」小川は呟く。「ガソリンって、どうやって入れるんだっけ？」

「スタンドで入れるんじゃないですか」真鍋が言う。

「ああ、あった、あった、これか」小川は低い位置にある、ガソリンタンクのハッチを開けるレバーを見つける。

車を走らせるまえに、どこかからサイレンが聞こえてきた。消防車のサイレンのようだ。しかし、周囲を探しても、煙や火が出ているようなところはなかった。駐車場から大通りへ出ていく。

「鷹知さん、野田さんから仕事を受けているのですか？」交差点の赤信号で停車させたとき、小川は後部座席の鷹知に尋ねた。助手席には真鍋が座っている。

「いえ、二年まえのアフタ・サービスというだけです」鷹知は答える。「佐曾利さんの監視は、仕事でしたが」

「あ、そうだ、今度、振り込んでおきますね」

「催促《さいそく》したわけじゃありません」鷹知は笑った。「野田さんの方は、ボランティアです。今から、病院へ行くのもそうですね。なんとか、彼女を助けたいと思っています。あの人は、どことなく、その、悲愴感があるんですよね」

「あ、それは、そうかも」小川は言った。コンビニで見たときの印象しかなかったが。「でも、夜中に電話で呼び出すなんて、ちょっと甘えているというか、うーん、言い過ぎかもしれませんけれど、鷹知さんも、そこまでしなくても良いのではって、私なんかには思えますが」

小川が言いたかったのは、野田が鷹知を呼び出したのが、まるで今から自殺するから助けにきてくれというような行動に思えたことだった。

「非常識だと思いますよ、僕も」鷹知は普通の口調で答えた。小川はバックミラーで鷹知を見たが、特に怒っているような顔ではなかった。「小川さんだったら、どうしますか？」

「え、どういうこと？」

「つまり、それほど親しくもないけれど、知合いの人物から、恐いから助けてくれ、もう死んだ方がましだ、なんて言われて、放っておいたら自殺しかねない、という状況だったら、ということです」

「うーん、ちょっと待ちなさいって言いますね」

「でも、相手は電話を切ってしまう。どうします？　放っておきますか？　自殺したいなら自殺すれば良いって、そう割り切れますか？」

「うーん」小川は唸った。自分は何を考えているのか、と思った。

「僕は、放っておきますよ」真鍋が横で言った。「死ぬのはその人の自由だと思います。すぐ助けにきてほしいと言われれば、行くかもしれませんけれど、自殺します、と言われても、たぶん、警察へ電話をするだけですね」

「私は、やっぱり、助けにいくと思う」小川は言った。最初から、それはわかっていた。考えるようなことではなかった。それは理屈ではないのだ。単なる性格の問題。だから、真鍋も間違っているのではない。

「小川さんは、きっとそうだと思います。真鍋君は、それで良いと思う」鷹知は言った。小川も同感だった。

「鷹知さんは、僕に近いかなって思っていましたけど」真鍋が言う。

「そうだね、小川さんよりは、真鍋君側だと思う」鷹知は答えた。

サイレンの音が近づいてきた。

「どこ？」小川が言う。バックミラーを見た。赤い回転灯が見えた。「わ、後ろだ」

車を路肩に寄せて、停めた。ほかの車も、消防車のために道を開ける。まもなく、小川たちの車の横を大型の消防自動車が通り過ぎた。

「何だろう？　近いみたいですね」真鍋が言った。

約五分後に、病院の近くに到着した。建物は、大通りからかなり奥まっていて、高層の病棟はまだ遠い。隣接した公園の近くに病院用の広い駐車場もある。病院入口の交差点から、正面ロータリィへ入っていくつもりだったが、そちらに五台ほどの消防車が連なっていた。道には消防隊員が数名見えた。信号を右折したところで、小川はそれに気づいたのだ。彼女は、車を駐車場の方へ進めるしかなかった。

「病院で火事？」小川は言う。

「でも、煙も見えませんよ」真鍋が言った。

パトカーのサイレンも近づいてきた。正面の近くには、既に数台のパトカーが到着しているようだ。駐車場は、時間外の一部だけが開放されていた。そこに駐車して、三人は車から降りた。

病院の正門へ向かって駆け出していた。鷹知が先へ行く。彼が走るので、小川も真鍋もついていく。話をする暇もない。

途中、鷹知は一度立ち止まった。正面玄関には、警官や消防隊員が沢山いる。彼らの落ち着いた動きを見ると、既に火は消し止められたあとのようだ。

「裏口がこちらに」鷹知が振り返って言った。

建物の横へ回り、コンクリートの階段を上がった。大きな鋼鉄製のドアがあって、鷹知がそれを開ける。関係者以外は使わない出入口にちがいない。中に入り、数メートル進むと、照明を反射する白い床の通路が左右に真っ直ぐに延びていた。左のずっと先が正面玄関から入ったホールのようだ。人影が見える。

鷹知は、近くの階段へ行き、そこを駆け上がった。踊り場でターンし、また階段を上る。二階を過ぎ、さらに上へ。

「何階なんですか？」三階の手前で、小川が尋ねた。

「六階」と鷹知は答える。そして、さらに速度を上げて、上へ行ってしまった。

目的地がわかったので、小川は多少速度を緩めた。三階には、明るいナースステーションがあった。それを見て、彼女は深呼吸をした。後ろから来た真鍋が、小川にぶつかりそうになる。

「どうしたんですか？」真鍋がきいた。

「なんでもない。まだ半分」

「違いますよ、五分の二です。四十パーセント」

意味がわからなかったが、また階段を上った。一階から二階への階段が長かったが、その後は短い。一階の天井が高かったのだな、と小川は考えた。四階を過ぎ、五階へ。あと一階である。「エレベータがあったんじゃない？」と呟いていた。

ようやく、六階に到着した。通路に出て、左右を見る。右手に人が見えた。何人かいる。そちらへ、自然に足が向いた。

焦げたような異臭が立ち込めていた。

8

鷹知が駆けつけたとき、警官と消防隊員たち、さらに病院のスタッフと思われる数名が通路に立っていた。消防隊員の一人は消火器を片手に持っている。通路に備えられた消火栓からホースが延びていた。彼らが見ている部屋は、治療室だった。つい数時間まえに野田優花がいた場所だ。鷹知は、そこに足を踏み入れたことはない。この通路でずっと待っていたのだ。通路の床は今は水浸しになっていた。

「何があったんです？」鷹知は警官に尋ねた。

「貴方は？」

「野田優花さんの友人です」

「そうですか……。ここで、火事がありました」

ドアが開いている。窓はガラスが割れていた。中は、なにもかも黒い。家具らしき残骸は倒れ、天井も壁も焼けただれている。反対側の窓まで見通せた。ベッドらしき骨組みが幾つかある。あとは計器類の金属ケースが残っている。小さな消火器だけで消せる火ではなかっただろう。見ると、窓の外に梯子車のゴンドラがあった。外部からも放水をしたようだ。部屋の中には、防火衣を着た隊員が三人いた。火が残っていないか確かめているのだろうか。

「野田さんは？　この部屋にいたはずです」鷹知はきいた。

「その方かどうかは、わかりませんが、一名をさきほど救出しました。えっと、どこかで治療を受けているはずです」警官が答える。

「どうもありがとう」鷹知は、病院の関係者らしい人物の方へ歩いた。「あの、どこへ運ばれたんですか？」

「あ、えっと、三階だと思います」男が答える。白衣を着ていた。「火傷の治療をしていると思いますが……」

「火傷？」鷹知は部屋を再度見た。「何が燃えたんです？　火元は？」

「いえ、わかりません」男は首を振る。「火が出るような場所じゃない。燃え方が尋常じゃなかったから、もしかして酸素かなって、話しているんですが……」

小川と真鍋がいることに鷹知は気づいた。彼女たちに、こちらだと無言で合図をする。三人は、エレベータホールへ行き、ボタンを押して待った。

「野田さんのいた部屋？」小川が心配そうにきいた。

「そう……」鷹知は頷く。それ以上は、言葉にならない。小さく、溜息が出た。それは、自分に対して、落ち着け、という溜息だった。

三階に下りると、通路に顔見知りの若い刑事がいた。岩瀬と一緒にいたことがある。名前は知らないが、向こうはこちらを知っているようだった。

「野田さんは、大丈夫ですか?」彼に近づいて、そうきいた。

若い刑事は、無言で首をふった。そして、遅れてこう答えた。「まだ、治療中ですが、かなり、その、酷い状態でした。たぶん……、無理じゃないかと」

鷹知は、言葉がなかった。小さく頷くしかない。そして、振り返った。小川と真鍋がこちらを見ていた。小川は、片手を口に当てて、目を見開いている。

「はっきりとしたことはわかりませんが」刑事が続ける。「見つけたのは、夜勤の看護師で、計器からの信号が途絶えたので、見にいったのです」

「誰か、見張っていなかったんですか?」鷹知はきいた。警察が警護をしていたはずだ。

「ええ、六階の通路の、少し離れたところに、エレベータの近くですが、警官を配置していました。ほかには、ロビィと、外の車におりました。その看護師と通路にいた警官が部屋を確かめるためにドアを開けたら、炎が噴き出たそうです。猛烈な火で、中へは入れなかったそうです」

「どうして、火が？」

「わかりません。酸素に、漏電《ろうでん》した火花が引火したのではないかと、病院の人は話していますが、それは、おかしいですね。そんな生易しい燃え方ではない。短時間で、あんなに部屋中が燃えるとは思えません。ドアを開けて、余計に炎が上がったようです。事前に煙などはまったく出ていない。火災報知器も役に立ちませんでした。原因はわかりませんが……」

「もしかして、爆弾ですか？」鷹知はきいた。

「ええ、あるいは……」

「誰か、訪ねてきませんでしたか？　爆弾だとしたら、誰かが持ち込んだはずです」

「それが、警官は、不審な人物を誰も見ていません」刑事はそう言ってから、通路の先を見た。鷹知も振り返った。警官がこちらへ歩いてくる。

彼は刑事の前まで来て、軽く敬礼をしてから言った。

「ナースステーションできいてきましたが、夜中に医師は来ていないそうです」

刑事は、舌打ちをする。

「表の玄関の出入りを、確かめてきてくれ」と新しい指示をした。

それを聞いて、警官はまた通路を戻っていった。エレベータホールへ姿を消した。

「どうしたんですか?」鷹知が尋ねる。

刑事は溜息をついた。しばらく、考えているようだったが、鷹知を睨むように見た。

「三時頃に、白衣の男が、あの部屋に入ったそうです。警官は医師だと思ったと話しています」

「偽者だったということですか?」

「その可能性があります。両手でプラスティックの容器を持っていたそうです。それも、なにかの医療機器だと思ったようですが……」

「爆弾を持ち込んだのですね。それが時限装置で爆発した」鷹知が言う。

「爆発ではありませんね。音はしていない。発火するようなものだった。通路側のガラスは熱で外れ落ちて割れました。表の窓は、消防が割ったものです。爆発の衝撃ではなく」

「野田さんを助け出したのは?」

「消火後です。消防隊員が……」

なるほど、と鷹知は納得した。絶望的な事態を理解した。

「どんな男でしたか? その白衣の人物は」

「マスクをしていたそうです。背は、百七十くらい。中肉中背。それくらいしか……」

「どれくらい、ここにいたのですか？」

「五分もいなかったそうです」

刑事は、そこで立ち去った。エレベータで下りていったようだった。名前をきいておくべきだった、と鷹知は思った。そんな基本的なことを忘れていた自分に驚く。

三人は、通路を戻った。エレベータホールの前を通り過ぎる。少しさきにナースステーションがあり、そちらに階段室も見えた。鷹知は、階段の方へ歩いた。小川と真鍋もついてくる。

二階へ下りる途中の踊り場で、鷹知は立ち止まった。額の汗を、手で拭《ぬぐ》った。岩瀬と話をしなければならない。どこまで説明ができるだろう、と考えた。岩瀬は、坂下徹がやったと主張するのにちがいない。

「鷹知さん」小川が横に立っていた。「私たち、もう帰った方が良いと思います。鷹知さんは、どうされます？」

「僕はここで、岩瀬刑事を待ちます。たぶん、すぐにやってくるでしょう」

「佐曾利さんを見張っていなかったから、こんなことになったんでしょうか？」小川が眉を寄せて言った。

「わからない。そうかもしれない。でも、小川さんの責任ではありません」

「一つだけ、はっきりしましたね」真鍋が言った。「爆弾魔は、殺人に無関係ではない、ということです」

「そう……。そのとおり」鷹知は頷いた。「でも、あまりにも代償が大きかった。早く気づくべきだった。それに、ここにいるべきだった」

「ごめんなさい、私が誘ったから」小川が言う。泣きそうな表情だった。

「あ、いや、小川さん、それは違う」鷹知は手を広げて振った。「誰の責任かを考えてもしかたがない。僕も、自分を責めるなんてつもりもありません。そこまで思い上がっていない。ただ、ただ……、残念なだけです」

小川と真鍋が階段を下りていった。鷹知はふと思いついて、ナースステーションに戻った。野田が意識を取り戻していたかどうかを確認しようと思ったからだ。

「あの、野田さんの知合いのものですが……」とカウンタから、中にいた看護師に告げた。一人が神妙な顔をして近づいてくる。

「お兄様ですね？　あの、今、集中治療室です。あの……、大火傷をされて……」

「ええ、その話は、さきほど警察から聞きました。えっと……、僕は彼女の兄ではありません。友人です。どうして、お兄さんだと？」

「あ、いえ……、ごめんなさい。野田さんが目を覚まされて、しばらく入院になりますとお話ししたら、兄に電話をかけて、この病院にいると知らせてほしい、と頼まれたんです」

「お兄さんがいるのですか。知らなかった」

「ええ、そうおっしゃっていましたが……」

「その、電話は、誰がかけたのですか？」

「はい、私です」

「電話番号は？」

「あ、いえ……、それは、個人情報になりますので……」

「そうですね」鷹知は頷き、片手を広げた。「でも、それは、警察にすぐ話した方が良いですよ」

「はい……」困ったような表情で彼女は頷いた。「わかりました」

9

小川と真鍋は車に戻った。

「事務所へ行きますか？」真鍋が助手席で言う。

「そうね」小川は頷いた。

幸い、駐車場から出るときには、警官の検問もなかった。まだ、そんな態勢もできていないのかもしれない。犯人が病院の内部にまだ潜んでいる可能性は低い、と考えているのか。

「おかしいなあ」真鍋が呟いた。

「何が？」

「うーん、今、野田さんが殺人犯じゃないかって考えていたんです。佐曾利さんの調査の依頼をしたのも彼女が一番妥当な人物だという印象を与えるし、あと、その監視を利用して、自分は被害者だっていう印象も与えられるし……。鷹知さんも騙されて、利用されていた、ということなんですけど」

「野田さんが、友達二人を殺したっていうの？」

「いずれも、可能だったと思いますよ。親しいから近づくのも簡単だし」

「動機は？」

「それは、なにかあったんでしょうね。親しいほど、そういうものはあると思います。殺害方法も、ワイヤを使えば、女性でもできると思います。手袋をするか、握り手があるようなものを使えば」

「爆弾魔は？」

「それが、ちょっとわかりませんでした。偶然近くで起こっただけかな、と考えるしかない。それとも、そちらは、坂下さんなのかなって」

「もしかして、野田さんと坂下徹さんは、関係があったんじゃない？　二人でやったということはありえない？」

「野田さんが、茶竹さんに電話をかけているのも、それだと頷けますね」

「そうだよ」小川は車のハンドルを握っていたが、つい真鍋の顔をじっと見てしまった。

「前を向いて下さい」

「それだと、奥さんを殺すのもわかるし、ね……。秘密を知られて、茶竹さんも殺したのよ。爆弾魔は、もともと坂下さんだった。全部辻褄《つじつま》が合うじゃない」

「いえ、合いませんね」真鍋は言った。

「どうして？」

「今の仮説だと、調査の依頼者は、野田さんということになります。あるいは、共犯の坂下さんということになる。でも、どちらにしても、それだったら、佐曾利さんが小川さんの携帯番号を知るはずがない」

「ああ、そこへ、また行くわけね」

「あれは、絶対なんですよ。佐曾利さんが依頼者です。それ以外にない」

「じゃあ、それはそれで良いじゃない」

「駄目ですよ。それだと、野田さんが仕掛けたという部分が矛盾《むじゅん》します。さっきの仮説は、そこから出発していました」

「そうだったっけ……。えっと、よくわからなくなってきた。真鍋君、もっと考えて。私は安全運転するから。こういう時間帯は、けっこうみんな飛ばしていて、危ないんだから」

「そうして下さい」真鍋は言った。

それから、しばらく静かになった。小川は、ラジオがつけたかったが、真鍋が腕組みをして目を瞑っているのを見て諦めた。寝ているのかもしれないし、考えているのかもしれない。どちらにしても、邪魔をしない方が良いだろう。

五分ほどして、大きな交差点で車を停めた。信号が黄色になったからだ。都心だが、まだ車はそれほど多くはない。もうすっかり明るくなっている。ジョギングをしている人を何人も見た。横断歩道を渡ってくる人の中にもスポーツウェアの人が数人。ネクタイをして鞄を持ち、これから出勤、という姿もある。あるいは、飲み明かして朝帰りなのかもしれない。自分たちは、徹夜の仕事で朝帰りだ。

「そうか……」真鍋が小声で呟いて頷いた。

小川はちょうど彼を見ていたのでそれがわかった。しかし、目を瞑ったまま、表情も特に変化はない。寝言なのではないか、と思った。それでも、「なにかわかった？」と優しくきいてみた。

「永田さんに連絡しなくちゃいけません。彼女、もう起きているんじゃないかな。張込み当番のために、早起きしているんですよ」

「なんだ……。そうかって、そんなこと？」

「え？」

「そうかって、頷いたじゃない。考えるって、永田さんのことを考えていたわけ？」

「違います。それは、今たまたま思いついただけです。そうかって言ったのは、さっきの続きです。犯人は、やっぱり、佐曾利さんですね。そして、野田さんと共犯なんです」

「え、まさか……」

「だけど、そう考えると、なにもかもが、しっくり来ます。なによりも、依頼人が佐曾利さんだ、というのがこの仮説の出発点なんです」

「しっくり来ないよ。野田さんが、あんなに恐れていたのが、全部演技だったってこと？」

「そうです」

「簡単に言うわね……。自殺しようとしたのよ？」

「自殺しようと見せかけたんです。本当に死ぬつもりはなかった」

「どうして、そんなことをしたの？」

「二つ可能性があります。一つは、佐曾利さんに、もうついていけなくなった。共犯だったけれど、良心の呵責《かしゃく》っていうんですか？　恐くなったというわけです。また、もう一つは、たぶんこっちかなって思いますけど……、鷹知さんや小川さんを、佐曾利さんの監視から外すためです。佐曾利さんが小川さんに、会いにきたのも同じです。佐曾利さんには、やることがあった」

「え、何？」

「病院へ爆弾を持っていくことです」

「おかしいじゃない。時間が前後しているでしょう？　それに、そんな自分を殺させることに、野田さんが協力したの？」

「そうですよ。佐曾利さんの指示です。単に、自殺未遂で、病院へいけば良い。そういう計画でした。佐曾利さんは、今夜、どこかで爆弾を仕掛けるつもりだった。もちろん、そのときは病院のことは考えていなかったと思います。どこの病院かもわからないわけですから」

「そうだよ。あの病院だって、どうしてわかったの？」

「わかりませんが、消防署へ電話をすれば、教えてくれるんじゃないですか？　親族だって言えば、ええ、教えてくれそうです。佐曾利さんは、野田さんが、裏切りそうだと感じて、口を封じたんです。爆弾の場所を変更して、そのままそれを利用した」

「うーん、そうかなぁ」前を向いたまま答える。考えたいのだが、どうも運転しながらは考えられない。

「もしかしたら、坂下さんも、殺されたかもしれませんね」

「なんか、爆弾事件については、坂下さんが協力をしていたような気がするんです。二年まえの放火事件が、そうですよね。佐曾利さんも関与していたかも。二人でやったというわけではないですが、ある程度の情報を共有していた。どちらかがやって、あとで、もう一方が気づいて、知っているぞ、と脅した。その場は、金で解決をして、仲間になったわけです。そんな関係かもしれません。でも、今回は、佐曾利さんがやったんです。それを、しかし、坂下さんは密告するわけにはいかない。二年まえに、自分が関与しているからです。でも、殺人事件になって、うーん、自分の奥さんが殺されるところまでは、話が通じていたかもしれませんが……、いや、茶竹さんもそうかな」

「え、どうして？」

「駄目じゃない、まとまっていないよ」

「ええ、なにしろ、データがありませんからね、単なる素人推理です。でも、どちらかが、恐くなったんじゃないでしょうか。だから、坂下さんは行方を眩ました、と思ったんですけど、もし少しでも事件に関与しているとなると、佐曾利さんが口を封じるかもしれません」

「恐ろしいなあ、それは……。皆殺しじゃない」

「あ、そうか……」真鍋は指を鳴らした。「小川さんに監視を解くように言いにきたのと、野田さんに鷹知さんを呼び出させたのは、坂下さんを始末するためですよ」

「なんでそうなるの、そんな悪者？」

「でも……、それしかないなぁ」真鍋は深呼吸をして、ふっと息を吐いた。

「結局、私の電話番号を知っていた、というところが、仮説の根底にあるわけ？」

「まあ、そうですね」

またしばらく沈黙の中のドライブになった。小川は、しかし考え続けていた。真鍋が言ったことに大いに引きずられてはいたが、今、自分に何ができるだろう、と。そして、高速道路の下にある交差点で停車したとき、決断を下した。

「よおし」彼女はそう言うと、躰を揺すって気合いを入れた。

「何ですか？」真鍋がきいた。「びっくりするじゃないですか」

「これから、佐曾利さんのところへ突撃するわよ。もう、すぐそこだから」

「突撃って、何ですか？　えっと、二人でですか？」

「当たり前じゃない」

「当たり前って……」

10

佐曾利のアパートの前に車を停めた。狭い駐車場もあるが、すべてのスペースに車が駐まっている。まもなく時刻は六時。もう街は動きだしている。車や人の往来も多くなり、ホワイトノイズのような喧噪が少しボリュームを絞ったレベルで空気に浸透していた。

小川は、車から降りた。真鍋も出てきたので、ドアをロックする。真鍋は浮かない顔だ。近づいてきて、呟いた。

「もう少し、考えてからの方が良くないですか？」

「会って、話を聞いてから考えたら良いじゃない。どんな反応にせよ、なにか得られるものがあるわ」

「ま、それはそうですけれど……。でも、非常識な時間だし、約束したわけでもないし……」

「向こうだって、夜中に私に会いにきたんだから」

「でも、電話をかけてきたでしょう。あまり、その、驚かせたりするのは、得策のように思えませんけれど……」

「得策？　そう、不意を突くのが得策だと思う。奇襲戦法よ。びっくりさせてやろうじゃないの」

「なんか、僕に対して威勢をつけようとしていません？　無理に元気出しているみたいですよ」

「うだうだ言わないの」

「寝ていて、出てこないかもしれませんよ」

アパートの階段を上がった。薄い鉄板が鳴った。今までずっと遠くから見ていたドアの前に立つ。チャイムのボタンを押すまえに、小川は真鍋の顔を見た。逃げ出さないでね、と確認をしたわけではなく、自分自身が落ち着きたかったのだ。真鍋は小さく頷いた。意味はわからないが、覚悟を決めたようだ。小川は、ボタンを押し、同時にチャイムが鳴った。

返事はない。しかし、もう一度ボタンを押そうかと思ったとき、ドアの鍵を開けるような音がした。小川は後ろへ下がった。真鍋が彼女の左に立っている。

ドアが半分ほど開いた。中に立っているのは、佐曾利隆夫だった。Tシャツにジーンズ。昨夜会ったときと同じ格好。寝ていたという様子はない。小川の顔をじっと見て、僅かに微笑んだように見えたが、それは彼女の錯覚だったかもしれない。

「あの、おはようございます」小川はそう言って頭を下げた。「あの、実は、ちょっと、佐曾利さんにお話が伺いたくて参りました。こんな時間にすみません」

「いらっしゃるんじゃないかと思っていました」佐曾利は冷めた口調で言った。「そちらの方は？」

「彼は、私の事務所を手伝ってくれているバイトの子です」

「真鍋といいます」横で真鍋が頭を下げたようだ。

佐曾利は、少し目を細めて、真鍋を見据えた。三秒間ほどだった。そのあと、小さく頷いて、ドアをさらに開けてから、自分は後ろへ下がった。

「立ち話は、近所迷惑ですから、中へ」彼は静かにそう言った。

「では、お邪魔いたします」小川がさきに中に入る。

狭い玄関で、二人は靴を脱いだ。壁際に段ボール箱が置いてあって、その中に靴が何足も入っているのが上から見えた。床にスリッパはない。ピータイルの部屋には、片側にキッチンがあった。奥にもう一間あり、戸が外されているようで、つながっている。佐曾利はそちらへ入っていった。

「どこでもけっこうです。そこら辺に座って下さい」佐曾利は立ったまま言った。洗濯物が干せる手摺のある窓が突き当たりにある。そこが一番奥だ。部屋は和式のようだが、薄い灰色の絨毯《じゅうたん》が敷かれていた。片隅に、布団《ふとん》が畳まれて置かれている。炬燵《こたつ》のような低いテーブルにパソコンがのっていた。今はそれは閉じられていて、モニタは見えない。壁にはカレンダ。それから、小さな時計があった。

佐曾利の横を通り、小川と真鍋は窓の近くに並んで座った。カーテンは開けられていて、明るい日差しが、反対側の壁に差し込んでいる。ガラス戸は全開。網戸から、僅かに外気が入るものの、風はほとんどない。既に、気温はかなり高いのではないか。クーラは動いていないようだった。

佐曾利は、二人の前、パソコンのテーブルの横に座った。黙っている。じっと小川を睨んでいた。

「あの、いろいろ伺いたいことがあります」小川は切り出した。自分から始めなければならない、と思ったからだ。佐曾利の視線を受け止めるためにも、会話が必要だった。

佐曾利は、僅かに顔の角度を変えただけだった。ききたいことがあるなら、きけば良いではないか、ということらしい。そう解釈するしかない沈黙である。

「私たちの事務所に、佐曾利さんの行動を調べるようにという依頼をしたのは、佐曾利さんご本人ではありませんか？」小川は言った。真鍋が導き出した仮説である。

「どうして、そう思いました？」佐曾利がきき返した。

「はい、あの、私の携帯電話の番号をご存じだったからです」

「依頼者から教えてもらった、と言いましたが」

「でも、それが不自然だと考えたのです」

「では、私が依頼したとしましょう。だったら、どうだというのですか？　なにか間違っていますか？」

「あの、世間を騒がせているチューリップの爆弾事件、それから、連夜の女性殺人事件、この二つに、佐曾利さんが関わっているのではないか、と疑っています」

「疑えばいい」佐曾利は息を吐いた。「疑っていると言いにきたのですか？　疑うのは貴女の自由です」

「そのことについて、どう思われるか、知りたいのです」

「どう思う？　どうも思いませんよ。何ですか、弁解しろというのですか？　何故、弁解しなければならないのですか？」

「では、無関係だとおっしゃるのですね？」

「貴女にそれを答える理由がない」

「私が話していることは、佐曾利さんにとって、不愉快ですか？」

「いいえ」彼は一度横に首をふった。「むしろ、面白い。いえ、興味深い」

「そうですか。では、続けてもよろしいですか？」

「どうぞ」

「野田優花さんを尾行していたのは何故ですか？」

「さあ、どうしてでしょうね。たぶん、貴女たちに、そう思わせたかったからでは？」

「ストーカのように振舞った、演技だったということですか？」

「何が真実の行動で、何が演じているものなのか、貴女には、明確に区別がつくのですか？」

「実は、ストーカのように見せかけているだけで、野田さんと連絡を取り合っていた。二人は共犯だった、という仮説はいかがですか？」

「面白い」佐曾利は即答した。じっと、小川を見据える。今はもう笑っていなかった。

「野田優花さんは、自殺しようとしました」小川は言った。

佐曾利は表情を変えなかった。小川の言葉がまるで届かなかったように見えた。彼は、ただじっと小川を見据えているだけで、動くこともなかった。

沈黙の時間が三十秒以上続いた。

「何故、私にきかないの？」小川は尋ねた。

どうして知っているのか、野田は生きているのか、それは嘘ではないのか、そんな疑問形の言葉が必ず出るはずではないか、と小川は考える。何故、表情を変えずに、黙っていられるのか。

「坂下さんは、どうしたんですか？」真鍋が突然質問をした。

佐曾利の視線は、ゆっくりと彼の方へ向いた。そして、目を細め、口許を少し緩めた。笑ったのか、と小川には見えた。

その後、彼は首を傾げ、視線を二人から逸らした。壁を見ているようだった。時計とカレンダがそこにあった。この部屋には本棚もテレビもない。この時間に起きていたのなら、パソコンでネットを見ていたのか。部屋はまったく散らかっていない。家具もなく品物が少ない、ということもある。服なども出ていない。押し入れだろうか。まるで、小川たちが来ることを予想して片づけてあったようにも見える。彼は、待っていた、というようなことを言ったではないか。

「わかりました。では、本当のところをお話ししましょう」佐曾利は小さく頷いたあと、変わらず冷静な口調でそう言った。しかし、彼はそこで立ち上がった。「お茶を淹《い》れます。ちょっと待っていて下さい」

「あ、いえ、そんな……、おかまいなく」小川は腰を浮かせる。予想外の展開だったので、驚いた。

「いや、私が飲みたいので」彼は無表情でそう言った。

佐曾利は隣の部屋へ行く。小川は、座り直し、真鍋の顔を見た。無言で眼差しを交わす。彼女は、まだどきどきしていた。緊張している。玄関から上がるときは、脚が震えているのを感じた。しかし、話を始めると、少し落ち着いた。それに今、休憩が入ったことで、少しほっとしたかもしれない。気づかれないように、ゆっくりと深呼吸をした。さて、これから何が聞けるのか……。

キッチンのコンロに真鍮《しんちゅう》製の薬缶《やかん》をのせる佐曾利の後ろ姿を見ていた。小さな食器棚が壁にあって、そこからカップを取り出した。どうやら紅茶のようだった。

小川は、携帯電話を見ようとした。ところが、バッグを開けてもそれが見つからない。そういえば、しばらく触っていない。たぶん、車だろう。最後に使ったときには助手席に置いていた記憶があった。そこには、真鍋が座っていたのだ。どこへ行ったのだろう。

11

鷹知は、看護師から教えてもらった番号に電話をかけた。担当刑事は自分の知合いなので彼には自分から知らせる、と約束をした。看護師は、警察の人間と話すことが嫌そうな顔だったからきいてみたのだ。事務机の上のメモ用紙にその番号があって、無言で彼女がそれを見せたので、鷹知はその場でその番号を電話にインプットした。ナースステーションから離れたところで電話をかけてみたが、残念ながら誰も出なかった。

それから、病院の中を一巡りし、消防や警察が何をしているのか確認した。消防は数が減っているが、警察はしだいに人員が増えていて、大掛かりな捜索になりそうだった。

三十分ほどして、岩瀬が姿を見せた。鷹知は、一階のホールのシートに座って彼を待っていた。電話では既に連絡済みだったし、看護師から聞き出した電話番号もそのとき知らせてあった。

鷹知の顔を見て、岩瀬は一瞬だけ顔を歪《ゆが》めてみせた。野田を死なせてしまったことに対する後悔だろう。まさか、ここへ爆弾魔が来るとは、さすがに考えていなかっただろうし、爆弾魔が個人を狙うことも想定外だったはずだ。

「番号、わかりましたか？」鷹知はそれを最初に尋ねた。

「ええ、佐曾利隆夫の携帯です」

「え？　それは、また、どうして？」

「わかりませんが、とにかく、爆弾をここへ持ってきたのが、奴だという可能性が高い。今、彼のところへ人をやっています。鷹知さん、また、あとで……」

岩瀬は、そのままエレベータの方へ急ぎ足で行ってしまった。

鷹知は、携帯電話でリダイヤルをした。

コール音が十回ほど鳴ったところで、相手が出た。

「もしもし」鷹知は言う。

「はい……」低い男の声だった。

「あの、鷹知と申しますが、えっと、佐曾利さんですか？」

「ええ、そうですが……」

「あの、私は、野田さんから依頼を受けている探偵社の者です」

「あ、ちょっと待って下さい」

そこで、ごそごそと音がする。なにか、片づけているのだろうか。鷹知は待った。

十秒ほどして、別の音がしたあと、

「あ、すいません」と声が聞こえた。「コンロに火を着けていたので」

「もしもし、あの、病院からかけています。そちらに連絡がありましたか？」

「何の連絡ですか？」

「野田さんが、こちらに入院したという連絡がいったはずです」

「それなら、夜中にありましたね」

「そうですか、連絡があったのなら、それでけっこうです」

「彼女、具合はどうですか？」

「ええ、大丈夫ですよ」鷹知は言った。

ここで、佐曾利はしばらく黙った。

「もしもし、佐曾利さん？」

「はい……」

「今から、刑事さんと一緒に、野田さんと話をするつもりです。では、また、なにかありましたら、お知らせいたします」

電話が切れた。鷹知は、すぐに小川を呼び出した。しかし、コールが何回鳴っても彼女は出ない。もしかして、帰って寝てしまったのだろうか、と思う。大事なときなのに、と早い溜息が出た。

12

紅茶がトレイにのって運ばれてきた。小川は礼を言った。

メロディが流れ、佐曾利がテーブルの上の携帯電話を摑んだ。モニタを見たようだ。彼は、彼女たちの方を一瞥《いちべつ》して立ち上がった。

「どうぞ、それ飲んでいて下さい。ちょっと電話なので……」彼は玄関の方へ歩いた。途中で、「はい……」と電話に答えた。「ええ、そうですが……」そこで、佐曾利は振り返った。「あ、ちょっと待って下さい」

彼は携帯を片手で押さえ、小川に、「外で話してきます」と言い、玄関で屈み込み、段ボール箱から靴を幾つか出す。その中から、スニーカを摑んだ。それを履《は》くようだ。腰を下ろした背中が見えたが、また立ち上がり、ドアを開けて外へ出ていった。ドアが閉まる直前に、「あ、すいません」という声が聞こえた。

小川は、カップに手を伸ばした。真鍋もそれに続いた。温かい紅茶だった。ミルクも砂糖もない、ストレートのようだった。小川は、喉が渇いていた。短時間のうちに、目まぐるしくいろいろなことがあった。

「どうするんです？　これから」真鍋は小声できいてきた。

「わからない」小川は答える。「鎌をかけるしかないと思う」

「そんなことで、のってきませんよ。無理をせず、早めに帰りましょう」

「うーん、私も、ちょっと自信がなくなってきた。そうね、適当に話をして、退散するか」

「警察に任せた方が良いですよ。そんな、単なる疑惑だけで、追いつめない方が」

「追いつめている？」

「小川さん、気合いが入りすぎ」

「そうかな」

「リラックスして」

「うん、わかった。ありがとう」

最初は、外の通路から声が少し聞こえていたが、今はなにも聞こえない。佐曾利は離れたところへ行ったようだ。

「スニーカを履いていきましたね」真鍋は考えていることを口にした。

「ジョギングでもするみたいな」紅茶を飲みながら、小川は言う。

「まさか、逃げるつもりじゃないでしょうね」

「それはないよ」

「ちょっと電話で話すだけのために、靴を選んだっていうのが、変じゃないですか？」

「人それぞれだから」

「たとえば……、この紅茶に睡眠薬が入っているとか」

「え……」小川は驚いた顔になる。「遅いでしょ、それ、言うのが」

「僕、まだ飲んでいませんけど」

「考えすぎ」小川が微笑んだが、そこで欠伸をした。「あぁあ、徹夜だったからね、ちょっと眠くもなるわよ。いろいろ大変だったし……」

「本当に……」

真鍋の携帯電話がポケットの中で振動した。真鍋はそれにすぐに出た。かけてきたのは鷹知である。

「真鍋君、小川さんは、どこ？」

「今、すぐ隣にいますけれど」

「あのね、たった今、佐曾利さんと電話で話したんだけれど、彼は、病院を知っていたんだ。爆弾をここへ持ってきたのは、佐曾利さんなんだ」

「え？　今、僕たち、佐曾利さんの部屋にいるんですけど」

「は？　どうして？　え、近くに彼がいる？」

「いいえ、電話がかかってきて部屋から出ていったんです」

「戻ってきた？」

「いえ、まだ」

「どこへ行ったの？」

「わかりません」

「もうすぐ、そちらへ刑事が到着するはずだけれど……」

この鷹知の言葉の途中で、突然、目の前が明るくなった。

一瞬の風圧のようなものも感じ、真鍋は咄嗟に膝を立てた。

オレンジ色の光が膨張し、遅れて、鼻をつくガソリンの臭いが立ち込めた。

「もしもし、どうしたの？」手に持っている携帯から、鷹知の声。

「あ、あの……、火が」真鍋は慌てて、携帯に答える。

「火って？」

熱風が部屋の中へ。

真鍋は立ち上がったが、携帯電話を落としてしまった。鷹知と話している場合ではない。

炎は隣の部屋のキッチンの方まで広がった。最初に火がついた場所は玄関のように見えた。ほとんどその部屋中が炎になった。熱気がもの凄い。どんどん火力が増しているようだ。

「小川さん！」真鍋は小川を見た。

彼女は床に横になっていた。目を瞑っている。

「嘘みたいだな……」真鍋は膝を折り、呟いた。

後ろを見る。手の届くところに窓がある。網戸だ。外側にアルミの手摺があって、立ち上がると、下にブロックの塀が上部だけ見えた。ここは二階。でも、逃げられない高さではない。隣の窓へ移ることもできるかもしれない。

立っていると、煙を吸いそうだった。

煙が猛烈な勢いで部屋へ入ってくる。火が見えなくなるほどだった。壁か天井に燃え移ったようだ。なんともいえない恐ろしい音がする。

とにかく、消すことは無理だ。そちらへ近づくことすらできない。

もう一度小川を揺り起こす。微かに目を開けたが、ぼんやりしているようだ。少しでも窓の方へ移動させようと、彼女を抱き起こす。一メートルほど下がっただけだ。網戸を開けて、外を覗きみた。すぐ下に人がいる。

「火事です！」真鍋は叫んだ。

「早くこちらへ飛び降りろ」下にいる男が言った。中年だ。誰なのかはわからない。かなり高さはあるものの、窓の手摺にぶら下がってから、下りる手はある。死ぬような高さではない。運が悪くても、せいぜい骨折する程度だろう。

ときどき、真鍋が開けた窓の上半分から黒い煙が外に流れ出ていく。息が苦しくなってきた。それでも、煙は多くはない。大部分は、通路側の窓から出ていくようだ。風向きが主にそちらなのだろう。しかし、炎がこちらの部屋にも入る。天井はまったく見えなくなった。

「もう一人いるんです。気を失っているんです」真鍋は説明した。

めりめりと音がして、隣の部屋でなにかが倒れるか、落ちるかした。その勢いで、こちらへ炎が来る。それでも、煙はたまに押し戻される。窓から入る風のせいかもしれない。相変わらず、小川はぐったりしていた。

彼女の躰を持ち上げ、窓に座らせるようにのせた。外に顔を出し、手摺にもたれさせる。息が楽になるのではないか、と思ったのだ。

下を見ると、人が増えていて、地面に布団やマットがあった。一階の住人たちが、持ち出してきたようだ。さきほどの男が、また上を見た。

「もうちょっと待て、もっと布団が来る」

真鍋は、部屋の片隅にあった佐曾利の布団を取りにいき、窓の方へ引き寄せる。マットもあったので、それは窓の外へ押し出した。布団の方は床に広げる。そこに、小川を寝かせた。小川は、なにか唸ったが、言葉はよくわからない。

布団を小川に巻き付け、それから、近くにあった延長コードを引き抜き、それで縛った。もう一つコードが必要だったので、息を止めて煙の中へ入り、パソコンのコードを引き抜く。それを使って布団を縛った。コードを引いたときにパソコンも付いてきたが、もしかしたら重要な証拠になるかもしれない、とそのときに気づいた。

窓の外へ顔を出すと、マットや布団が下に敷かれている。十人ほどが上を見ていた。ブロック塀の外にも、人が集まっているのが見える。

「まず、これをお願いします」真鍋はパソコンを下の男に投げ落とした。彼はそれを上手くキャッチした。あんなふうに小川も受け止めてくれたら良いのだが。

「じゃあ、人を落とします」真鍋は叫んだ。「布団の中に入れましたから」

「布団の中？」誰かがきいた。

小川の布団巻きを持ち上げるには、渾身《こんしん》の力が必要だった。片方を持ち上げ、窓の外へ出す。そちらが足だ。足は少し布団から出ている。頭は大事だと思ったので布団の中だった。そちらからは、両手が出ている。窒息することが少し心配だったが、たぶん大丈夫だろう。

足側を手摺にのせ、頭の側を持ち上げる。自分の肩に担《かつ》ぎ、窓の外に押し出していく。手摺のところに布団が引っ掛かったが、それでも力で押し切った。そこで布団が折れ曲がる。小川の腰が手摺を越えたのだ。そこを乗り越えさせるために最後の力を振り絞った。

大半が手摺の外に出る。布団の端を摑んでいたが、中の小川がずり落ちそうになったので、慌てて、真鍋は小川の腕を摑んだ。

下にいる男たちが、それを受け止めようと手を伸ばしている。布団巻きを受け取ろうとしているのだ。

ついに、布団巻きの小川は、窓の外に宙づりになった。真鍋は自分も一緒に落ちそうになったが、窓の手摺に足をかけて踏ん張った。

「落としますよ」と大声で叫ぶ。もう力が続かない。

真鍋は手を離した。

すぐに、下を見る。

布団巻きは真っ直ぐに立ったまま、足から落ちていく。少し斜めになったが、男たちがこれを受け止めるのが見えた。横になってから、小川は、布団から引き抜かれるように救出された。大丈夫のようだ。

風向きが変わったのか、気がつくと自分のすぐ後ろに炎があった。窓からは黒煙が外へ出ていく。背中が異様に熱い。窓の外へ身を乗り出し、ガラス窓がある方へ移動した。少し楽になった。深呼吸もできた。

窓枠に掴まって、躰を外に出す。壁に足が当たり、躰を下げる。

ぶら下がった。下の庇に足が届きそうだった。すぐ横に雨樋《あまどい》がある。それに掴まれるかな、と片手を伸ばそうと思ったが、少しだけ遠い。思い切って両手を離し、一階の庇に足を着いた。しかし、すぐにバランスが崩れ、そのまま飛び降りる格好になった。

着地したのは、布団やマットの上だった。

真鍋はそこに倒れ込んだ。

「大丈夫だ、大丈夫だ」男の声が聞こえた。「上出来だ」

近くでサイレンが鳴っていることに、ようやく気がついた。

見上げると、窓から出た煙が、綺麗な青い空へ上がっていく。

夏休みの空だな、と何故か思った。

13

アパートから離れたところで、公園のベンチに座った。煙を吐き出し続ける窓を眺めていた。火が燃える音というものをずっと聞いていた。救急車が到着するまでの間だったので、消防隊員が消火活動を開始したものの、火が完全に消し止められるところは見られなかった。

救急車に乗ったときには、小川はすやすやと眠っていて、血圧も呼吸もまったく問題ないとのことだった。

あのとき、「小川さん、眠いんですか？」と冗談を言えなかったことを真鍋は心から悔やんだ。でも、可笑しくて一人で笑ったし、自分も眠くなった。ちょっと疲れたかな、とも思った。

佐曾利隆夫がどうなったのか、わからない。逃げたのだろうか。いずれにしても、自分の部屋に火を着けたことは、決定的に彼にとっては不利になるだろう、と真鍋は思った。それくらいは本人もわかっているはずで、捨て身になるような状況にあったのか、それともこれで一切が終わったといった仕上げのつもりだったのか、そんなことは本人に尋ねてもわからないのだろうな、と思う。ただ、いずれにしても、「投げやりだよな」と感じるのだった。自分の部屋に、あらかじめ最後の爆弾を仕掛けていた、ということは、どうやら確からしい。なんとなくありそうな気もする。

おそらく、最初に調査依頼をしてきたのは、やはり、自分を止めてほしいという願望があったのではないか。メインではないにしても、そんな気持ちがどこかにあった、と想像した。よくわからないが、彼はなにかに対して憤りを感じていたのだ。どうして自分をわかってくれないのか、と誰かに訴えようとしていた。その相手とは誰なのか。だだをこねる子供のように、町中に火を着けて回ったのだ。止めないと、もっと酷いことになるぞ、と。やはりそれは、野田優花に対するものだったとしか思えない。普通とは考えられないものの、それ以外に、ちょっと思いつかない。

真鍋もいちおう病院で診察を受けた。特に異状はなかった。煙を吸ったので、喉が痛くないか、ときかれたが、そんなこともなかった。怪我は、手の平に引っかき傷が残っているだけだった。いつついたのか記憶がない。もしかして、火事とは関係がないかもしれない。

若い刑事が二人やってきた。佐曾利は、まだ見つかっていないという。だから、この病院も警護をしている、と話した。つまり、佐曾利は、小川と自分を殺そうとしたのだ。殺せなかったと知ったら、もう一度火を着けにくるかもしれない。そういうことらしい。だけど、刑事に会って全部話してしまったのだから、もう遅いだろう。そもそも、鷹知の電話が決定的だったのではないか、と真鍋は考えた。

その鷹知からも、電話がかかってきて、小川と真鍋の無事を確認して喜んでいた。彼は佐曾利に、野田優花がまだ生きていると嘘をついた、と語った。それは、小川が、一か八かで佐曾利のところを訪れたのと同様に、鷹知の仕掛けた賭けだった。そうすれば、佐曾利は動くだろう、そうでなくても、なんらかの反応があるだろう、と予測してのことだ。鷹知は、それが真鍋たちの災難につながったかもしれない、と謝ったが、それはたぶん間違っている。佐曾利は電話に出たとき、鷹知の話を聞くまえに、玄関の段ボールの中に仕込まれた爆弾のスイッチを入れていたからだ。あのとき、もう逃走するつもりでいた。だからこそ、睡眠薬を紅茶に入れたのだ。

それでも、よくわからないことが沢山ある。謎が山のように残っている。

いろいろなストーリィが、どれも断片的だった。それらは、佐曾利が見つかって、また坂下が見つかって、二人の話を聞けば、多少はつながるかもしれない。

午後には、小川と話をすることができた。彼女は、ベッドにいた。真鍋の顔を見ると、最初に言ったのは、

「あの車に、私の携帯があるはず。悪いけど、取ってきて」だったし、その次は、

「それから、レンタカーを返さなきゃ。余計に料金が加算されるから」だった。

少なくとも記憶が飛んでいるようなことはなさそうである。

「それが一番気がかりだったことですか？」真鍋がそう尋ねると、

「うーん、ちょっとね……、ほかにまだ考えられないの」とのことだった。

布団巻きにして窓から小川を降ろした話を真鍋がすると、

「え、あそこにあった布団？」と顔を顰める。「かぁ……」

「何ですか、かぁって」

永田絵里子が病院に見舞いにきた。彼女に連絡を取ったとき、小川に電話を一度かけた、と話した。何があったのか、かいつまんで説明をしたのだが、黙って聞いていたあと、

「全然わかんないよ、話が」と言うのだった。

小川は、夕方にも病院を出られるものだと思っていたようだが、一日入院するよう

にと指示され、ショックを受けていた。頭痛がするとか、吐き気がする、と最初に言ってしまったのが災いしたようだ。たしかに、目が覚めたときには気持ちが悪かったらしい。真鍋が会ったときには、顔色も良く、いつもの彼女だったのだが。

「まいったなぁ」小川は溜息をついた。「家に帰りたい。シャワーを浴びたい。鷹知さんと飲みたい」

「どさくさに紛れて、なんか言いましたね」真鍋は笑った。「ここにいた方が、警察に警護されていて、安全じゃないですか」

「自宅だって、警護されていれば安全じゃない。それよりも、君はどうなの？」

「僕が、何です？」

「真鍋君の警護はってこと」

「ああ……」真鍋は周囲を見た。べつに病室の白い壁しかない。警官たちがどこで見張っているのか知らなかった。「僕は、警護されるのかなぁ」

「真鍋君はさ、印象薄いから、大丈夫だって、きっと」永田が横で言った。

「意味が、ちょっとわからないけど」

「存在を覚えてないかもってこと」

「佐曾利さんが？　そんなわけないよ」

「じゃあ、何？　これから、ずっと警官と一緒にいるわけ？」

「いや、そんな必要はないし、佐曾利さんも、すぐに捕まるんじゃないかな」

「何が何だか、全然わかんないよ、まだ、私」永田が眉を寄せる。

「それはね、たぶん、みんながそうだと思うけれど……」

「うーん、でも、悲惨だよねぇ。それはわかる」永田は顔を顰めた。「深く考えたくないなぁ」

「そうね」ベッドの小川が頷く。彼女は真鍋を見て微笑んだ。「君たちさ、もう良いよ、帰って……。どこかで、食事でもしてきたら？」

しかし、真鍋はまだぼんやりとしていた。どこかへ出かけていくとか、永田と会話をするのが、ちょっと面倒だななどと考えてしまった。永田との会話は、彼にとってけっこうエネルギィを消費するのである。

「真鍋君、眠いの？」永田が尋ねた。

「うん、眠い」

エピローグ

必要不可欠なことについてさえ理解がなく、感動し、驚嘆して当然と思えることにさえ関心を示そうとしない彼らを、ぼくは知らず知らず、自分より一段下の人間と見るようになった。傷つけられた自尊心がぼくをそんな気持にさせたのではない。また、お願いだから、もう胸がむかつくくらい聞きあきた紋切型の反論をぼくに並べたてることもよしてほしい。〈おまえは空想していただけだが、彼らはそのころすでに現実生活を理解していたのだ〉などと。

翌朝早くに、佐曾利隆夫は逮捕された。警察に出頭したらしい。最後に爆弾事件があった駅、野田優花のマンションの最寄り駅の交番だった。行方がわからなくなってから、丸一日経過していたが、その間、どこで何をしていたのかは語っていない。ただ、爆弾と殺人については、すべてを認めている、とニュースで報じられた。

　小川は、この日の午前中に退院した。彼女の携帯電話は、警官が病院へ届けてくれた。レンタカーは、業者が取りにきたらしい。病院から自分のマンションへは、タクシーで帰った。佐曾利逮捕がなければ、パトカーで送ってもらえたのではないか、と想像したが、降りるところを近所の知合いに目撃されるかもしれない。タクシーの方が無難だ、と思った。自宅に到着して、椙田に報告の電話をした。

「布団巻きにされたんだって？」彼は最初にそう言った。真鍋と話したようだ。

「覚えていませんけれど」

「新聞に出ていたよ。爆弾魔逮捕でお手柄。布団巻きの女性ってね」

「え！　もしかして、布団巻きの写真がですか？」

「いや、それはなかった。残念だ。誰も撮らなかったのかな」

「そんなのがあったら、名誉《めいよ》毀損《きそん》で訴えます」

「真鍋が撮っているかもしれない」

「そうか、ありえますね。釘を刺しておかないと」

「しかし、あいつも、役に立つときがあるってことだ」

「ああ、ええ、助かりました。役に立ちますよ、彼は」小川は笑った。自分よりもずっと有能だ、と思う。

「ま、怪我がなくてなにより」

「ありがとうございます」

「多少、軽率だったのでは？」

「はい……、それは……。あの、ご心配をおかけして申し訳ありませんでした」

「まあ、そういう星だよね、君は」

「星？　何ですか、星って」

「じゃ、また……」

そういう星の下《もと》に生まれた、という意味だろうか。褒められていないな、と電話を切ってから溜息が漏れた。常日頃から、危ない傾向があるから自重《じちょう》するように、とは言われている小川だった。

シャワーを浴びているときには、赤い炎を見たな、ということを思い出した。夢のようだった。しかし、布団巻きについては、まったく思い出せない。

事件については、病院のベッドであれこれ考えたのだが、やはり、よくわからない。佐曾利がすべてをやったといっても、たとえば、茶竹の殺人は物理的に不可能だから、例外のはずだ。もしかして、あれは坂下がやったことなのか。だとしたら、坂下は今どうしているのか。それとも、野田がやったのだろうか。いずれにしても、佐曾利が認めているというのは、そのいずれかを操って、やらせたという意味なのだろう。主犯なのだ。坂下は、佐曾利に殺されたかもしれない。野田が殺されたように。警察が取り調べて、いずれ筋の通った発表があるものとは思う。

午後は事務所に出勤した。鍵を開けて中に入り、空気を入れ替えたが、あまりにも暑いので、早々に窓を閉めてクーラのスイッチを入れた。音楽をかけてから、紅茶を淹れ、パソコンのメールを読んだ。特に大事なものはない。あの謎の依頼者からのメールが来ていたらどうしよう、と思っていたが、それもなかった。やはり、真鍋が言ったように佐曾利だったのか。ということは、つまり、レポートも書かなくて良くなったのか、と溜め息をついた。

三時頃、鷹知がやってきた。一時間ほどまえにメールがあって約束した時刻だった。小川は、近くの店へ行き、ケーキを買ってきた。コーヒーを淹れて、応接セットで向かい合って二人でそれを食べることになった。

「真鍋君は？」鷹知がきく。

「たぶん、寝ているんじゃないかな」小川は答えた。「昼と夜が逆転したっていうメールが深夜に届いていましたから」

「あ、そうだ、これを持ってきたんです」鷹知は封筒から書類を取り出した。「頼まれていた……」

「え、何でしたっけ？」

「佐曾利さんと野田さんの戸籍謄本《こせきとうほん》です」

ケーキの皿を横に退《ど》けて、鷹知はテーブルにそれを並べた。小川は、ちらりと見たが、じっくりと見る気にはなれなかった。

「なんか、虚しいですね……」

「いいえ、よく見て下さい」

「どうして？」

鷹知は、指をさした。小川はそこを読む。次に、もう一枚も確かめた。野田は、二歳になるまえに、父方の親類の家の養子となっている。その家の姓が野田だった。父の妹の子になった。なにか理由があったのだろうか。

「えっと、つまり、佐曾利さんとは……」

「兄妹ですね」鷹知が言った。「五歳離れている。その直前に、佐曾利さんの母親が亡くなってます。育てるのが大変だったからかもしれないし、野田家には子供がほかにいないので、それが理由だったかもしれない」

「ああ、そうだったんですか」小川は顔を上げた。

いろいろな記憶が、ドミノ倒しのように塗り替えられるように感じた。

「それじゃあ、同棲していたというのは……」

「まあ、単に兄と妹だから、だったから、かな。東京へ出てきた野田さんの身寄りだったわけです」

「えっと……、それを、何故、二人は隠していたの？」

「そうですね。佐曾利さんは、隠していたわけではないかもしれない。野田さんは、佐曾利さんを嫌っているように、少なくとも僕には振舞っていました。あまり仲が良くなかったのは事実かもしれません。兄でも、ストーカにならないとはいえないわけで、ようするに、嘘をついていたわけでもありません。こちらが勝手に解釈していただけのことで……」

「ということは、妹を見守っていただけ？」

「わかりませんけれど」

「出ていった妹を心配していたのかな。売春しているかもしれないし、なんとか止めようとしたの？」

「岩瀬刑事に聞いた話では、やったことは認めているが、理由については、まったく黙秘だそうです」

「ふうん……。妹の悪い仲間を殺してしまった、という可能性もあるわけね」小川は言った。「それで、最後は、自殺に失敗した妹を、ちゃんと死なせてやったんだ」

「良い方に解釈すれば、まあ、そうなりますね」

「ああ、だとしたら、自分の部屋に仕掛けてあった爆弾は、もしかして自分も死のうとしていたから？」

「いやあ、そこまでは、どうでしょう……」鷹知は微笑んだ。「小川さん、弁護士になれますよ」

「でも、なんとなく……、今思い出してみると、こちらが勝手に抱いているイメージで、ずっと彼を見てしまっていた感じがするの。なにも、その、うーん、人を脅したり、汚い言葉を使うようなこともなかったし、そう、礼儀正しいというか、真面目な人なんですよね」

「だけど、小川さんたちを殺そうとしたじゃないですか」

「そう言っているの？」

「いえ、それは、聞いていません」

「逃げるための時間稼ぎだったのでは？」

「どうかな……。それはそうと、坂下さんも、指名手配されましたよ」

「え、そうなの……」

「たぶん、佐曾利さんが証言をしたんでしょう。二年まえの放火は、坂下さんがやったことで、自分は彼から爆弾の作り方を教えてもらったとかってね。うーん、それとも、もしかしたら、茶竹さんを殺したのは彼だと話したのか……」

「佐曾利さん、坂下さんも殺したんじゃないの？」

「たぶん、それはないと思う。殺す理由がありませんよ。佐曾利さんは、妹の悪い仲間を殺した。そして妹もしかたなく殺したんです。野田さん自身も、死にきれなかったから、お兄さんに殺してもらおうと思ったのかもしれない。自分から、電話をしてほしいと言っているんですから」

「やっぱり、私に調査依頼をしてきたのは、自分を止めてほしかったからなのね。そう思うと、なんだか申し訳ないなぁ、止められなかったのが……」

「責任を感じることはないと思いますよ」

「私に最初に会いにきたとき、もう依頼人はいないって言った。あれは、もう殺してしまったから、止めてもらう意味もなくなった、ということだったんだ」

「そういうことですね」鷹知は頷いた。

二人はほぼ同時に溜息をついた。

「さあて、じゃあ……」鷹知は立ち上がった。「これで、失礼します」

「あ、忙しいの？　お礼に、ご馳走《ちそう》しようかと思っていたんですけれど……」

「今日は、ちょっと、駄目なんですよ、野暮用《やぼよう》で」

「そう……」

「また、今度、是非。それに、僕よりも、真鍋君にご馳走してあげて下さい」

「それは、もう、きっちり予約が入っています」小川は微笑み、肩を竦めてみせた。

＊

真鍋は寝ていなかった。永田が弁当を作って、真鍋のアパートにやってきたからだ。弁当は、また重箱に入っていたが、中身はパスタだった。

「イタリアンだよ、今日は」

「凄いね。永田さん、弁当作るの趣味？」

「そんな言い方ってある？」

「あれ、なんかいけなかった？」

「趣味なわけないでしょう。大嫌いだよ、こういう細々としたこと」

「ごめんね、怒った？」

「うーん、ちょっとだけど」永田は微笑んだ。

冷蔵庫からコーラを出して、それを飲みながら、二人で冷めたパスタを食べた。パスタ自体は一種類だが、マッシュルームのホワイトソースと、トマトと茄子《なす》の赤いソースと、さらにマヨネーズのサラダ仕立ての三種類だった。重箱が三段なのだ。これは、けっこう食べ応えがあるのでは、と真鍋は不安になったが、食べてみると、なかなか美味《うま》い。たぶん、ソースがレトルトの既製品だからだろう。断言はできないが。

「小川さんをさ、布団に巻いたんだって？」

「うん、なんか、そこだけ、もの凄く有名になっているね」

「そうだよ。ツイッタでもね、もう少しでベストテン入りだったんだから」

「嘘、そんなに？」

「真鍋君って、面白いことするよね」

「面白いからやったわけじゃないよ。ほかに手がないから」

「起こせば良かったんじゃない？」

「起きないんだもの」

「叩いたら起きるんじゃない？　叩いてみた？」

「叩いてないけど」

「ふうん……、あとさ、小川さんを持ち上げたの？　窓の外まで？」

「そうだよ」

「凄い力持ちじゃん」

「火事場の馬鹿力って言うでしょ」

「何それ、私は言わないよ」

「あそう……」

「小川さん、見た目より、体重軽いんだ」

「永田さんよりは軽いんじゃないかな」

「今、何て言った？」永田の声が低くなった。真鍋を見据える。

「え？　ああ、いや……、だって、身長が全然違うじゃん。でも、きっと、そんなことないよね……」真鍋は笑って誤魔化した。「もの凄く美味しいね、これ……」

解説

香山リカ（精神科医）

精神科医を三十年もやっている、と話すと、「じゃあ人間の心理はたいていわかるでしょう」と言われる。それは大きな間違いだ。この仕事をやればやるほど、「人間ってわからない」と謎は深まるばかりで、最近は正直言ってもう理解をあきらめている、とさえ言える。もちろん、目の前の〝患者さん〟のうつ病やパニック障害に対しては誠心誠意、治療を試みるが、それ以上、その〝人間〟の人生には立ち入ろうとしないようにしているのだ。

この作品に登場する小川令子や助手の真鍋瞬市もそう思っているのではないだろうか。仕事ということで、ある男性の行動調査を依頼される。依頼主は名前を明かさない。ただ、尾行を始めるとすぐに、その男・佐曾利隆夫は毎日、ひとりの女性に対してストーカーまがいの行動をしていることがわかる。しかも、その女性はどうも佐曾利の元妻らしい。読者も小川たちもこの時点で、「ああ、別れた妻に未練があってつけ回す。復縁ねらいだな」と思うことだろう。私もそう思った。おそらく依頼主はその元妻か、彼女を心配する友人かいまの恋人に違いない、と思ったのだ。

実は、こういう相談はときどき精神科の診察室にも持ち込まれるからだ。とは言っても、こちらは探偵事務所ではないので尾行の依頼などが来ることはない。ストーカーをされている側からは「別れた相手に執着されておかしくなりそう」と相談があり、執着する側からも「どうしても別れた妻が忘れられなくて眠れない」と相談がある、ということだ。これまで同じカップルの双方から相談が持ち込まれた、という経験はないが、「いったん深い仲になった男女は簡単に別れられないんだな」と思い知らされることも多い。

ここで興味深いのは、ストーカーをする方の心理だ。その人たちは「別れた妻を忘れられない」と素直に認めることができず、「彼女を幸せにできるのは自分だけだ」「あいつはオレがいないとダメなんです」とあくまで相手のためにストーカーをしている、と主張することが多い。ちょっと考えれば、相手のためには自分が目の前から消えることがいちばんなのだが、そういう発想はまったく持てず、そのうち「ホントはあいつもよりを戻したいはずです。でも、会社の上司に別れろと言われて泣く泣く従っているだけ」などと都合よく話を作り替える。こうなると、そのうちその会社の上司さえいなければ、と敵意がそちらに向いて事件が起きることがあるので、注意が必要になってくる。実際に診察室にいて、「これは守秘義務を破ってもその相手に知らせるべきではないか」と迷ったことが何度かある。

だからてっきり、この作品もそんな展開になるものだと思っていた。佐曾利のストーキング行為がどんどんこじれ、その尾行をしていた小川たちの身にも危険が及ぶ、といった話だ。ところが、それと並行してもうひとつ気になるできごとが出てくる。それは、頻発している連続爆発事件の犯人と思われる人間からの不気味なメッセージだ。もちろん、単なる元夫婦の感情のもつれという話と、世間を騒がせる爆発事件とのあいだには、何の接点もない。ただ、佐曾利の行動と爆発事件、両者にあるなんともいえない〝得体の知れなさ〟には、なんとなく共通点があるような気がしてくるのだ。

得体の知れなさ。私の場合、これは診察室ではなくて、むしろその外でよく感じることがある。「精神科のドクターをやってて、怖いと思うことはないのですか？」という質問もよく受けるが、それはまったくない。患者さんの多くはまじめでやさしい人が多く、病気になったのもその人自身の責任ではない。こちらも心から「たいへんですね」と共感し、「いっしょに治していきましょう」と言うことができる。

それよりむしろ、「カヤマさん、今度メンタルを強化するビジネスを考えているのですが、いっしょにやりませんか」などと声をかけてくる人の中に、「理解できない。というかコワイ」と思うような人がいる。カネや名声のことしか考えていなかったり、なにか世の中に恨みを持っているようだったり、どうしてこんな人が起業家として成功しているのだろうと不気味さを感じ、「早く診察室に戻りたい」と思ってしまったことが何度となくある。爆発事件や佐曾利という男の得体の知れなさはそれとはやや異質だが、いずれにしても、電車ですぐ隣の席に座る人がいったい何を考えているのか、何をしようとしているのかも、私たちにはまったくわからないということだ。

そういうわけで、小川や真鍋が引き受けた案件も、それほど単純な復縁ストーカー問題ではないことがわかってくる。そもそも佐曾利は元妻らしき女性を生真面目に追跡するのだが、それ以上、復縁を迫るような行動には出ない。それに、どうやら依頼主もその元妻ではないらしい、ということがわかってくる。かつてその女性からの依頼を受けたことがある私立探偵の鷹知も途中から小川たちと行動を共にするようになるのだが、彼がこうつぶやく場面がある。

「異常な人間だけが、そんな変な行動を取る、とみんな思っているけれど、そうじゃない。みんな普通の人間だ。普通の人間というのが、もうだいぶ変なんだよ。変だからこそ、変じゃないように、理屈とか道徳とか、そういうものを考えて、それになるべく添った思考や行動を選択しようと努力をしている、といった感じかな」

本当にその通りだ。それにしても、佐曾利はいったい何のためにストーカー行為を続けているのか。そして、爆発事件の現場はだんだん小川たちが行動する場所に近づいてくる印象もある。さらには、彼らが監視の対象としている人たちのまわりで殺人までが起きる。

もちろん、それらの謎は最後まで読むと、「なるほど、そういうことか」とある程度はわかる。

……ある程度、だって？

もし本文より先にこの解説を読んでいる読者がいるとしたら、この単語から本文を読むモチベーションがぐっと下がってしまうかもしれない。しかし私は、ここであえて「ある程度」と言うことにしよう。そう、この物語を全編、読み通しても、佐曾利がなぜストーカー行為をしたか、それをされる元妻はどんな気持ちだったか、そして爆発事件の犯人は何を思っていたのか、それらすべてに完璧な答えが用意されているわけではないのだ。「誰が何をやったか。誰がどこまで知っていたか」は明らかになるが、それでも「なぜやったか。なぜその行動しかなかったか」については謎が残る。

読者としては「もっと『実は私にはこういう動機があり……』と関係者に語らせて

よ」と思うかもしれないが、私はここにこそ作者の誠実さとリアリティを感じるのだ。

　先ほども述べたように、三十年以上、精神科医をやっていても、私にわかるのはいくつかの精神の病についてだけであり、人間そのものについては謎が深まるばかりだ。たとえば、今日のランチでなぜうどんではなくそばを注文したか、ということひとつを取っても、そのときの心理を完璧に説明できる人はいないだろう。

　これまでのミステリーでは、読者のカタルシスのために登場人物たちが最後にすべてを語りすぎる傾向があったように思う。犯人や容疑者自身が、あるいは捜査した刑事や私立探偵が、事件が起きた経緯やその背景にあった心理などを最後にすべて説明し、読んだ者は「なるほど！」と膝を打つ。もちろん読者は「ああ、スッキリした！」となるのだが、私はそこにちょっとしたウソくささを感じていた。人間、そんなにわかりやすいものじゃない……。

　とはいえ、本作はミステリーなのだから、「すべてはよくわかりませんでした」というわけにはいかない。きちんと謎解きはされている。しかし、「あとはそれぞれで考えてみませんか」という〝宿題〟も与えられる。本を閉じたあとで、読者は「なぜこの人は」「もし自分なら」とああでもない、こうでもない、と考える旅に出ることになるのだ。私もまた、診察室で続きを考えることにしたい、と思っている。

森博嗣著作リスト

（二〇一七年九月現在、講談社刊。＊は講談社文庫に収録予定）

◎S＆Mシリーズ

すべてがFになる／冷たい密室と博士たち／笑わない数学者／詩的私的ジャック／封印再度／幻惑の死と使途／夏のレプリカ／今はもうない／数奇にして模型／有限と微小のパン

◎Vシリーズ

黒猫の三角／人形式モナリザ／月は幽咽のデバイス／夢・出逢い・魔性／魔剣天翔／恋恋蓮歩の演習／六人の超音波科学者／捩れ屋敷の利鈍／朽ちる散る落ちる／赤緑黒白

◎四季シリーズ

四季　春／四季　夏／四季　秋／四季　冬

◎Gシリーズ

φ《ファイ》は壊れたね／θ《シータ》は遊んでくれたよ／τ《タウ》になるまで待って／ε《イプシロン》に誓って／λ《ラムダ》に歯がない／

η《イータ》なのに夢のよう／目薬α《アルファ》で殺菌します／ジグβ《ベータ》は神ですか／キウイγ《ガンマ》は時計仕掛け／χ《カイ》の悲劇（＊）

◎Xシリーズ
イナイ×イナイ／キラレ×キラレ／タカイ×タカイ／ムカシ×ムカシ／**サイタ×サイタ**（本書）／ダマシ×ダマシ（＊）

◎百年シリーズ
女王の百年密室／迷宮百年の睡魔／赤目姫の潮解

◎Wシリーズ（すべて講談社タイガ）
彼女は一人で歩くのか？／魔法の色を知っているか？／風は青海を渡るのか？／デボラ、眠っているのか？／私たちは生きているのか？／青白く輝く月を見たか？／ペガサスの解は虚栄か？（二〇一七年十月刊行予定）

◎短編集

まどろみ消去／地球儀のスライス／今夜はパラシュート博物館へ／虚空の逆マトリクス／レタス・フライ／僕は秋子に借りがある　森博嗣自選短編集／どちらかが魔女　森博嗣シリーズ短編集

◎シリーズ外の小説

探偵伯爵と僕／奥様はネットワーカ／カクレカラクリ／ゾラ・一撃・さようなら／銀河不動産の超越／喜嶋先生の静かな世界／トーマの心臓／実験的経験

◎クリームシリーズ（エッセイ）

つぶやきのクリーム／つぼやきのテリーヌ／つぼねのカトリーヌ／ツンドラモンスーン／つぼみ茸ムース／つぶさにミルフィーユ（二〇一七年十二月刊行予定）

◎その他

森博嗣のミステリィ工作室／１００人の森博嗣／アイソパラメトリック／悪戯王子と猫の物語（ささきすばる氏との共著）／悠悠おもちゃライフ／人間は考えるFになる（土屋賢

二氏との共著）／君の夢　僕の思考／議論の余地しかない／的を射る言葉／森博嗣の半熟セミナ　博士、質問があります！／ＤＯＧ＆ＤＯＬＬ／ＴＲＵＣＫ＆ＴＲＯＬＬ

☆詳しくは、ホームページ「森博嗣の浮遊工作室」を参照
(https://www.ne.jp/asahi/beat/non/mori/)
（２０２０年11月より、ＵＲＬが新しくなりました）

■冒頭および作中各章の引用文は『地下室の手記』（ドストエフスキー著、江川卓訳、新潮文庫）によりました。
■本書は、二〇一四年十一月、小社ノベルスとして刊行されました。

|著者|森 博嗣　作家、工学博士。1957年12月生まれ。名古屋大学工学部助教授として勤務するかたわら、1996年に『すべてがＦになる』（講談社）で第１回メフィスト賞を受賞しデビュー。以後、続々と作品を発表し、人気を博している。小説に『スカイ・クロラ』シリーズ、『ヴォイド・シェイパ』シリーズ（ともに中央公論新社）、『相田家のグッドバイ』（幻冬舎）、『喜嶋先生の静かな世界』（講談社）など、小説のほかに、『自由をつくる 自在に生きる』（集英社新書）、『孤独の価値』（幻冬舎新書）などの多数の著作がある。2010年には、Amazon.co.jpの10周年記念で殿堂入り著者に選ばれた。ホームページは、「森博嗣の浮遊工作室」（https://www.ne.jp/asahi/beat/non/mori/）。

サイタ×サイタ　EXPLOSIVE

森《もり》 博嗣《ひろし》

© MORI Hiroshi 2017

2017年９月14日第１刷発行
2024年10月４日第４刷発行

講談社文庫
定価はカバーに
表示してあります

発行者――篠木和久
発行所――株式会社　講談社
東京都文京区音羽2-12-21　〒112-8001
電話　出版（03）5395-3510
　　　販売（03）5395-5817
　　　業務（03）5395-3615

KODANSHA

デザイン―菊地信義
本文データ制作―講談社デジタル製作
印刷――――株式会社KPSプロダクツ
製本――――株式会社KPSプロダクツ

Printed in Japan

落丁本・乱丁本は購入書店名を明記のうえ、小社業務あてにお送りください。送料は小社負担にてお取替えします。なお、この本の内容についてのお問い合わせは講談社文庫あてにお願いいたします。

本書のコピー、スキャン、デジタル化等の無断複製は著作権法上での例外を除き禁じられています。本書を代行業者等の第三者に依頼してスキャンやデジタル化することはたとえ個人や家庭内の利用でも著作権法違反です。

ISBN978-4-06-293657-6

講談社文庫刊行の辞

二十一世紀の到来を目睫に望みながら、われわれはいま、人類史上かつて例を見ない巨大な転換期をむかえようとしている。

世界も、日本も、激動の予兆に対する期待とおののきを内に蔵して、未知の時代に歩み入ろうとしている。このときにあたり、創業の人野間清治の「ナショナル・エデュケイター」への志を現代に甦らせようと意図して、われわれはここに古今の文芸作品はいうまでもなく、ひろく人文・社会・自然の諸科学から東西の名著を網羅する、新しい綜合文庫の発刊を決意した。

激動の転換期はまた断絶の時代である。われわれは戦後二十五年間の出版文化のありかたへの深い反省をこめて、この断絶の時代にあえて人間的な持続を求めようとする。いたずらに浮薄な商業主義のあだ花を追い求めることなく、長期にわたって良書に生命をあたえようとつとめるところにしか、今後の出版文化の真の繁栄はあり得ないと信じるからである。

同時にわれわれはこの綜合文庫の刊行を通じて、人文・社会・自然の諸科学が、結局人間の学にほかならないことを立証しようと願っている。かつて知識とは、「汝自身を知る」ことにつきていた。現代社会の瑣末な情報の氾濫のなかから、力強い知識の源泉を掘り起し、技術文明のただなかに、生きた人間の姿を復活させること。それこそわれわれの切なる希求である。

われわれは権威に盲従せず、俗流に媚びることなく、渾然一体となって日本の「草の根」をかたちづくる若く新しい世代の人々に、心をこめてこの新しい綜合文庫をおくり届けたい。それは知識の泉であるとともに感受性のふるさとであり、もっとも有機的に組織され、社会に開かれた万人のための大学をめざしている。大方の支援と協力を衷心より切望してやまない。

一九七一年七月

野間省一

講談社文庫　目録

- 村上春樹　カンガルー日和
- 村上春樹　回転木馬のデッド・ヒート
- 村上春樹　ノルウェイの森（上）（下）
- 村上春樹　ダンス・ダンス・ダンス（上）（下）
- 村上春樹　遠い太鼓
- 村上春樹　国境の南、太陽の西
- 村上春樹　やがて哀しき外国語
- 村上春樹　アンダーグラウンド
- 村上春樹　スプートニクの恋人
- 村上春樹　アフターダーク
- 村上春樹／佐々木マキ絵　羊男のクリスマス
- 村上春樹／佐々木マキ絵　ふしぎな図書館
- 村上春樹／糸井重里　夢で会いましょう
- 村上春樹・文／安西水丸・絵　ふわふわ
- U・K・ル＝グウィン／村上春樹訳　空飛び猫
- U・K・ル＝グウィン／村上春樹訳　帰ってきた空飛び猫
- U・K・ル＝グウィン／村上春樹訳　素晴らしいアレキサンダーと、空飛び猫たち
- U・K・ル＝グウィン／村上春樹訳　空を駆けるジェーン
- T・ファリッシュ著／B・ルート絵／村上春樹訳　ポテト・スープが大好きな猫

- 村山由佳　天翔る
- 睦月影郎　密通妻
- 睦月影郎　快楽アクアリウム
- 向井万起男　渡る世間は「数字」だらけ
- 村田沙耶香　授乳
- 村田沙耶香　マウス
- 村田沙耶香　星が吸う水
- 村田沙耶香　殺人出産
- 村瀬秀信　気がつけばチェーン店ばかりでメシを食べている
- 村瀬秀信　それでも気がつけばチェーン店ばかりでメシを食べている
- 村瀬秀信　地方に行っても気がつけばチェーン店ばかりでメシを食べている
- 虫眼鏡　東海オンエアの動画が6.4倍楽しくなる本〈虫眼鏡の概要欄　クロニクル〉
- 森村誠一　悪道
- 森村誠一　悪道　西国謀反
- 森村誠一　悪道　御三家の刺客
- 森村誠一　悪道　五右衛門の復讐
- 森村誠一　悪道　最後の密命
- 森村誠一　ねこの証明
- 毛利恒之　月光の夏

- 森博嗣　すべてがFになる〈THE PERFECT INSIDER〉
- 森博嗣　冷たい密室と博士たち〈DOCTORS IN ISOLATED ROOM〉
- 森博嗣　笑わない数学者〈MATHEMATICAL GOODBYE〉
- 森博嗣　詩的私的ジャック〈JACK THE POETICAL PRIVATE〉
- 森博嗣　封印再度〈WHO INSIDE〉
- 森博嗣　幻惑の死と使途〈ILLUSION ACTS LIKE MAGIC〉
- 森博嗣　夏のレプリカ〈REPLACEABLE SUMMER〉
- 森博嗣　今はもうない〈SWITCH BACK〉
- 森博嗣　数奇にして模型〈NUMERICAL MODELS〉
- 森博嗣　有限と微小のパン〈THE PERFECT OUTSIDER〉
- 森博嗣　黒猫の三角〈Delta in the Darkness〉
- 森博嗣　人形式モナリザ〈Shape of Things Human〉
- 森博嗣　月は幽咽のデバイス〈The Sound Walks When the Moon Talks〉
- 森博嗣　夢・出逢い・魔性〈You May Die in My Show〉
- 森博嗣　魔剣天翔〈Cockpit on knife Edge〉
- 森博嗣　恋恋蓮歩の演習〈A Sea of Deceits〉
- 森博嗣　六人の超音波科学者〈Six Supersonic Scientists〉
- 森博嗣　捩れ屋敷の利鈍〈The Riddle in Torsional Nest〉
- 森博嗣　朽ちる散る落ちる〈Rot off and Drop away〉

講談社文庫　目録

森 博嗣　赤 緑 黒 白〈Red Green Black and White〉
森 博嗣　四季 春～冬
森 博嗣　φ《ファイ》は壊れたね〈PATH CONNECTED φ BROKE〉
森 博嗣　θ《シータ》は遊んでくれたよ〈ANOTHER PLAYMATE θ〉
森 博嗣　τ《タウ》になるまで待って〈PLEASE STAY UNTIL τ〉
森 博嗣　ε《イプシロン》に誓って〈SWEARING ON SOLEMN ε〉
森 博嗣　λ《ラムダ》に歯がない〈λ HAS NO TEETH〉
森 博嗣　η《イータ》なのに夢のよう〈DREAMILY IN SPITE OF η〉
森 博嗣　目薬α《アルファ》で殺菌します〈DISINFECTANT α FOR THE EYES〉
森 博嗣　ジグβ《ベータ》は神ですか〈JIG β KNOWS HEAVEN〉
森 博嗣　キウイγ《ガンマ》は時計仕掛け〈KIWI γ IN CLOCKWORK〉
森 博嗣　χ《カイ》の悲劇〈THE TRAGEDY OF χ〉
森 博嗣　ψ《プサイ》の悲劇〈THE TRAGEDY OF ψ〉
森 博嗣　イナイ×イナイ〈PEEKABOO〉
森 博嗣　キラレ×キラレ〈CUTTHROAT〉
森 博嗣　タカイ×タカイ〈CRUCIFIXION〉
森 博嗣　ムカシ×ムカシ〈REMINISCENCE〉
森 博嗣　サイタ×サイタ〈EXPLOSIVE〉
森 博嗣　ダマシ×ダマシ〈SWINDLER〉

森 博嗣　女王の百年密室〈GOD SAVE THE QUEEN〉
森 博嗣　迷宮百年の睡魔〈LABYRINTH IN ARM OF MORPHEUS〉
森 博嗣　赤目姫の潮解〈LADY SCARLET EYES AND HER DELIQUESCENCE〉
森 博嗣　馬鹿と嘘の弓〈Fool Lie Bow〉
森 博嗣　歌の終わりは海〈Song End Sea〉
森 博嗣　まどろみ消去〈MISSING UNDER THE MISTLETOE〉
森 博嗣　地球儀のスライス〈A SLICE OF TERRESTRIAL GLOBE〉
森 博嗣　レタス・フライ〈Lettuce Fry〉
森 博嗣　僕は秋子に借りがある I'm in Debt to Akiko〈森博嗣自選短編集〉
森 博嗣　どちらかが魔女 Which is the Witch?〈森博嗣シリーズ短編集〉
森 博嗣　喜嶋先生の静かな世界〈The Silent World of Dr.Kishima〉
森 博嗣　そして二人だけになった〈Until Death Do Us Part〉
森 博嗣　つぶやきのクリーム〈The cream of the notes〉
森 博嗣　ツンドラモンスーン〈The cream of the notes 4〉
森 博嗣　つぼみ茸《きのこ》ムース〈The cream of the notes 5〉
森 博嗣　つぶさにミルフィーユ〈The cream of the notes 6〉
森 博嗣　月夜のサラサーテ〈The cream of the notes 7〉
森 博嗣　つんつんブラザーズ〈The cream of the notes 8〉
森 博嗣　ツベルクリンムーチョ〈The cream of the notes 9〉

森 博嗣　追懐のコヨーテ〈The cream of the notes 10〉
森 博嗣　積み木シンドローム〈The cream of the notes 11〉
森 博嗣　妻のオンパレード〈The cream of the notes 12〉
森 博嗣　カクレカラクリ〈An Automaton in Long Sleep〉
森 博嗣　DOG&DOLL
森 博嗣　森には森の風が吹く〈My wind blows in my forest〉
森 博嗣　アンチ整理術〈Anti-Organizing Life〉
森 博嗣 原作 萩尾望都　トーマの心臓〈Lost heart for Thoma〉
諸田玲子　森家の討ち入り
森 達也　すべての戦争は自衛から始まる
本谷有希子　腑抜けども、悲しみの愛を見せろ
本谷有希子　江利子と絶対〈本谷有希子文学大全集〉
本谷有希子　あの子の考えることは変
本谷有希子　嵐のピクニック
本谷有希子　自分を好きになる方法
本谷有希子　異類婚姻譚
本谷有希子　静かに、ねぇ、静かに
茂木健一郎　「赤毛のアン」に学ぶ幸福《しあわせ》になる方法
森林原人　セックス幸福論〈偏差値78のAV男優が考える〉

2024年9月13日現在